沖縄詩歌集

～琉球・奄美の風～

鈴木比佐雄
佐相憲一
座馬寛彦
鈴木光影　編

コールサック社

琉球弧図・目次

奄美大島
（あまみおおしま）
喜界島
（きかいじま）
硫黄鳥島
（いおうとりしま）
徳之島
（とくのしま）
沖縄県
鹿児島県
沖永良部島
（おきのえらぶじま）
奄美群島
Amami Islands
沖縄諸島
Okinawa Islands
伊平屋島
（いへやじま）
伊是名島
（いぜなじま）
与論島
（よろんじま）
粟国島
（あぐにじま）
伊江島
（いえじま）
座間味島
（ざまみじま）
渡名喜島
（となきじま）
沖縄本島
（おきなわほんとう）
久米島
（くめじま）
久高島
（くだかじま）
渡嘉敷島
（とかしきじま）
北大東島
（きただいとうじま）
大東諸島
Daito Islands
南大東島
（みなみだいとうじま）

琉球弧図

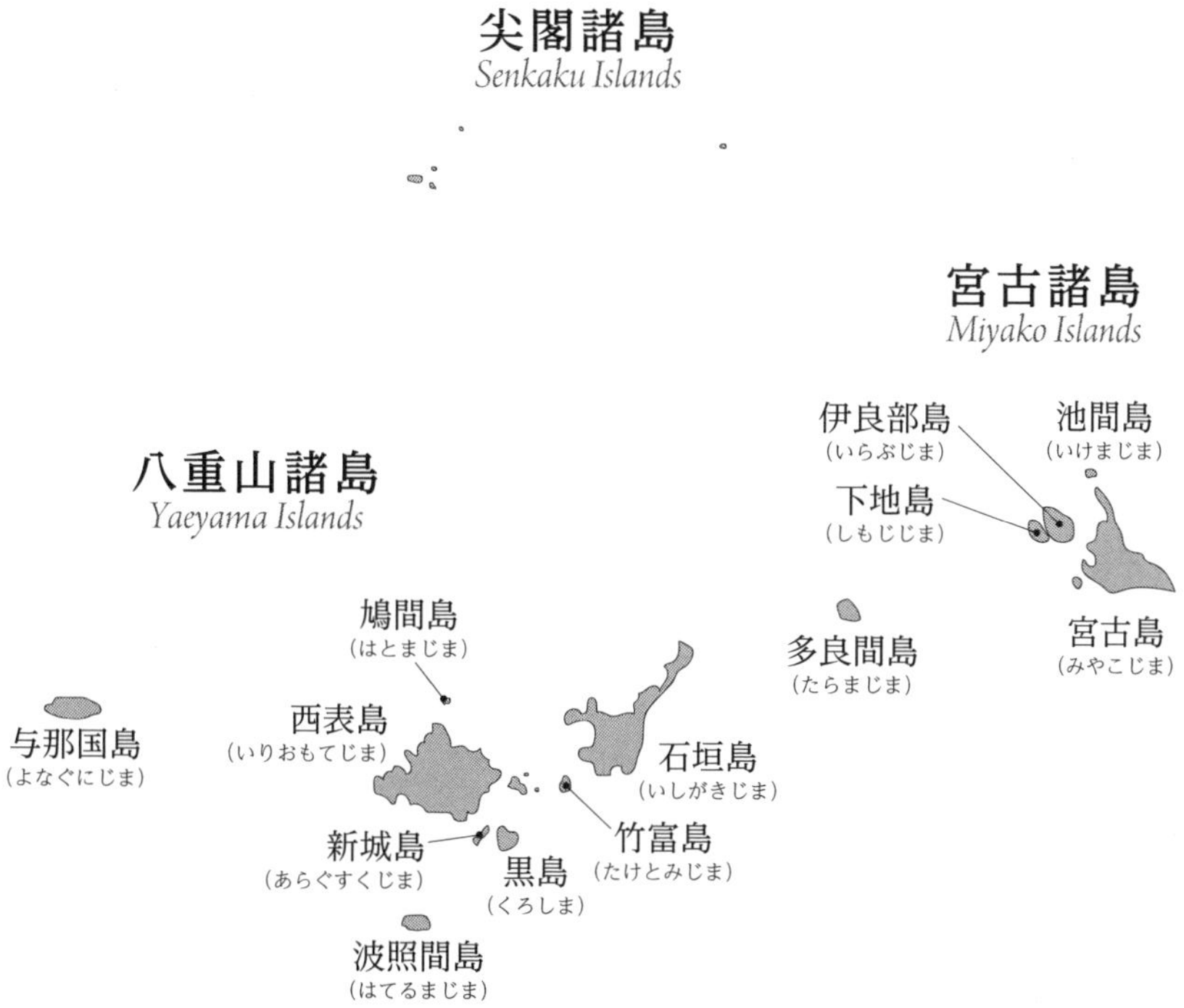

尖閣諸島
Senkaku Islands
宮古諸島
Miyako Islands
八重山諸島
Yaeyama Islands
伊良部島
（いらぶじま）
池間島
（いけまじま）
下地島
（しもじじま）
宮古島
（みやこじま）
多良間島
（たらまじま）
鳩間島
（はとまじま）
西表島
（いりおもてじま）
与那国島
（よなぐにじま）
石垣島
（いしがきじま）
竹富島
（たけとみじま）
新城島
（あらぐすくじま）
黒島
（くろしま）
波照間島
（はてるまじま）

琉球弧図 2

序章　沖縄の歴史的詩篇
――大いなる、わなゝきぞ

末吉安持　わなゝき 14
世礼国男　夫婦して田に水をやる 16
山之口貘　会話 17
佐藤惣之助　宵夏 18
泉芳朗　慕情 19
牧港篤三　馬乗り 20
新川明　みなし児の歌 21

一章　短歌・琉歌――碧《アヲ》のまぼろし

平敷屋朝敏　夢《イミ》に《ニ》無蔵《ンゾ》 28
恩納なべ　恩納岳《ウンナダキ》の《ヌ》ぼて《ブティ》 29
折口信夫　碧《アヲ》のまぼろし 30
謝花秀子　ひるがをの花 31
馬場あき子　やんばるは雨 32
平山良明　生きざらめやも 33
玉城洋子　をなりらの祈り 34
道浦母都子　那覇は雨 35
吉川宏志　冬の嘉手納《かでな》 36
影山美智子　自決のがま 37
新城貞夫　憤怒の波 38
田島涼子　地鳴きの島 39
伊勢谷伍朗　赤い海域 40
有村ミカ子　流離のひかり 41
島袋敏子　無限の砂時計 42
松村由利子　わたしの水辺 43
奥山恵　共に見る 44
光森裕樹　ひかりのゆくへ 45
座馬寛彦　浜辺の闇 46

二章　俳句――世果報《ゆがふ》来い

金子兜太　ひめゆりの声　48
沢木欣一　世果報《ゆがふ》来い　49
篠原鳳作　珊瑚礁《リーフ》　50
杉田久女　碧き潮　51
細見綾子　花風《はなふう》　52
野ざらし延男　孵《す》でる　53
平敷武蕉　片降り《カタブィ》　54
おおしろ建　あらがう音符　55
宮坂静生　草柱　56
夏石番矢　琉球鳳凰木　57
長谷川櫂　海の道　58
前田貴美子　落鷹《おちだか》　59
宮島虎男　異形の島　60
石田慶子　ジュゴン哭く　62
垣花和　米軍基地の島　64
飯田史朗　嬰《やや》の魂　65
鎌倉佐弓　貝殻の中　66
牧野信子　髪飾り　67
大森慶子　首里城へ　68
島袋時子　怒れる島　69
上間紘三　島の四季　70
前原啓子　夏鶯　71
平敷とし　ここから先は　72
神矢みさ　平御香《ヒラウコウ》　73
柴田康子　ジュゴン舞う　74
玉城秀子　返し風《ケーシカジ》　75
武良竜彦　肝苦《ちむぐ》りさー　76
南島泰生　那覇の空　77
太田幸子　弥勒面《みるくめん》　78
大河原政夫　砂糖水　79
福田淑女　沖縄 MON AMOUR　80
たいら淳子　カフェの窓　81

上江洲園枝　乱世のハヂチ　82
大久保志遼　開かずの玉手筥　83
山城発子　青い心臓　84
栗坪和子　国和《な》ぐを　85
おおしろ房　月の卵　86
山崎祐子　モノクロ　87
本成美和子　ニライカナイの手　88
翁長園子　平和のおへそ　89
市川綿帽子　西桟橋　90
大城さやか　雲の王国　91
鈴木ミレイ　ご当地俳句@南大東島　92
鈴木光影　破顔《わら》ふシーサー　94

三章　詩――魂呼《タマヨ》ばい

佐々木薫　魂呼《タマヨ》ばい／慟哭―贖罪のファサード　96
真久田正　北《にし》の渡中《となか》／胆礬色《たんばいろ》の夢　98
伊良波盛男　何もない島の話　100
宮城松隆　魂拾《たまひろ》い　101
あさとえいこ　神々のエクスタシー／禁忌の森が消えるとき　102
大城貞俊　現実17　104
久貝清次　ひとつながりのいのち　105
玉木一兵　百花繚乱のトポス・沖縄　106
柴田三吉　カチャーシー　108
砂川哲雄　とぅもーる幻想　110
ローゼル川田　モクマオウの檻　111
うえじょう晶　幻影　112
植木信子　聖なるもの　113
かわかみまさと　護岸工事／がんづぅおばあ　114
淺山泰美　ニライカナイは、ここ　116
若宮明彦　かなしゃの彼方　117
鈴木小すみれ　楽園　118

四章　詩――宮古諸島・八重山諸島
宮古島、石垣島、竹富島…

速水晃　旧盆《ソーロン》の月　122
飽浦敏　埋み火のように　124
下地ヒロユキ　朝のさんぽ　125
小松弘愛　りゅうきゅう　126
和田文雄　立て札　128
金田久璋　人枡田《とぅんぐだ》　129
垣花恵子　人桝田《トゥングダー》　130
伊藤眞司　海なお深く　132
山口修　西桟橋へ　133
溝呂木信子　沖縄　美《ちゅ》ら島（一）　134
ワシオ・トシヒコ　おかやどかりよ　136
高橋憲三　石垣島の石垣くん　138
小田切敬子　わたしの琉球／ぬかるむ島　140
見上司　海の歌　142
鈴木比佐雄　サバニと月桃《げっとう》／福木とサンゴの石垣／
生物多様性の亀と詩人　143

五章　詩――奄美諸島
奄美大島、沖永良部島…

ムイ・フユキ　捩《よじ》れた慈父《ジュー》の島へ　148
田上悦子　女性力《ウナグヂキャラ》　149
郡山直　喜界島の土着の言語の威力　150
秋野かよ子　楕円の島と馬鈴薯　151
福島純子　アカボシゴマダラ　152
酒木裕次郎　沖縄の歌／台風銀座　153
神原芳之　離島　154
北畑光男　海底　155
永山絹枝　六日間の死の漂流　156
宮武よし子　和浦丸《かずうらまる》での疎開　157
萩尾滋　「天球の舟――西海幻想」より　158
米村晋　やまと追感　160

六章　詩――ひめゆり学徒隊・ガマへの鎮魂

太田博　相思樹の歌（別れの曲《うた》）　164
三谷晃一　戦場　165
星野博　展示室　166
金野清人　風を汲む少女　167
秋山泰則　ひめゆりの塔　168
石川逸子　荒崎海岸にて　169
堀場清子　花々を哭く　170
小島昭男　月桃の島へ　172
森三紗　沖縄に眠る父へ　174
若松丈太郎　ガマ　176
阿形蓉子　沖縄の戦跡をたどる　177
佐々木淑子　沖縄　178
秋田高敏　竜宮城　179
岡田忠昭　語る　180
東梅洋子　心を彫る　182
佐藤勝太　珊瑚海の幻　184
森田和美　沖縄の花　185
山田由紀乃　岬の碑　186

七章　詩――琉球・怒りの記憶

八重洋一郎　日毒／上映会　188
中里友豪　記憶　190
知念ウシ　カフェにて３　192
原詩夏至　孤島　193
佐藤文夫　わが来歴　194
城侑　トマトと甘藷《いも》　196
くにさだきみ　トクテイヒミツに備える／捨て石　198
山本聖子　一九九二年夏・沖縄　200
川奈静　沖縄の怒り　201
吉村悟一　ド・ジ・ン　202
川満信一　慰安婦　204

鈴木文子　ダイトウビロウの木は／宮古島にて　206
村尾イミ子　木麻黄の木　208

八章　詩――辺野古・人間の鎖

神谷毅　地底からの鬼哭　210
宮城隆尋　時価ドットコム　212
赤木三郎　わたしの幻燈機　214
こまつかん　人間の鎖　217
青山晴江　辺野古の海で　218
三浦千賀子　ドラゴンフルーツ　219
杉本一男　ごぼう抜き　220
原圭治　犠牲の島　いつまで　221
宇宿一成　石の舟　222
坂本梧朗　ダンマリの効用　223
草倉哲夫　なぞなぞ　224
近藤八重子　時代に翻弄される沖縄　225
和田攻　拝啓　瑞慶覧《ずけらん》様　226
桜井道子　沖縄のこと　228
石川啓　沖縄を知りたい　231
高柴三聞　のっぺら坊の島　232
舟山雅通　海神の声　233

九章　詩――ヤンバルの森・高江と本土米軍基地

新城兵一　健忘症　236
坂田トヨ子　沖縄の貝殻と／沖縄の海　238
青木春菜　結び草　240
日野笙子　少女の作文　241
宮本勝夫　ヤンバルの森よ　242
館林明子　移り変われば　243
林田悠来　島んちゅ　244
洲史　横浜と沖縄　245

名古きよえ　オスプレイもどき　246
田島廣子　沖縄に基地はノウ　247
末次流布　隠ぺい　248
猪野睦　知らないところで　249
絹川早苗　鉄条網　250
黛元男　ガジュマルの木　251
長津功三良　宣戦布告　252
大塚史朗　空を見ている　253

十章　詩──沖縄の友、沖縄文化への想い

与那覇けい子　うちな～んちゅ大会　256
山口賢　沖縄の友へ　257
伊藤眞理子　六月の砂／旁《つくり》のなかま　258
ひおきとしこ　美しい島沖縄　海と空とくらしと　260
池田洋一　私と沖縄　261
井上摩耶　「Never End」　262
酒井力　明滅する光の彼方に　263
小山修一　自己紹介の唄（作曲：伊波悟）　264
結城文　神父の沖縄　265
二階堂晃子　ふるさと　266
古城いつも　岩谷建設安全協議会　268
大塚菜生　還ってこなかったお父さん　269
堀江雄三郎　沖縄の旧友へ　270
植田文隆　分かるのか　272
青木善保　行こうにも行けない　273
あたるしましょうご中島省吾
　僕はジャパニーズです　274
岸本嘉名男　沖縄の女《ひと》　276

十一章　詩──大事なこと、
　いくさを知らぬ星たち

中正敏　大事なこと　280
松原敏夫　島のブザ（おじさん）　281

目次

呉屋比呂志　白いシーサー　282
佐相憲一　琉球ごはん　283
小丸　夏至　284
橘まゆ　いくさを知らぬ星たちは　285
星乃真呂夢　天の葡萄　286
矢口以文　那覇で　288
日高のぼる　笑う魚／うりずんの風　290
根本昌幸　沖縄の空　292
大崎二郎　夏至　293

解説

佐相憲一　サンシンの調べに乗せて心のうたを軍用機の彼方へ　296
鈴木光影　多様で寛容な世界を願う一粒の涙　301
鈴木比佐雄　琉球弧の島々を愛する平和《やわらぎ》思想と抵抗精神　308

編註　318

序章　沖縄の歴史的詩篇——大いなる、わなゝきぞ

わなゝき

末吉　安持（すえよし　あんじ）

1887〜1907年、沖縄県生まれ。
「明星」「白百合」「天鼓」等に詩を発表。
瞬時《またゝき》の夢の装飾《よそひ》も、
しかすがに彩映《あやは》ゆれば、
紫の絹の帳《とばり》、
永遠《えいえん》の生命《いのち》ありと、
平和《やわらぎ》を守《も》りいつきて、
心ある春の雨は、
軟《やわ》らに音《おと》なく濺《そゝ》いで、
しのびに葉末を流れぬるか。

瞬《また》たけばまた夜明《よあ》けて、
瞬たけばまた日暮れぬ、
直黄《ひたき》もゆる夕雲を、
きらの眼《め》に見かへりて、
白無垢《しらむく》の乱れ羽に
血を浴《あ》べる、小鴿《こばと》一羽、
枝ぶり怪しき柏《かしは》の
木ぐれに落ちたる様はいかに。

瞬《また》たけばまた夜明けて、
四辺《あたり》また暗き千里《せんり》、
かゝるときや古琴《ふるごと》も、
虫ばみ折れて落つらむ、
若葉の雨も今宵は、
蕭々《せう〲》のわび音《ね》立てゝ、
あな悲し白木蓮《びやくもくれん》の
ほろゝのこぼれぞ胸にひゞく。

点滴《あまだれ》拍子《べうし》さびしう、
刻々夜《よる》をきざみて、
短檠《たんけい》のほびも瘠《や》せぬ。
小香炉《こがうろ》の灰も冷えぬ。
晩春《ばんしゅん》の項《うなじ》重《おも》う、
古甕《ふるがめ》の神酒《みき》を汲《く》みて、
肱《ひじ》まくら思ひ入れば
あゝ胸柱《むなばしら》切《せち》にわななく。

わなゝきはあわたゞしく、
小暗き室《むろ》をはしりて、
闇に消えぬ、一しきり
木蓮の散る音《ね》につれ、
古甕《ふるがめ》はげしく裂けて、
あら御酒《みき》の泡もとめす、

大いなる、わなゝきぞ、
天地《てんち》のかぎりにひろごりぬる。

折りから真闇のをちに、
生命《いのち》の緒《を》断《た》つ氷鋏《ひばさみ》、
わなゝく大気にひゞきて、
終焉《をはり》の影を依々《いゝ》たる、
あゝ束《つか》の間《ま》の装飾《よそひ》に、
酔ひしれず、霊のまへに、
涙の意《こゝろ》さぐらずば、
わが魂《たま》いかにか迷ひけらし。

夫婦して田に水をやる

夫婦《ふたり》して田に水をやる——
たそがるゝ野に、夕べの色につゝまれて
田に水をくみ入れる歳若い夫婦の百姓よ、
満ちあふるゝ田の水に、熟《う》れた蜜柑の
夕べの色を浮かばせて
たのしい甘睡《うまひ》の夜は訪れてくる。
ほそ〴〵と私語き合ってゐる稲苗のために、
好きなお伽噺を語ってくれる鴨のむれも
おっつけ訪ねてくる時だ。

おゝ　田に水をやる若い夫婦の百姓よ、
むつべる心と純真《まこと》な情《なさけ》は
汲み出された水に溶けなづみ、
尺にも足らない苗の茎から茎へと
あたゝかい唇をくちつけて
安らかな眠りを告げて行く。

おゝ　楽しい仕事に時をわすれ
堤と堤に、平らな心の拍子を合せつゝ
くんでも〳〵尽きない慈愛の水を
苗代にやる若い夫婦の百姓よ、
おゝ　久しくあこがれ求めた
霊魂の出現《あらはれ》よ！

世礼　国男（せれい　くにお）
1897～1950年、沖縄県生まれ。詩集『阿旦のかげ』。「炬火」「現代詩歌」に詩を発表。

会話

山之口　貘（やまのくち　ばく）
１９０３〜１９６３年、沖縄県生まれ。『定本山之口貘詩集』。
詩誌「歴程」同人。東京都練馬区に暮らした。

お国は？　と女が言つた
さて、僕の国はどこなんだか、とにかく僕は煙草に火をつけるんだが、刺青と蛇皮線などの聯想を染めて、図案のやうな風俗をしてゐるあの僕の国か！
ずつとむかふ

ずつとむかふとは？　と女が言つた
それはずつとむかふ、日本列島の南端の一歩手前なんだが、頭上に豚をのせる女がゐるとか素足で歩くとかいふやうな、憂鬱な方角を習慣してゐるあの僕の国か！
南方

南方とは？　と女が言つた
南方は南方、濃藍の海に住んでゐるあの常夏の地帯、竜舌蘭と梯梧と阿旦とパパイヤなどの植物達が、白い季節を被つて寄り添ふてゐるんだが、あれは日本人ではないかと日本語は通じるかなどゝ談し合ひながら、世間の既成概念達が寄留するあの僕の国か！
亜熱帯

アネツタイ！　と女は言つた
亜熱帯なんだが、僕の女よ、眼の前に見える亜熱帯が見えないのか！　この僕のやうに、日本語の通じる日本人が、即ち亜熱帯に生れた僕らなんだと僕はおもふんだが、酋長だの土人だの唐手だの泡盛だのゝ同義語でも眺めるかのやうに、世間の偏見達が眺めるあの僕の国か！
赤道直下のあの近所

宵夏

しづかさよ、空しさよ
この首里の都の宵のいろを
誰に見せやう、眺めさせやう
まつ毛に明星のともし灯をつけて
青い檳榔の扇をもたし
唐の若い詩人にでも歩いてもらをう
ひろい王城の御門の通りを
水々しい螢を裾にひいて
その夏服を百合の花のやうに
この空気に点じいだし
さて、空しい空しい
読めばすぐ消えてしまふやうな
五言絶句を書いて貰をう

佐藤 惣之助（さとう そうのすけ）

1890〜1942年、神奈川県生まれ。『琉球諸嶋風物詩集』『佐藤惣之助全集』。詩誌「詩之家」を主宰。神奈川県川崎市に暮らした。

慕情

畜生！　俺達は蘇鉄実を喰べるんだい！

うすぐらい野茨のはざまの
小径に爛れた蘇鉄の実！
日暮れの肩に重む憂鬱な鍬

耳たぶの煤けた島の子たちよ
怖ろしい宿命の手に播散らされた廃家の
憂患の扉をすっぱたいて出ろ
織屋の隅っこに蒼く凝った娘たち
君たちも物暗い紬の縞目を引きむしってしまへ
そしてみんな出ろ　出ろ！

この夕あかりの礫土にしがむ
叢蘇鉄の
どすあかい情熱の最期はどうだい！
時代の彼方　文明のどん底へ——
そこへ遠く捨てられた島の
むくれ淀んだ赭土の上に
影薄い　哀れな農民の足跡を刻んで

泉　芳朗（いずみ　ほうろう）
1905〜1959年、鹿児島県生まれ。『泉芳朗詩集』。「詩律」「詩と詩人」等を創刊。

俺達の行く道はまだはるかに暮れてゐる

しかし俺達は知ってゐる
虚無の島に
おぞおぞと描かれた俺達の祖先の
静かな忍苦の生活史を
野茨を踏んで
颱風と激浪と生活に揉まれて
生きろ！　死ね！
俺達の祖先の残した唯一の遺訓はそれだ

蘇鉄を見ろ！　ソテツを
それを喰べて俺達は
勇敢に吼えるのだ　息吹くのだ
てくてくと歩め！

馬乗り

馬乗りってなんだ
壕の屋根の真上を　電気ドリルで
穴をあけ　油をそそぎ込み
火を放つ
ただそれだけの地獄の芸当

アメリカ軍が　太平洋の島々で習い
おぼえた　戦塵訓を生かして沖縄でも
さっそく　実行したもので
これはただ　戦争という名のもとで
許された
地上人間の力の優越と
地下人間のかぶる悲哀の帽子

中には乳呑児がいたとか　老人や
女や兵隊がいたなんて　説明はよそう
焙り出された人たちは
生きたまま　墓で死ぬ
母は　墓
母胎回帰　そんなバカな
馬乗りは　うまのりなんだから

牧港　篤三（まきみなと　とくぞう）
1912〜2004年、沖縄県生まれ。全詩集『無償の時代』、詩画集『沖縄の悲哭』。沖縄詩人グループ「環礁」同人。

みなし児の歌

新川　明（あらかわ　あきら）
1931年、沖縄県生まれ。詩画集『日本が見える』、著作『琉球処分以後』。「環礁」同人。

何カ月か
ここには破壊だけが生きていた
正確に「死」を把える照準器
正確に「死」を刻む弾道
悉くの瞬間は「死」のためにのみあった
その呪わしい季節が去って一〇年
そして　うっすらと硝煙が流れる

〈若い男の独白〉
どこからともなく匂ってくるのは風だ
君たちの醜くさを乗せた風だ
ごらん！
この島の上を渡ってゆく風の色を
代赭色の風の匂いを！

かつて　この島の空は深かった
この島の海も深かった
だけど　そうだ！
深かったのは空と海だけではなかった
山と緑も深かった　人びとの情《こころ》も深かった

そして　今
この島の美しい言葉さえ
何処に消えてしまったのか？
　潮騒の高まり　それにまじる爆音
　朝霧の流れ　それにまじる硝煙

〈闇の声〉
過ぎた想い出をのみ
語ることをしてはいけない
それにもまして
過ぎ去った愛をのみ　語ることをしてはならぬ
そのような記憶は　いつも
私を裏切っていたからだ
そのような期待は　きまって
先回りした絶望におきかえられて
ふいに　私の行く手に立ち現れるからだ
行きすぎたあとにやってくる裏切りが
姿を見せぬ狡猾な犬のように
私をおびやかしつづけ
その頃から私には
不信だけが目についた
　小銃弾　権力のために捧げられた造形

〈合唱〉
すべての「生」のために
まず　生きねばならぬ
人間らしく生きることを
一つの条件としなければならぬ
新しい者たちへの愛について
考えねばならぬ
明日生まれる者の前に
跪《ひざまず》かねばならぬ

すべての人びとよ
新しい生命にたいして
無責任であってよいか
すべての人びとの幸福のための
厳粛な詠唱に額をあげよ！

〈若い男の独白〉
何ということだろう
やはり私自身　愛することについて
あるいは　怒ることについて
誰もが振りむきはしなかった
それは人びとが
あまりにも一人びとり
切り離されていたからかも知れぬ

ああ　ああ　ああ

今日の私は昨日の私に較べて
いくらの成長をしたのだろう
この通り　顔も肌も爪も
一夜のうちに変えられているのだが

そして私の両親についても
それが
一コの骨でしかないことを知っている
……私は今更のように振り返り
私の後につづいた世界の重さに
とまどってしまうのだ
深夜　見知らぬ街のプラットフォームで
方向を失った旅人のように
あるいは深夜　どこまでも尾《つ》けてくる
黒い自分の影にはげしく恐怖するように

ああ　ああ　ああ

私は辛うじて自分を支え

小さな窓から見える
むこうの赤土の山々を見つめる

〈合唱〉
だが聞き給え
俺たちは
昨日から初めて歩きだしたのではない

俺たちにとって
愛はかけがえのないものではなかったか
俺たちにとって
愛するということは
どれほど貴重な言葉であったことか

若いお方よ
街角を曲るとき　目を瞑《つぶ》ってはならぬ
そして　その時
重さに耐えなければならぬ

〈若い男の独白〉
そうなのかも知れぬ
夜がくると　私は
窓の外のするどい叫び声に心をたたかれる
それは私のなかで忘れかけていた

遠い祖先《おや》たちの声をおもわせる
あるいはあの夜
すさまじい爆薬の炸裂音とともに死んだ
恋人の叫びのようだ

そしてそれは
一コの骨でしかない両親が
生身の私の骨に触れ合う音でもあるのだろう
冷えた血は　再び流れることをしない
千切られた軀は　再び結び合うことをしない
枯れた骨に新しい肉が生まれることがないように

〈闇の声〉
そのするどい叫び声も
すぐ枯渇してしまう泉のように
俺たちのすべてとはならぬ

俺たちはいつも
カサカサの魂の始末に困ってしまうからだ
カサブタのように剝がれて落ちる意識を
ととのえるのに精一杯だったからだ
静寂　罪悪のためにある空間
孤独　罪悪のためにある容器

〈女の声〉
死んだ恋人が再び蘇《よみがえ》らないように
愛について考えることは無意味かも知れぬ
愛はいつも　詐《いつわ》りと共にある
詐りのなかで
愛は愛であることを証明する
私の乳房のなかにある秘密を
誰も知ることがかなわぬように

たとえば私が死んだのは
恋人よ
愛のためではなかった
私の生命を奪ったのは一片の線火薬だったのだ
そこに私の愛を証す何一つ残さない
強烈な炸薬だった

それでも私は（そして貴男《あなた》は）
愛することの神聖に
耐えることが出来るというのか
　　　　　　　　　絶唱　憂いのための憂い
　　　　　　　　　絶唱　怒りのための怒り

〈若い男の独白〉
私の胸の底について語るには
短かすぎるこの秋の夜の長さ！

私がふと　この島の
デコボコの都会の街角を曲るとき
眼ン玉を抉《えぐ》られて立ちつくす馬のような
私の姿に出合うのだ
おお　私は
果てしなく深く暗いこの二つの眼窩に
どのような解釈を与えようというのだろう

私は折れ込むように
あの陰惨な想い出のなかにのめり込む
鉄と炎と屍と
そしてそのあとの飢餓

それでもなお　私にとって
信じ合うことが生きることだった
救いようのない不信においてさえも
信じ合うために生きてきた

〈闇の声〉
生きることは　だから
たしかにかなしい条件だった
生きることは　そのように

たしかに苛酷な条件だった
ああ　一つの愛を生みだすために
いくつの愛が犠牲になったことか
おお　一つの憎しみを拒むために
いくつの生命が消え去ったことか

　　ジェット機　死を表徴する金属の美学
　　レーダー網　死を予告する透明な触手

〈若い男の独白〉
金属音を噴射して急発進する頭上を
交錯する電波の網がおおいつくす
その空には
夕焼けに映えた鰯雲が
伝説のように美しく拡がっている

それを見ると
この奥の暗い空の意味について
この奥の暗い空の重さについて
そのために私の傷みが
一層かさなっていることについて考えず
外来者のように
この美しさを信じてしまいそうになる

〈合唱〉
盲目の慣習のために生きるな
盲目の本能のために生きるな

死ぬための恋をするな
死ぬための愛を求めるな

詐りの言葉に塩を与えるな
散った花のために水をそそぐな

石のために祈るな
生きる者のために哭《な》け

〈若い男の独白――独白はやがて叫びになる〉
昼の星が白い眼で私を見つめている
それはやがて　冷たい涙をこぼすように
灰色の尾をひいて落ちる

その時どこかで　たしかに一人の母は
祈ることの無意味さを知らされる
どうして！　息子を持つ母たちは
このように裏切られねばならぬのか

家々の戸口に暗黒のワナを仕掛け

風のように吹き抜ける醜悪な手の持主よ
ここに一つの例証をあげよ！
君たちが潔白であることの
君たちが誠実であることの
君たちが寛大であることの
君たちが鷹揚であることの

ここに一つの例証をあげ
君たちの慈愛の仮面を脱げ！

〈合唱――若い男の声が唱和する〉
女たちよ
もはや　**偽善**であることをやめ

子どもたちよ
もはや　**妄信**であることをやめ

男たちよ
もはや　**権力**であることをやめ

あてがわれた空間を
あたえられた時間を
それ故に歩きつづけねばならぬのなら
この時　厳粛な限定のなかで振り返り
手を握りしめねばならぬ

俺たちの土地が消えてゆくことの
俺たちの頭に虚偽が詰め込まれてゆくことの
これらの「？」《なぜ》に答えねばならぬ
　否《ノン》　一切の圧迫に対する答え
　否《ノン》　一切の権力に対する拒否

ことごとく地平をおおい
もり上る人びとのメッセージに
俺たちの歌を合わせねばならぬ
　　爆音は今日もきこえてくる
　　硝煙は今日も流れてくる
　　空は重く　海は暗い
　　潮騒の高まり　夕霧の流れ

一章　短歌・琉歌　――碧《アヲ》のまぼろし

夢《イミ》に《ニ》無蔵《ンゾ》

（表題・抄出はコールサック社編集部）

ナカヌ　ウミワラビ　スィカサユイ　アリガ　ユユニ　ナク　ワミユ　スィカチ　クォラナ
泣かぬ思童すかさよりあれが夜夜に泣く我身よすかち呉らな

イヌチ　スクラリティ　ツィリティ　イククトゥヤ　マクトゥ　イミナカヌ　イミガ　ヤユラ
命すくられてつれて行くことやまこと夢中《ゆめなか》の夢がやゆら

アカギアカムシャガ　ハベル　ナティ　トゥババ　フィシチャ　トゥムユシヌ　イニン　トゥムリ
赤木赤虫が蝶なて飛ばば平敷屋友寄の遺念ともれ

ミダリガミ　サバク　ユヌナカヌ　サバチ　フィチガ　スクナタラ　アカン　ヌガヌ
乱れ髪さばく世の中のさばき引きがそこなたらあかもぬがぬ

イミニ　ンゾ　ウスバ　ナラビタル　マクラ　フチユ　ウズマスナ　クイヌ　アラシ
夢に無蔵おそば並べたる枕吹きよおぞますな恋の嵐

平敷屋朝敏（へしきや　ちょうびん）

1700～1734年。琉球生まれ。擬古文物語『貧家記』、組踊『手水の縁』。
平敷屋・友寄事件に連座し刑死（王府体制を批判したためといわれる）。

＊思童…子供　あれが…彼女が　＊すかさ／すかち…あやす

＊すくられて…救われて　＊夢がやゆら…夢でしょうか
＊組踊『手水の縁』で主人公が恋人の命乞いをして連れ帰る時の歌

＊友寄…友寄安乗。琉球王国の官僚。平敷屋・友寄事件で処刑された
＊遺念ともれ…遺念と思ってくれ

＊さばき…櫛　＊あかもぬがぬ…効果がない・上手くいかない

＊無蔵…愛する女性
＊おぞますな…夢をさめさせないようにしてくれ

以上『標音評釈　琉歌全集』（島袋盛敏、翁長俊郎・著　武蔵野書院）参照

恩納岳《ウンナダキ》の《ヌ》ぼて《ブティ》

（表題・抄出はコールサック社編集部）

恩納なべ（おんな　なべ）

生没年不詳。尚敬王（在位1713〜51）または尚穆王（在位1752〜94）の時代の人と伝えられている。琉球生まれ。恩納村で暮らした。

ウンナ　マツィシタニ　チジヌ　フェヌ　タチュスィ　クイシヌブ　マディヌ　チジヤ　ネサミ
恩納松下に禁止の牌の立ちゆす恋忍ぶまでの禁止やないさめ

＊禁止の牌…禁止事項を書いた掲示板　＊ないさめ…ないだろう

ウンナダキ　アガタ　サトゥガ　ウマリジマ　ムイン　ウシヌキティ　クガタ　ナサナ
恩納岳あがた里が生まれ島もりもおしのけてこがたなさな

＊あがた…あちらがわ　＊里…愛する男性
＊こがたなさな…こちらがわにしたい（引き寄せたい）ものだ

ヤンバルヌ　ナレヤ　サシマクラ　ネラヌ　クネティ　スィキミショリ　マツィヌ　キクイ
山原の習ひや差枕ないらぬこなへてすけめしやうれ松の木くひ

＊差枕ないらぬ…差枕はありません　＊こなへて…こらえて
＊すけめしやうれ…頭を枕にお載せください　＊木くひ…切り株

ウンナダキ　ヌブティ　ウシクダイ　ミリバ　ウンナ　マツィガニガ　ティフイ　ズュラサ
恩納岳のぼておし下り見れば恩納松金が手振りきよらさ

＊恩納松金…恩納なべの恋人といわれる人物
＊手振りきよらさ…踊りの手振りがきれいだ

ワスィタ　ヤンバルヌ　アダンバヌ　ムシル　シカバ　イリミショリ　シュイヌ　シュヌメ
わすた山原のあだん葉のむしろ敷かばいりめしやうれ首里の主の前

＊わすた…私たち　＊主の前…男子士族に対する敬称
＊いりめしやうれ…お座りください

以上『標音評釈　琉歌全集』（島袋盛敏、翁長俊郎・著　武蔵野書院）参照

碧《アヲ》のまぼろし

（表題・抄出はコールサック社編集部）

折口　信夫（おりぐち　しのぶ）

1887〜1953年。大阪府生まれ。号、釈迢空。歌集『海やまのあひだ』『倭をぐな』等。大阪府木津村（現・大阪市）などに暮らした。

をとめ居て、ことばあらそふ声すなり。穴井《アナヰ》の底の　くらき水影《ミヅカゲ》

鳴く鳥の声　いちじるくかはりたり。沖縄じまに、我は居りと思ふ

久高より還り来りて、たゞひとり思ひしことは、人にかたらず

波の音暮れて　ひそけし。火を消ちて　我はくだれり。百按司《モヽヂャナ》の墓

以上『海やまのあひだ』より

国頭《クニガミ》の山の桜の緋に咲きて、さびしき春も　深みゆくなり

南《ミムナミ》の波照間島《ハテルマジマ》ゆ　来しと言ふ舟をぞ求む。那覇の港に

以上『遠やまひこ』より

沖縄を思ふさびしさ。白波の残波《ザンパ》の岸の　まざ〳〵と見ゆ

伊是名島《（イゼナジマ）》　島の田つくるしづかなる春を渡り来て　君を思ひぬ

さ夜なかの午前一時に　めざめつゝ、しみゝにおもふ。渡嘉敷《トカシキ》のまひ

沖縄の洋のまぼろし　たゝかひのなかりし時の　碧《アヲ》のまぼろし

以上『倭をぐな』より

ひるがをの花

謝花　秀子（じゃはな　ひでこ）
1942年、沖縄県生まれ。歌集『うりずんの風』。
黄金花表現の会（「黄金花」）会員。沖縄県那覇市在住。

初春の空に　清《ちゅ》ら虹《ぬーじ》かかて　今年世果報《ゆがふ》の　予兆《しるし》さらめ

若夏の野山　風も涼涼《しらしら》と　あん清らさ白さ　伊集《いじゅ》の花や

芒種《ぼーすー》の雨や　田畑うるおーち　農作物《ちゅくむじゅくい》も　勢《いちゅ》い出《ん》じて

夏の朝風や　しらしらと吹ちゃい　あささ鳴きちきて　我も気張ら

なちかしや夏ぬ　真昼間《まふぁっくゎ》になりば　母の蒲葵扇《くばおーじ》　涼さあたん

蜻蛉《あーけーじゅー》飛び来りば　朝夕吹く風も　肌《はら》もちぬゆたさ　秋になとさ

学校ぬ友部《どぅしび》　禁止《ちじ》の札《ふぇ》下げて　ウチナーグチすんで　チュイウーシウーシ

辺野古《ひぬく》白浜ぬ　ひるがをの花や　囲《かく》い隔《ひじゃ》みらり　自由やねらん

沖縄に戦　またとあてならん　大田知事ぬ願い　「平和の礎」

あたら清ら海ゆ　埋め立てて呉るな　儒艮《ざんぬいゆ》泣ち声《ぐいー》　聞かなうちゅみ

＊儒艮《ざんぬいゆ》＝ジュゴン

やんばるは雨

（表題・抄出はコールサック社編集部）

馬場あき子（ばば　あきこ）
1928年、東京都生まれ。歌集『渾沌の鬱』『記憶の森の時間』等。短歌誌「かりん」創刊。日本芸術院会員。神奈川県川崎市在住。

石垣島万花艶《にほ》ひて内くらきやまとごころはかすかに狂ふ
ハイビスカス一つちぎりて二夜秘む祈りもたねどああ琉球弧
海みれば彼方に島見ゆ波照間《はてるま》とよべばいもうとのごとくなつかし
八重山悲歌俗調濃きは身にしみて夜は暗しまして夜の海はなほ

以上『南島』より

沖縄の入口はここ洞窟に植物の香を放つ死者たち
したたれる御嶽の岩に向ひゐていくさ世《ゆ》に死にし夫を問ふひと

以上『世紀』より

魂だけになつてしまつた存在のあまみちゆうが肩にゐてノロは泣く

以上『九花』より

やんばるの夏の夜淡くあかるくて月桃の葉を濡らす雨の香
木の葉蝶が食べし名残のスズムシ草しどろに咲きてやんばるは雨
やんばるの蝶のため咲きしせんだん草蝶毀したり夜に入りて散る

以上『あかゑあをゑ』より

生きざらめやも

平山　良明（ひらやま　りょうめい）
1934年、沖縄県生まれ。歌集『時を織る』『あけもどろの島』等。
短歌誌「黄金花」創刊。沖縄県那覇市在住。

高らかに我ら詠わん昭和九年国民学校一年生たりし

砲弾の嵐を生きた命たり八十五歳ただ愛おしむ

國敗れ山河蘇ることを知る昭和九年生れ生きざらめやも

戦争は一人の象徴生みにたり象徴が背負う国歌の悲運

天皇皇后沖縄訪問なさるという十回目ならん象徴の思い

火炎瓶投げられながらも沖縄の悲運忘れず象徴として

妃殿下と同年生の集いなり何思うべき昭和九年

クニタミは深く思うべし天皇の沖縄への思い・戦争はやめよう

象徴天皇そも難しの位置なれど退位を前に与那国を訪う

退位を前に与那国島を旅すという癒してたぼれ南島の抒情

をなりらの祈り

をなりらの祈りの声は夜の明けの辺野古の海に谺してゆく
をなり…沖縄方言・兄弟たちを救う姉妹
うりずんの雨を孕みし高江の森を蝶はひたすら光なして飛ぶ
ジュゴンなど殺して沈めて辺野古の海の本土防衛海底ブロック
魂ぐみ《マブイグミ》されて黄蝶の還り来る父よ娘よ辺野古の朝よ
満月の夜は浜辺のカチャーシー骨たちが踊る言ひ伝へあり
出ておいで由美子も里奈も徳ちゃんも「青春返せ　沖縄返せ」
三線《サンシン》の日を海に向かひて唄ふをなりらの神の兄弟《エケリ》称へむ
里奈さんが二十歳で死んだ基地故の恨んで悔やんで叫んだ夜を
ふるさとの基地に殺された娘たち隆子に由美子徳子も里奈も
隆子はヘリ落下物で。由美子里奈は殺害遺棄。徳子はジェット機事故で
島桜緋に咲けあの日の緑の中に辺野古の海の藍に映して

玉城　洋子（たまき　ようこ）
1944年、沖縄県生まれ。歌集『紅い潮』『花染手巾』等。
短歌誌「くれない」創刊。沖縄県糸満市在住。

那覇は雨

道浦　母都子（みちうら　もとこ）
1947年、和歌山県生まれ。歌集『無援の抒情』『はやぶさ』等。短歌誌「未来」。大阪府吹田市在住。

秋驟雨国際通りのアーケード鳴らして流る息づきながら

雨をさけ寄りし店舗で紅の琉球塗りのバレッタを購う

地下鉄も電車もなき那覇　バス停に傘さし佇てば足首涼し

朝一番ホテルのベッドで飲む錠剤　これらが全て雨粒ならば

雨上がり光あふれる那覇の町『沖縄独立論』虹のごと湧く

急速な冬の到来津の国の浪速の空は寒さどっさり

シクラメンは冬の断片　玄関の靴箱上に閃き在す

山茶花の白の極まり　新雪を踏み分け歩む眩しさに似る

板門店を訪ねたる日の猛吹雪　脱北は人　脱南は風

那覇の雨吸いたる傘を庭に干す寒の陽ざしの深くなる午後

以上「短歌」二〇一八年一月号より

冬の嘉手納《かでな》

（表題・抄出はコールサック社編集部）

吉川　宏志（よしかわ　ひろし）
1969年、宮崎県生まれ。歌集『鳥の見しもの』『燕麦』等。
短歌誌「塔」主宰。京都府京都市在住。

基地の柵に押しつけらるる人影をネット画像に見たり見るのみ

てのひらがレンズを覆い闇となる映像なれど怒声ひびけり

人々は砂鉄のごとくあらがえり夜搬《はこ》ばるる資材に向きて

はじめから沖縄は沖縄のものなるを順《したが》わせ従わせ殉《したが》わせ来ぬ

ほんとうに敵が来るのか分からねど暗き海あれば軍そだてきつ

二〇〇六年に旅したことがあった。

骨の中まで爆音ひびき黒き機は飛び立ちゆけり冬の嘉手納《かでな》を

米軍の空薬莢《からやっきょう》売る店ありきどこで拾うか聞けば笑いぬ

なにも伝えぬテレビの中にやわらかなビーフが淡き血を流しおり

以上連作「水門」より

「抱へる爆弾がどす黒く光つて居ります」と末尾にありぬ灯の下の手紙

特攻兵の手紙に書かれいる歌を朗詠したり老いびとは来て

以上『海雨』より

自決のがま

影山　美智子（かげやま　みちこ）
1936年、香川県生まれ。歌集『夏を曳く舟』『秋月憧憬』等。
短歌誌「かりん」。千葉県松戸市在住。

〈原爆の図〉〈アウシュヴィッツ〉描きなお足らぬ意志まるごとの〈沖縄戦の図〉

沖縄に会いたる人ら突きあぐる拳持ちおり佐喜真道夫も

犬枇杷の繁る流れに自然壕《がま》ありぬここに自決の九十余名ぞ

自決せし十幾家族の名の碑立ち風化すすみし自然壕《がま》の閉ざさる

以上『歳月の花譜』より

一樹みな炎《ほ》となるデイゴの花さかず南島いくとせ輝き失すごと

「ひめゆり部隊」説きつぎ媼となるひとりに添へり資料館のがま

「ひめゆりの塔」のかたへの相思樹は葉裏かへしてやまぬ風たつ

ももたまなの夏葉が厚く二十三万の礎《いしじ》の名前　翳し守るも

以上『夏を曳く舟』より

言葉こそ一語一音いのちなれ息ながながと孤悲《こひ》の琉舞や

七五調ならぬ琉歌のしらべあり孤悲のかなしみに添うてゆるらな

以上『秋月憧憬』より

憤怒の波

新城　貞夫（しんじょう　さだお）
1938年、サイパン生まれ。歌集『花明り』、歌文集『アジアの片隅で』等。
沖縄県宜野湾市在住。

渾沌と進むいくさの最中にて塵に吸われる黒い稲妻
飢餓の中さ迷いし記憶甦り常にかくせし傷口を焼く
必然として基地は基地を狙えりと混沌の地に石碑建つ　未来
輝割れし唇にソプラノひびかせて炎天遠く不戦祭ひらく
蝶のごと少女は舞えり慰霊祭ひろげる炎天太古より寒し
憎しみは平和にそむくかも知れず異国の兵の暴行つづく
瞳孔にひろがりさわぐ海ありて焔の孤立に囚われていき
ときの声挙げることなき洋なかのくらむ島より若もの発ちぬ
さびしさの極みに呼びし山河をせせら笑って夏服がゆく
たましいの澄むまで青い海なりてさわだつ憤怒の波くずれたり

地鳴きの島

田島　涼子（たじま　りょうこ）
1948年、沖縄県生まれ。歌集『雨の匂い』『はんた道』。
短歌誌「新炎」、文芸誌「宮古島文学」。沖縄県沖縄市在住。

反戦の人の輪に添うぼたんづる篠突く雨に執にからまり

海鳴りのごうごうと鳴る切崖に潮にうたれて鬼あざみ咲く

わだかまり解かれぬままに帰りゆく車窓に映るきれぎれの海

風のままはためく椰子のパタパタと鳴るを見つめるＩＣＵの窓

楠の幹にオキナワセッコク揺れて舞う真白き風は夢をつれくる

小梅の花静かに散らす雨降りて大湿帯の坂道下る

消し難き過去もあるやと久志岳にモウセンゴケと砲台見ていつ

砲弾の炸裂音に戦きてヤンバルアワブキぱらぱらと落つ

地虫鳴きコゲラも鳴きぬ辺野古基地如月の雨星を隠しぬ

地の面を臥所に座るゲート前地鳴きの島も星も震えぬ

赤い海域

伊勢谷　伍朗（いせや　ごろう）
１９４６年、秋田県生まれ。歌集『ＶＩＥＮＴＯ』『ＰＡＮＡＭＢＩ』。
短歌誌「塔」。東京都足立区在住。

夏潮の薫りはなてり海葡萄みどりいろなす草いきれ　うみ

うなばらに遮るものは見当たらず海図の中の〈制限区域〉

カチャーシーは掻き回す事と奏者言い攪拌されてまた朝が来る

金網に囲まれている嘉手納基地匍匐で進む黒猫いっぴき

一坪に一トンの爆弾落とされて資料に見ゆる黒焦げの街

沖縄県史二十三巻あると言う、財布の中は何時もひもじい

「戦世《いくさゆ》は日本兵居れば危険」だと読谷村史に老人の声

集団死みんなそろって車座で慶良間躑躅は峻烈なあか

一家族虐殺ありと慰霊碑に久米島のひとジュースを掛ける

辺野古には新しき岸壁出来るとう二七〇米　原潜のながさ

流離のひかり

有村　ミカ子（ありむら　みかこ）
1942年、鹿児島県奄美市生まれ。歌集『喩の微光』。
短歌誌「林間」、短歌グループ「水の会」。鹿児島県鹿児島市在住。

環礁をめぐる水脈ひたひたとわれへ流れて藍の魚住む

海峡の果てをこぼれて来し夏か予期せぬ明日へ光る星砂

解かれざる遊びの鬼もひそませて古里の空に芭蕉反り合う

歌わねば踊らねば今ひょうひょうと神棲む島に父祖の血が鳴る

みずみずと匂う樹下を抜けしときはつかに戦ぐふたひらの耳

まがなしく桜は咲けり千年ののちの非在を闇に梳きつつ

切り岸にとどまる落暉生きて負うこの世の隅のかなしみの燦

届かざる声もて仰ぐ夏銀河　火の鳥・不死鳥身に青白し

凪と炎とあるいはわれのくらがりも沈めて凪ぎる満月の海

永劫のいのちへの希求もろの手に掬いし水の内部かがやく

無限の砂時計

山の端を春の満月はなれゆく深海の魚みちづれにして

音もなく今を過去へと流しつつハーフムーンの春の句読点

蛇味の音のしらべ静かに聞くゆうべ何故に胸うつ島の旋律

華やげる幻花を映して時はゆき人世の構図に海は高鳴る

わが胸をよぎる無限の砂時計母へと続く五月の花は

大空を油彩のごとく染めながら夕日に浮かぶパノラマの島

脈々とわが身流るる熱き血に父しのびゆくふるさとの秋

結い上げし鏡の奥を見つめいる円周率の外に咲く花

未来図に無き現実の道もあり萩ほろほろと夢染めし駅

さわさわときびの穂波に風鳴りて太古へつづく白き道すじ

島袋　敏子（しまぶくろ　としこ）
１９４１年、鹿児島県奄美市生まれ。歌集『月の輪舞曲《ろんど》』。
短歌誌「林間」、短歌グループ「水の会」。鹿児島県奄美市在住。

わたしの水辺

松村　由利子（まつむら　ゆりこ）
1960年、福岡県生まれ。歌集『大女伝説』『耳ふたひら』等。
短歌誌「かりん」。沖縄県石垣市在住。

来歴を知れば歩けぬ道もある南島の隠す深き傷跡
白き弧を描く離島の小さき湾黒真珠育つ北限として
蛇行する島の時間の遠くあり電車の中を歩く人々
断崖に向かって走れ下は海　波照間テルマわたしはルイーズ
毒をもつオオヒキガエル島に増えあめりかーのようにしぶとし

以上『大女伝説』より

時に応じて断ち落とされるパンの耳沖縄という耳の焦げ色
水の雲と書くやさしさに触れてみる春の海辺にもずく繁茂す
島ごとに痛みはありて琉球も薩摩も嫌いまして大和は
ソメイヨシノの咲かない島の老若に散華《さんげ》教えし国ありしこと
アカショウビンの声に目覚める夏の朝わたしの水辺から帰り来て

以上『耳ふたひら』より

共に見る

ヤエヤマヒルギ濃緑にして胎生も卵生もいのちひそめる夕べ

青ひかる新芽のばしているサンゴ盛んに交感してはるかなり

一対の不思議となろう雨の夜の西表島にいのち溢れる

季節があえば鯨が見えるこの海に時代違えば軍艦見えし

生徒らがふりむいたとき…そこにいてガマの背後の闇　共に見ん

「生理なんかとまっちゃうのかな」地下壕のジオラマにさえ命の昏さ

右もフェンス左もフェンスの基地の島われら閉じ込めバス北上す

本土よりごっそり土を削り出し投げ入れるのか辺野古の海に

やんばるの慰安所跡をたどるフィールドワーク

異国より奪われ来たりし少女いて「死んではだめか」と問うひともなし

米軍の訓練場も高江村も緑はうるうる　境目見えず

奥山　恵（おくやま　めぐみ）
1963年、千葉県生まれ。歌集『窓辺のふくろう』『「ラ」をかさねれば』。
短歌誌「かりん」。千葉県柏市在住。

ひかりのゆくへ

（表題・抄出はコールサック社編集部）

光森　裕樹（みつもり　ゆうき）
1979年、兵庫県生まれ。歌集『鈴を産むひばり』『山椒魚が飛んだ日』等。
沖縄県石垣市在住。

海への道なめらかに反り海沿ひの道へと変はります　元気です

歯を一本抜いて余所者ではない島のサンダル鳴らしてゆく海つぺり

街燈を這ひゆくやもりのぬめらかな影にからだを浸して君は

うなぞこの砂紋と指紋が一致する祖先が陸にあがつた島で

島そばにふる島胡椒さりしかりさりと小瓶を頷かせつつ

くる夏のパイナップルのかをりした飛行機雲に島は沿ふかも

壁掛け時計にみづ満ちてをり此の島が生まれ故郷になることはない

雨なかに得る浮力ありいつよりか遠い何処かは此処だと決めて

龍を駆るための櫂あり太鼓ありレンズのむかうになに見失ふ

牛とぼくの瞳のあひだを往還するひかりのゆくへ　お元気ですか

以上『山椒魚が飛んだ日』より

浜辺の闇

座馬　寛彦（ざんま　ひろひこ）
1981年、愛知県生まれ。短歌誌「舟」「まろにゑ」。千葉県我孫子市在住。

はつ夏にさやぐ緑のただ中でしずかに脈打ついしじの碑銘

いくたびも這い上がろうとする泡を波はだき寄す摩文仁の涯《はて》で

水ぎわをまさぐるヒルギ反照のさきに隠せる裸地はもうない

あのときも残波岬の灯台は振り向きもせず青を見ていた

角膜を覆う水にはやわらかい珊瑚の群れの影がゆらめく

ゴーグルでくろがねの海をひらいても指の先から逃げる艶《いろ》、色

大小の魚類と魚類がすれ違ういま甚平鮫《みずさば》の水槽しずか

横たわる乳白色の砂浜を洗いつづけて名護の夜凪ぐ

国頭の浜辺の闇は澄んでいく電話の声がためらうあいだ

あたたかい波を吐いたらむらさきの肺腑はすでに膨らんでいる

二章　俳句　——世果報《ゆがふう》来い

ひめゆりの声

（表題・抄出はコールサック社編集部）

金子　兜太（かねこ　とうた）

１９１９～２０１８年、埼玉県生まれ。句集『日常』、著作『存在者　金子兜太』。俳誌「海程」を主宰した。埼玉県熊谷市に暮らした。

デイゴ散り悪党面《づら》の幹や葉や

紺碧なり鳳凰木に頬稚く

以上句集『皆之』（1986）

光強し琉歌の里の如月は

沖縄忌遠泳の潮に透く二列

以上句集『日常』（2009）

相思樹空に地にしみてひめゆりの声は

蒼暗の海面《うなづら》われを埋《う》むるかに

歳を重ねて戦火まざまざ桜咲く

沖縄を見殺しにするな春怒涛

緑暗のガマ（地下壕）焼く火炎放射機なり

ハイビスカスの真紅の一花生きるかな

以上俳誌「海程」（2011～2016）より

世果報《ゆがふう》来い

（表題・抄出はコールサック社編集部）

赤土《あかんちや》に夏草戦闘機の迷彩
夕凪《とれ》やジープを洗ふ少年兵
日盛りのコザ街ガムを踏んづけぬ
蛍火や首里王城は滅びたる
月下にて毛遊《もうあそ》びせし跡ならむ
注　毛遊びは歌垣のごときもの
虹よりもしづかに浮ぶ久高《くだか》島

摩文仁　五句
赤とんぼ算を乱せり死者の丘
ことごとく珊瑚砲火に亡びたり
砲弾に耕されたり骨いづこ
一木もなし碑の死者よ暑からむ

沢木　欣一（さわき　きんいち）

1919～2001年、富山県生まれ。句集『塩田』『白鳥』。
俳誌「風」創刊主宰。東京都などに暮らした。

鶴亀の貝細工売る死者の前

盆　五句
草刈つて蟹の横ぎる盆の道
白雨《ゆふだち》は亀《かめ》甲《こう》墓《ばか》を洗ひ去る
魂迎へなぎさを素足にて歩み
夕月夜乙女《みやらび》の歯の波寄する
月の海ニルヤカナヤへ魂送り

エイサー
太鼓打つ灼熱の地を跳び上り

神遊び――塩屋の海神祭
月よりの死者と名告《なの》れり日焼け婆々
がじゆまるの吊り太鼓打ち神送り
世果報《ゆがふう》来い世果報来いとて神踊り
注　世果報とは豊饒平和

以上句集『沖縄吟遊集』より

珊瑚礁《リーフ》

（表題・抄出はコールサック社編集部）

鶯を檳《び》榔《ろう》林に聞かんとは
春雨傘さして馬上や琉球女
青簾つりし電車や那覇の町
芭蕉林ゆけば機音ありにけり
榕陰の昼寝翁は毒蛇捕り
ハブ捕の嗅ぎ移りゆく岩根かな
手捕つたるハブを阿吆の一しごき
島人や重箱さげて墓参り
干されある藻の金色や紫や
くり舟を軒端に吊りて島の冬

篠原　鳳作（しのはら　ほうさく）

1906～1936年、鹿児島県生まれ。『篠原鳳作全句文集』。
俳誌「傘火」「天の川」。教諭として宮古島に赴任。鹿児島県などに暮らした。

蛇皮線をかかへあるける涼みかな
踊衆にきまつてゐるや甘《き》蔗《び》盗《ぬす》人《と》
夕されば小松に落つる鷹あはれ
たどたどと蝶のとびゐる珊瑚礁《リーフ》かな
この辻も大漁踊にうばはれぬ
石垣にともす行灯や浦祭
椰子の花こぼるる土に伏し祈る
琉球のいらかは赤し椰子の花
岩窟にともりゐる灯はパナマあみ
波のりの白き疲れによこたはる

以上『篠原鳳作全句文集』より

碧き潮

（表題・抄出はコールサック社編集部）

常夏の碧き潮あびわがそだつ
爪ぐれに指そめ交はし恋稚く
梅檀《せんだん》の花散る那覇に入学す
島の子と花芭蕉の蜜の甘き吸ふ
砂糖黍かぢりし頃の童女髪
榕樹鹿毛《かげ》飯匙倩《ハブ》捕の子と遊びもつ
ひとでふみ蟹とたはむれ磯あそび

杉田　久女（すぎた　ひさじょ）

1890〜1946年、鹿児島県生まれ。『杉田久女句集』『杉田久女全集』。福岡県などに暮らした。

紫の雲の上なる手毬唄
海ほうづき口にふくめば潮の香
海ほうづき流れよる木にひしと生え
海ほうづき鳴らせば遠し乙女の日
吹き習ふ麦笛の音はおもしろや
潮の香のぐんぐんかわく貝拾ひ

以上『杉田久女全集一巻』より

花風《はなふう》

（表題・抄出はコールサック社編集部）

きび畑を光らするもの秋の風

珊瑚の海の青磁色より生るる秋

門中墓の火《か》出《でい》樹《じゅ》に鳴きゐたりし蟬

黒揚羽廃墟の城の水汲み場

受水走水《うきんずはいんず》

ほら穴に清水の湧くをうやまへり

琉球絣織場

染め壺の辺の蛇皮線に秋の風

琉球料理魚介に添へし焼き小栗

仲秋名月海にただよふ島に来て

細見　綾子（ほそみ　あやこ）

1907〜1997年、兵庫県生まれ。句集『伎藝天』『曼陀羅』。俳誌「風」創刊同人。東京都などに暮らした。

名月に花風《はなふう》といふ踊り見し

花風を踊る爪先き月の波

竹富島　三句

蘇鉄の実を染めたる島の夕日かな

蘇鉄の実の朱色を欲りて黒揚羽

鷹渡る近しとききし浦の虹

婆々が売るささげまぶせし月見餅

珊瑚礁の垣にちぬさぐの花は咲き

句集『曼陀羅』より

孵《す》でる

（著者の許諾を得て編集部が作品を抄出）

人面のしずくのこだま自決壕
自決の海の火柱となり鯨とぶ
洞窟《ガマ》に赤ん坊黒髪の母の片降り《カタブイ》
枯れ枝が銃身になる鬼餅寒さ《ムーチィビーサ》
一号線が喉笛になる二月風廻り《ニンガチカジマーイ》
うりずん南風《ベー》戦火の岬の子守歌
葉も人も裏返るのみ新北風《ミーニシ》
逆吊りのズボン笛吹く夏至南風《カーチィベー》
空蝉を鳴かすか洞窟《ガマ》の風の根《カジヌニー》
白髪雨虹も蛇もからまる鞭

野ざらし　延男（のざらし　のぶお）

1941年、沖縄出身。句集『天蛇—宮古島』、編著『沖縄俳句総集』。
俳句同人誌「天荒」編集発行人。沖縄県中頭郡北谷町在住。

天蛇《ティンバウ》跳ね鳥化の岬初日鳴る
深部の縄は遂に白蛇となり泳ぐ
これが屍地球展だ　核のアメなめよ
虹のロープがジュゴン岬を絞めにくる
甘蔗《きび》青波ニライカナイの星跳ねる
全天が孔雀の羽根の太陽雨《ティダアミ》
洞窟《ガマ》の眼窩に青空を点眼する
うりずん南風《ベー》∞に横たわる
颱風眼を抱えて洞窟《ガマ》が孵《す》でる
苦瓜《ゴーヤー》弾け太陽《ティダ》の子《ヌファ》が孵《す》でたか

俳句同人誌「天荒」60号より

片降り《カタブィ》

ファシズムのごと瓶詰めのスクガラス
シーベルト嫌な言葉がなじんでいく
共謀なんてするはずもない向日葵畑
火脹れた羽蟻のダンス原爆碑
バウンドで軍機が襲う向日葵畑
抗いの時空逆巻く大落暉
冥界の死枯れた路地の道ジュネー
夕闇《アコークロー》こぼれてゆらり花ゆうな
スーパームーン地下の骸骨踊り出す
人間を見切った牛の眸　核飼葉

平敷　武蕉（へしき　ぶしょう）
1945年、沖縄県生まれ。評論集『文学批評の音域と思想』、合同句集『金環食』。俳句同人誌「天荒」、文学同人誌「南溟」。沖縄県沖縄市在住。

人間の見えない村の雪だるま
逝ったのか夕焼けを拒む姿で
空《カラ》井戸《ウカー》古城ミヤラビの乱れ髪
霾《つちふる》や山師うごめく基地移転
炎昼《マフックワ》の悪意をつぶすガジュマルの手
貧しさを食して太る苦菜葉《ンジャナバー》
太陽からイデオロギーが消えていく
スヌイ掬う掌から九条抜けていく
原潜の海にも石蓴《アーサ》のカチャーシー
片降り《カタブィ》やガソリンゲージ跳ね上がる

あらがう音符

（表題・抄出はコールサック社編集部）

琉球の丸太ごろんと後生ヌ正月《グソーヌソーガチ》

冬ざれや沖縄ヘイトの耳洗う

火炎葛駆引きだけが這う協定

蟹喰えば喉を突き刺す維新百五十年

分裂・分断の地を抱きしめる満月光

蛇衣脱ぎ捨て龍になる琉球

尻叩かれて黄昏時《アコークロー》にまどう島

白内障の琉球言葉の波に溺れて

エラ呼吸の沖縄あえぎ梅雨に入る

辺野古海あらがう音符ら光り浮く

おおしろ　建（おおしろ　けん）

1954年、沖縄県生まれ。句集『地球の耳』、詩集『卵舟』。
俳句同人誌「天荒」、現代俳句協会会員。沖縄県那覇市在住。

月光の衣を脱げば戦争前夜

強制死どかっと空が割れている

特攻のベニヤ一枚の死を運ぶ

炎天の角を曲がれば耳切れ《ミミチリ》坊主《ボージ》

ニライまで鎮魂めゆく甘蔗《きび》穂波

言の葉の鞭しならせて五月闇

光合成ジャズの音色を吸うことか

霧笛鳴る無冠の男の柩流す

宇宙にも果てがあるやら菜の花畑

やせ細る詩を抱きしめて枯野ゆく

草柱

（表題・抄出はコールサック社編集部）

奄美大島　九句

家内に巖のありぬ沖縄忌

それとなく干潟の穴の太陽《てだ》捉へ

綾《あや》掬ふごとし奄美の石蓴《あおさ》採り

蛇皮線《じゃびせん》の音を叩き出すうりずん南風《べー》

島唄をたつぷりと聞き杪欏《へご》しげる

＊杪欏＝シダ科の高木

島唄の加那《かな》はブーゲンビレアの緋

＊加那＝愛人

加計呂麻《かけろま》島に島尾敏雄のいまも夏

知覧から夜の立《た》ち雲《ぐも》の奄美まで

＊立ち雲＝雲の峰

墓碑銘に入るる金文字花梯梧

沖縄行　十句

顔摑み寝る沖縄の溽暑かな

宮坂　静生（みやさか　しずお）

1937年、長野県生まれ。句集『噴井』、評論集『季語体系の背景―地貌季語探訪』。俳誌「岳」主宰、現代俳句協会特別顧問。長野県松本市在住。

立ち雲の魂しんしんと積みゐたり

綱引きの神に強飯《かしち》を供へけり

晨《あした》より琉球油蟬《なびかちかち》を浴ぶせられ

齋場御嶽《せーふあうたき》食はれ残りのゐもりの目

豚小屋の石造りなり花丁字

首里城

井戸水の星を映さず螢火も

新涼や躓く石がどれも魂

佇立より横臥やさしき秋の墓

鷹柱あれば草柱も

草の絮舞ひ立つこれぞ草柱

海底にしろまんじゆしやげ鳳作忌

以上句集『噴井』より

琉球鳳凰木

（表題・抄出はコールサック社編集部）

一心《いっしん》安楽《あんらく》琉球《りゅうきゅう》鳳凰木《ほうおうぼく》散華《さんげ》

くろなまこ光とどろく伊敷浜《いしきはま》

東方《とうほう》五百万億《ごひゃくまんのく》諸国土《しょこくど》中《ちゅう》斎場御嶽《せいふぁうたき》深深《しんしん》

ちゅらふくぎ年にお米が二度とれる

不大不小《ふだいふしょう》久米島《くめじま》太陽石《てだいし》破魔網《はまもう》

弥勒世《みろくよ》のしるし東方《あがるい》の黄金森《くがにむい》

うれしはずかしアマミチュー洞《がま》でのひとこと

裸形《らぎょう》黒痩《こくしゅ》如来《にょらい》漂着《ひょうちゃく》畳岩《たたみいわ》

かぐわしい眠気を放つ真玉森《またまむい》

太陽《てだ》が穴艦砲射撃もなんのその

夏石　番矢（なついし　ばんや）

1955年、兵庫県生まれ。句集『空飛ぶ法王』『氷の禁域』。俳誌「吟遊」発行人、世界俳句協会ディレクター。埼玉県富士見市在住。

金色《こんじき》の痣《あざ》ある男とニッパヤシ

千人洞中《せんにんがまちゅう》迦陵頻伽《かりょうびんが》声《しょう》楚楚《そそ》

とよむ知念森《ちねんむい》より命あがりしよ

恩納《おんな》松《まつ》下に飽食厳禁の碑たちゆす

ひんぷんガジュマル半生の愚痴もみほぐせ

碧海《へきかい》爽風《そうふう》比屋定《ひやじょう》断崖《ばんた》蝮酒《まむしざけ》

安須森《あすむい》に美童《みやらび》の唄湧き起こる

最高の産湯は鰻のちちん井《がー》

西表島《いりおもてじま》サキシマスオウは櫂の声

満月へものを言う石はなぐすく

以上句集『巨石巨木学』より

海の道

（表題・抄出はコールサック社編集部）

球形の夏の空あり嘉手納基地
忽然と戦闘機ある夏野かな
うりずんの白き渚を犯しけり
島百合の村でありしを村滅ぶ
八重山の乙女老いたり上布織る
ひとすぢの嘆きの糸を上布織る
ガジュマルの神老いたるか木下闇
鉄の雨降る戦場へ昼寝覚
夏草やかつて人間たりし土
屍の肉啜りてや大夏木

長谷川　櫂（はせがわ　かい）

1954年、熊本県生まれ。句集『沖縄』、評論集『俳句の宇宙』。
俳句結社「古志」前主宰、「朝日俳壇」選者。神奈川県藤沢市在住。

炎天の海は真青の荒野かな
大夕焼沖縄還るところなし
琉球は大夕焼の花の奥
人魚らの歌聞きにこよ土用波
泡盛で夕顔の花酔はせけり
蜩や摩文仁は骨をとり尽さず
星こよひ小島づたひに海の道
玉砕の女らはみな千鳥かな
琉球の神うらさびて海鼠かな
旅の神かでなかでなと嘆きつつ

以上句集『沖縄』より

落鷹《おちだか》

誰彼と酒よ御慶よ神の庭
お降りの通り過ぎたる芭蕉林
物種まく隆起珊瑚の上に住み
うりずんや道濡れてゐる島の朝
ひと雨のあとのひと雨青パパヤ
新聞に切抜きの穴沖縄忌
生きて炎ゆ摩文仁ヶ丘の祈り人
島田忌の蝶へひとすぢ海の青
いのちまだふれぬ純白捕虫網
昼寝村山羊も小舟も木につなぎ

前田　貴美子（まえだ　きみこ）
1946年、埼玉県生まれ。句集『ふう』。
俳誌「りいの」「万象」。沖縄県那覇市在住。

太陽に倦み大女郎蜘蛛の下
洞窟《がま》の底昭和の黴の増殖す
那覇真中墓と蜥蜴と不発弾
飯匙倩《はぶ》の闇間近に島のもらひ風呂
語部の語り終へたる涼しさよ
苦瓜の凸凹へ日がでこぼこに
青あをとして破れたる芭蕉かな
綱曳いて新北風《みいにし》待てり那覇四町《ゆまち》
花甘蔗《きび》や風も光も海より来
落鷹《おちだか》や吹きかはりても海の風

異形の島

宮島　虎男（みやじま　とらお）
1938年、沖縄県宮古島市生まれ。詩歌句集『拘泥の日々』。
沖縄県那覇市在住。

初日の出水面虚実がへばりつく
今日という光を脱ぐ影辺野古崎
寒気団蜘蛛の音階飛翔する
冬晴れの波打つ鯨島ゆする
生き埋めの巨石を曳きに鯨来る
群星の孤絶の綺羅を寒が研ぐ
贄の島海の落暉に横たわる
閉域の湿度ふくらむ琉球弧
瓦礫と基地の踏絵を誰が踏む
不食芋銭そう寒い手が茂る

基地の島土間に魚そう猫もいる
拷問と愛撫たずさえ鷹渡る
大臣の舌を包んだ昼螢
慰霊の日魚拓のごとく礎刷る
畳の上の大きな墓場慰霊の日
戦場の手紙が還る紙魚生きて
脳髄の暗闇前頭葉も繁る夏
語り部が高ぶるときの日雷
歴史改ざん記憶のない首すげかえる
春は修羅孵化寸前の記憶の芽

発狂の髪の毛もある春の萌え
虹消えて蛇身と化す辺野古崎
一網打塵渚ははかない戦場だ
抱卵期珊瑚の盤《ハラ》に杭を打つ
原発の解体新書解く海霧に
龍宮は沈船の城鮫の影
鮟鱇の巨口の暗さ声のない絶叫
魚売女蝿の音する金盥
艦砲の島を遠巻く烏賊釣り火
盈《み》てば欠く色即是空月渡る
原爆忌ただれを千切り歩く雲
火の中は暗闇きみの皮膚かも

人間の日をとり戻す八月の産声
写真には臭いがない平和資料館
地の涯の線香の灰落ちる音
ひび割れた涙もある月の砂漠
青蜜柑にぎる冷たさ手榴弾
黒い森とばないパンセ梟鳴く
石女になりたい地球の子守り唄
此の国の唯唯喏喏枯れ尾花
素通りは猫にもさせぬ共謀罪
戦争法潰す手もある千手観音
ヨンシーヨンシー九条曳いて来る木曳唄
半死のけもの花咲く異形の島

ジュゴン哭く

石田　慶子（いしだ　けいこ）

1935年、東京都生まれ。句集『きびの花』。
俳誌「今日の花（旧風花）」、俳人協会会員。沖縄県那覇市在住。

平和の鐘摩文仁に撞いて年迎ふ
窯を出て獅子立春の地に立てり
旧正の女いきいき花市場
街を占め動かぬ基地や花梯梧
春陰や闘ふ牛に浄め塩
不発弾残る島なり青き踏む
水温む舟越しにとぶ島言葉
囀やのびのび育つ島野菜
基地爆音途切れしいとま樗散る

島の忌の近し草刈る慰霊の地
六月や園児に平和説くガイド
沖縄忌基地を景とし育ちし子
いくさ世を知らぬ人住む基地の夏
夏は逝くヘリ墜落の跡黒く
基地といふ魔物の重し夏の果
指笛は出船の合図秋の潮
台風に予期せぬ三日島泊り
黒木の実こぼれて宮古上布の碑

大東島海の底より秋の虹
琉球と奄美は姉妹芙蓉咲く
ヘリパッドの建設に山眠られず
首里城の赤屋根遥か蒲団干す
寒緋桜不戦を誓ふ乙女像
冊封も戦も鎮め池のどか
壕の闇出て清明のひかり浴ぶ
琉球つばめ辺野古通ひは続けると
嘉手納町爆音に散る春の鳥
行く春や首里織布の渋き艶
激戦は遥か小島の麦の秋

追悼大田元知事
梅雨に逝く「平和の礎《いしじ》」を世に遺し
収骨の果て無き祈り沖縄忌
万の百合供花とし揺るる戦禍の地
島奥に老鶯しきり陶を干す
この国の未来危ぶみ守宮鳴く
秋怒涛新基地阻むカヌー隊
盆の荷の届かぬ小島海の荒れ
石踏明り王府名残のしるべ石
慰霊碑も基地も甘蔗穂《きびほ》の景の中
初刷や新基地阻止の文字太く
ジュゴン哭く壊されてゆく春の海

米軍基地の島

甘蔗刈や島に不屈の闘争史
春寒や園児の頭上米軍機
うりずんやいまだ米軍基地の島
浜下りや濱は米軍上陸地
濱下りや浜は米軍演習地
爆音に怯える仔猫基地隣り
啓蟄や米軍跡地の枯葉剤
花月桃散りし摩文仁や島守忌
祈る手の深まる皺や島守忌
語り部の長き沈黙慰霊の日

垣花　和（かきのはな　かず）

1947年、沖縄県生まれ。
俳誌「風港」、沖縄県俳句協会会員。沖縄県那覇市在住。

六月の風の重たき喜屋武《きやん》岬
荒南風や島にあまたの不発弾
鶚飛ぶ森も米軍演習地
金網の中はアメリカ甘蔗の花
荒北風や島に二つの国旗揺る
甘藷の花ここは黙認耕作地
オスプレイの冬天を裂く離着陸
十二月消しゴムで消すオスプレイ
大寒波「基地反対」のカヌー出づ
寒波来る辺野古闘争五千日

嬰《やや》の魂

緋寒ざくら五臓ほぐしのカチャーシー
指笛の囃すにうるむ春の星
オスプレイ墜ち列島ゆがみつつ凍てる
昭和の枷《かせ》解かれぬままよ慰霊の日
ギヤマンの海碧あおと沖縄忌
タッチアンドゴー明日へ顎ひく冬すみれ
チビチリガマ気根太らす嬰の魂
ガマさぐる指眼に菩薩頬やわし
シーサーの歯ぎしり青海へ豆を打つ
三線の耳にこそばし春の宵

飯田　史朗（いいだ　しろう）
1942年、東京都生まれ。
新俳句人連盟会長。東京都品川区在住。

四ツ竹の衣擦れかすか春をよぶ
切々と辺野古の海鼠《なまこ》ブルドーザー
沖縄よ苦瓜の疣尖るとがる
初茜はるかな辺野古胸に置き
洞窟《ガマ》の吐く昭和の風の黴臭し
島人《しまんちゅ》のこえを聞くべし実の蘇鉄
沖縄へネットの刃《やいば》戻り寒
ガジュマルの傷みの月日沖縄忌
古酒《クース》酌むうりずんの島てのひらに
凪ぐ海や日焼けおばぁーの座り胼胝《たこ》

貝殻の中

土ほわん隣りの土ともたれあう

恋の猫純白ののど酷使して

海見たし蝶にも少し上り坂

膝こぞう風とのえにし永かりき

蛇の舌がさがす地の穴・天の穴

ほっと息洩らす貝殻の中にいる

夕映えは照れやの鬼の「ありがとう」

口中に入れても金米糖ころぶ

屋根瓦月が漂着しておりぬ

この娘《こ》九つこめかみを星流る

鎌倉　佐弓（かまくら　さゆみ）

1953年、高知県生まれ。句集『走れば春』『海はラララ』。
俳誌「吟遊」、世界俳句協会会計。埼玉県富士見市在住。

がちゃんと鳴る空き瓶は利口かもしれぬ

白く長い橋をわたって春は逝く

君が吐き君が辿りぬ蜘蛛の糸

蟇ひかりはこんなふうにも凝る

草茂る八日もたてばべたべたと

「お母さん」蜥蜴《とかげ》は尻尾捨てていく

蚊の太郎われら夫婦を睥睨《へいげい》す

鳥が飛ぶ日暮は草も飛びたしよ

風のかるかや風ではだめだと知っている

塩辛き汽笛少年期の去りぬ

髪飾り

畦虫払い《あぶしばれー》みんな戦に散りました
暴れ梅雨ぬっと顔出す不発弾
あきあかね散弾のごとカデナの空
朝焼けの憤怒の海をカヌー漕ぐ
海底より白骨巻き上げ鷹柱
花月桃島の遺恨が列をなす
昏迷の島巻き込んで咲くサクラ
落日吊る起重機は地球の出ベソ
オオゴマダラ髪飾りにして婆がくる
島らっきょう雨滴の親玉の顔をして

牧野　信子（まきの　のぶこ）

1936年、大阪府生まれ。
俳句同人誌「天荒」。沖縄県中頭郡在住。

テトラポッドも落日も冬至《トゥンジー》冷さ《ビーサー》
方言札焚き付けにして冬至《トゥンジー》雑炊《ジューシー》
炎天下土にまみれて授乳する
スクラム組むブルドーザー前の学生服
一坪の土地も取られるな農夫叫ぶ
胸はだけ銃剣の前女ども
美田やがて戦車ひしめく戦《いくさ》前後
眠れぬ夜マンボウのように肺胞ひらく
花トボロチ移民の涙紅く染め
ユーナ落花邪馬台国の凋落

首里城へ

をちこちに琉球古称陽炎へる
首里城へゆるき階《きざはし》春の風
うららかや三《さん》線《しん》を弾く老ひとり
花曇低空を飛ぶ軍用機
ハイビスカス一夜で乾く旅衣
泡盛の酔ひを冷ませる喜《き》屋《や》武《ん》岬《みさき》
百合捧ぐ海へ黙祷深くして
蝙蝠や奥へ奥へと玉泉洞
水着より椅子に零るる星の砂
兼任の那覇と新宿医師の夏

大森　慶子（おおもり　けいこ）

1941年、東京都生まれ。句集『母衣』。
俳誌「沖」。千葉県野田市在住。

芭蕉布に汐の香を入れ織りにけり
琉《り》球《ゆう》大《だい》の甥日々海へ夏休み
どの部屋も板戸板敷貝風鈴
大夕焼残波岬の待ち合せ
筆工の夜食はサーターアンダギー
冷《すさ》まじやハブ酒の並ぶ中通り
野《の》面《づら》積み今《な》帰《き》仁《じん》城《じょう》を偲ぶ秋
金風理老若男女吟じをり
吼えろシーサー真つ直ぐに台風来
年新た又も沖縄へリ墜つる

怒れる島

旧正月寿《ことほ》ぐ会や肝心《ちむぐくる》

従兄・従姉《いとこ》住む怒れる島へ賀状書き

ゆんたくとアリアにあふれ冬うらら

早弾きの三線・手踊り年忘れ

「芭蕉布」は心地よきかなテノールで

初夏十日亡母《はは》生れし日や声のして

パイナップル甘い香りや故郷の

ふるさとが遠のく春やまた一人

故郷はもう「海開き」春寒し

那覇にて

エイサーと島唄染むや秋祭典

島袋　時子（しまぶくろ　ときこ）

1939年、東京都生まれ。
俳誌「花林花」。東京都東久留米市在住。

久高島＝神の島にて

島の秋祈りと感謝と静けさと

渡嘉敷島にて二句

秋の海・夕日・星空すべて佳し

慟哭の集団自決地鳥渡る

変えられない変わらない基地沖縄忌

反基地のシンボル逝きて沖縄忌

バラバラにされし民意や海朧

玉手箱開《あ》くや基地なき夏の海

沖縄忌平和の願い海の青

行幸に思ひ新たや島の春

父母の生れし王国《くに》なり鳥曇

島の四季

花九年母《くにぶ》香りただよふ峡の里
囀りや嘉津宇岳《かつうだけ》から安和岳へ
東風吹くや畑に高鳴く烏骨鶏《うこっけい》
山鳩の声かするるや寒き春
ふるさとの歌や三線《さんしん》春の舞
南風吹く礎に母の名をなぞる
紋羽《もんぱ》咲くひばりが丘の風清し
八月や弾の字極む貘の詩碑
土砂降りにいよよ高ぶる臼太鼓
夏山へ谺となりぬ山羊の声

上間　紘三（うえま　こうぞう）

1940年、沖縄県生まれ。『沖縄俳句選集』。
俳誌「山繭」。沖縄県那覇市在住。

護佐丸《ごさまる》の歴史を辿る秋の雨
ようどれの石獅子隠る穂草波
大綱のうねる十五夜祭りかな
潮騒の磯にオキナワ菊盛る
のろのろの台風一過ゆがふ雨
冬ぬくし福木囲ひの番所跡
太刀魚《たちうお》の背びれくねくね競り市場
風そよぐグスクの杜の寒鴉《かんがらす》
寒鴉《かんあ》鳴く空一面の千切れ雲
銀杏歓の乾ぶる莢へ小春風

夏鶯

鶏の放し飼はるる野の淑気

兜太逝く青鮫のいる梅二月

覇王樹の花のつぎつぎ白き朝

うりずんの一歩ためらふ水たまり

帰去来の雲の白さや夏近し

学徒の碑へ夏鶯の挽歌かな

灼くる碑に鎮魂の水供へけり

とべら咲くいつも散華の海に向き

ジャズ流る卯月ぐもりの楽器店

イタジイの森の濃き闇青《あを》葉《ば》木《づ》菟《く》

前原　啓子（まえはら　けいこ）
1942年、沖縄県生まれ。
俳誌「今日の花（旧風花）」、俳人協会会員。沖縄県中城村在住。

羅を干せば珊瑚の海透ける

早口の語尾泡となる水中花

二期青田風に吹かるる丈となり

子規庵の小宇宙に濃き鶏頭花

風騒ぐ花梅《せん》檀《だん》の香に酔ひぬ

家事一日の卓にレモンの香の満てり

秋灯下歌人修司の詠む祖国

文化の日米炊き上がる電子音

真珠湾とレノン忌をふと十二月

平和の灯摩文仁の空に去年今年

ここから先は

（表題・抄出はコールサック社編集部）

星ついばみ月の巣箱で島眠る

雲に乗る飛行機嫌いのキジムナー

変身願望オオゴマダラの風の乱

パッションフルーツ舌の先から来る狂気

新北風《ミーニシ》を呑んで銀河の笛になる

やぶ蚊つつけば島の遺恨が数珠繋ぎ

枯れ葉剤も猛暑も島の髄までか

キジムナーが傍受しているススキの秘密

島の血は売らぬ矜持の甘蔗《キビ》の花

辺野古沖冬至《トゥンジー》冷え《ビーサ》の怒涛の藻

平敷　とし（へしき　とし）

１９４５年、沖縄県生まれ。
俳句同人誌「天荒」。沖縄県沖縄市在住。

夜の底吃音を聞くサガリバナ

片降り《カタブィ》のここから先は魔界です

風の呪文ブーゲンビリアは身を反らす

ざくざくと毒吐く土塊《つちくれ》基地跡地

スヌイ掬う白骨のごと落機の残骸

フェンス越しの米兵避ける登校路

スーサーが言霊運ぶ慰霊の日

避難訓練嗤う轟音欠陥機

慰霊の日地底海底洞窟《ガマ》の底

欠陥機飛ばすな子等は夢の中

以上合同句集『真実の帆』、「天荒」58、59、60号より

平御香《ヒラウコウ》

（表題・抄出はコールサック社編集部）

五感みな埋め立てられた海無月
平御香《ヒラウコウ》を線路にして母出立す
子午線をひょいと跨いで母が逝く
父母乗せる天河の筏か平御香
児の拳開けばマンタ月へ飛ぶ
残月やジュゴンも鯨も鬱の底
島人《シマンチュ》の堪忍袋かスーパームーン
タトゥーみな光合成する春の街
電波飛ぶたびに壊れる島豆腐
さそり座のふところ深くゆうな落つ

神矢　みさ（かみや　みさ）

1945年、沖縄県生まれ。句集『大地の孵化』。
俳句同人誌「天荒」。沖縄県中頭郡在住。

ニライへの舳先の形をして合掌
泥の蝉不発弾層かき分けて
ヘリが降る拳をギュッとアダンの実
ペースメーカーの波長が狂うオスプレイ
軍機みなニライカナイへ放屁して
イナムルチの椀に軍機が落ちてくる
冬至《トゥンジー》雑炊《ジューシー》島は澱みを抜け切れず
ステルス機白詰草に胡坐かき
杭打れた辺野古の海やブラッドムーン
花丸も爆音も挟む子のノート

以上合同句集『真実の帆』、「天荒」58、59、60号より

ジュゴン舞う

（表題・抄出はコールサック社編集部）

弾き初めの弦の白波ジュゴン舞う

初夢や戦火ひきずる母の臍

沖縄忌森の語り部花月桃

闇にメス流星群の大手術

わが物顔で新種の蚊になるオスプレイ

基地通り村のなごりの白芙蓉

泡グラス小指の痛み浮かべたまま

海鳴りや影無き人の声の渦

草蝉や秒針となる軍靴音

重箱で時空の孵化する清明祭

柴田　康子（しばた　やすこ）
1946年、沖縄県生まれ。
俳句同人誌「天荒」、現代俳句協会会員。沖縄県中頭郡在住。

ヒスイカズラをブランコにする一番星

母さんとはぐれこんこんひまわり迷路

グラジオラス姥捨山の昇降口

未来まで縛るか法の春投網

満月を合わせ鏡にジュゴン舞う

石《いし》敢當《がんどう》割れて空地に猫の恋

ヤドカリやパワーショベルに家取られ

青空の怒涛になってる爆音

頻脈の空かきまわすオスプレイ

甘蔗《きび》の花過疎化少子化ままならず

以上合同句集『真実の帆』、「天荒」58、59、60号より

返し風《ケーシカジ》

（表題・抄出はコールサック社編集部）

伏流の暴れ独楽島は渦巻き星雲
冬至寒さ《トゥンジービーサ》磨かれた島のアイデンティティー
スミレだって燎原の火となる辺野古基地
花ゆうな銃後の闇を隠してる
そこからは島の逆鱗触れてみよ
昇るほど空は逃げてく野アサガオ
流星の欠片《かけら》拾うニワゼキショウ
地霊たちの宴の河なり山笑う
鎮魂の炎となりてチガヤ舞う
告知せぬ闇もあり老母《はは》の花ゆうな

玉城　秀子（たまき　ひでこ）

1947年、沖縄県生まれ。
俳句同人誌「天荒」。沖縄県宜野湾市在住。

若き日の母が振り返る花芙蓉
陽炎が哭く空屋敷沖縄忌
不死鳥の眼となる島の超満月《スーパームーン》
蛇腹を粘力にして島茜
引き抜かれ又組むスクラム返し風《ケーシカジ》
赤子抱き飛び出た壕なり花デイゴ
桜祭り基地へ辺野古へ砂利トラ並ぶ
「物食《ムヌク》イシドゥ我《ワ》ガ主《ウスー》」も真やムーチー寒さ
ふるさとの墓は寡黙なりオオシマゼミ
弾けんと月桃の実の時間かな

以上合同句集『真実の帆』、「天荒」58、59、60号より

肝苦《ちむぐ》りさー

俳句

武器厭ふ民あり琉球浜防風《はまにがな》
てだのふあが土握りしめ沖縄忌
沖縄の地にこそ建てり九条の碑
朝顔の蔓にからまりオスプレイ
筍や元祖沖縄タコライス
照準器背中を捉へ島ンチュウが春
遥かなる卯波《うなみ》金網肝苦《ちむぐ》りさー

短歌

叫ぶ泣く燃やす命ずる死ぬまた死ぬそれが戦争沖縄は逝く
大和など知らぬ和人が居る如く沖縄識らずの政治があらむ
辺野古痛し生爪を剝ぐ心地して基地諸共にアメリカを剝ぐ
倒れつつ起き上がりつつ摑みしは日米安保とふ悪夢なりけり

武良　竜彦（むら　たつひこ）

1948年、熊本県生まれ。小説『メルヘン中学物語』『三日月銀次郎が行く』。俳誌「小熊座」。神奈川県三浦市在住。

散文詩

五月十五日、沖縄の女性のことを思い出す。

学生時代にアルバイト先で知り合った人だ。

「琉球という独立国家だったのに薩摩の侵略に遭い、明治維新後も明治政府に支配された。日本人は博覧会で琉球人を野蛮人種として展示した。戦時中、琉球語を話しただけでスパイ扱いされて虐殺された。日本の敗戦色が濃くなると、日本の詩人は日本のために琉球を最後の砦として死守せよと詠った。琉球人のためではなく日本のために捨石になれと言った。敗戦後、米軍の基地の島にされている琉球に対して、日本は責任があるの」

一九七二年沖縄が返還された年、沖縄に帰るという彼女に再会し、アメリカにも日本にも深く失望したという彼女のそんな言葉を聞いた。

「日本『復帰』を望んだのは、そうすれば基地がなくなるという希望を持ったからよ。基地を琉球に残すのなら、日本『復帰』に何の意味があるって言うの。そもそも『復帰』って何。琉球は琉球に返してもらう」

「沖縄返還の日」になるとその言葉が今も胸を抉る。

今、琉球の独立を二十・六％の人が支持しているという。彼女はその二十・六％の中の一人に違いない。

那覇の空

競ひ鳴くみんみんぜみの孤独かな
黍刈りや武蔵になりて鎌を振る
父逝きし朝の院門サシバ鳴く
梅雨晴れや大安選び娘《こ》は嫁ぐ
満月に響く指笛夏祭り
立春や娘《こ》は東京へ嫁ぎゆき
蕾なる緋寒桜に一志あり
夏鳥の鳴き声庭に絶へにけり
春立ちて詩心蠢《うごめ》くわが身かな
春潮にボラの三つ四つ群れ遊ぶ

南島　泰生（なんとう　やすお）

1949年、鹿児島県生まれ。『文学散歩と読書のすすめ』『南島泰生俳句・雑文集 桜と竜舌蘭』。俳誌「天為」、喜界島ふるさと俳句会会員。鹿児島県大島郡喜界町在住。

巌壁に逸《はや》る車座鰆《さわら》食ふ
春風やムチャ加那の碑に唄響く
竜舌蘭にょきにょきと伸ぶ路傍かな
夜明くるやサンコウチョウの声聞こゆ
梅雨明けの国際通りジャズ響く
星祭りスクランブルも那覇の空
春雷にハブ驚きて目覚むかな
春立ちぬ三味線《しゃみ》の音色も弾みをり
白南風《しらはえ》や沖縄の怨運び来る
春潮にオキナメジナの大魚釣る

弥勒面《みるくめん》

大洋の葆光《ほこう》を放つ淑気かな
初使者を初東風《はつごち》するニライ神
緋桜や島の祈りの色なれり
砲弾池春の井守の息継ぎす
花冷や和解といふも潮目あり
鍵束の失せて二ン月《にんがち》風廻り《かじまーい》
霾《つちふる》や螺鈿玉座に龍寝かす
若夏や環礁に波立ち上がる
うりずん南風《べぇー》干潮渡りし牛車かな
水牛の尾の銀蠅をひと打ちに

太田 幸子（おおた さちこ）
1950年、沖縄県生まれ。
俳誌「天為」、沖縄県俳句協会会員。沖縄県那覇市在住。

まらうどを招く弥勒の蒲葵《くば》扇
摺り足の琉球畳涼しかり
弥勒面被れば神ぞ豊の秋
豊年の風の幔幕《まんまく》ひるがへす
あかときの風の高みに鷹柱
豊年の神酒《みき》干す獅子の舞ひにけり
迫り来る法螺の響みや秋深む
豊年の法螺に大銅鑼応へをり
村芝居演者も客も酒焼けす
海神祭《うんじゃみ》や禊の潮の透きとほる

砂糖水

大河原　政夫（おおかわら　まさお）
1950年、福島県生まれ。
俳誌「桔槹」「小熊座」。福島県郡山市在住。

きじむなーと名づけしサバニ夏至の風

杪欏《へご》の木の真下にありぬ蟻の塔

山羊の立つ島の断崖みなみかぜ

喪の家のパパイヤの下とほりけり

たましひ遊ぶ月桃の花の下

梅雨深し壺屋の町の石《いし》敢《がん》當《どう》

でいご咲く琉舞に能の足さばき

島唄やマンタのためにある夕焼

三線につられおばあのアッパッパ

爆撃機横たふ基地や阿檀の実

艦砲の音か摩文仁の日雷

ガジュマルの気根の揺るる慰霊の日

砂糖水ガマに供ふる丸き背

アンガマの面に深き祖の笑み

敗戦日地下壕の目の夥し

刺羽わたる集団自決の島を越え

うちなあの春や指笛高らかに

沖縄に雪降りし日のハンバーガー

うりずんや嘗てのここは象の檻

はいむるぶし鯨に春の長き旅

沖縄 MON AMOUR

狐火と見紛う基地の飛行灯
具志堅よ島の堅雪パンチせよ
泥濘《ぬかるみ》の戦後の道を跳び越しぬ
憂国の王愛したる首里の春
三線《さんしん》の音色遥《はる》けし基地の海
沖縄を人質にして五月晴れ
サトウキビ葉擦れが時を連れ戻す
母を呑む沖永良部《おきのえらぶ》の波静か
ハブ眠る炎天真昼の久高島
生業《なりわい》にハブも育てる夏の宿

福田　淑女（ふくだ　しゅくじょ）
1950年、東京都生まれ。歌集『ショパンの孤独』。
俳誌「花林花」、短歌誌「まろにゑ」。東京都中野区在住。

中《なか》城《グスク》ハブ起きぬよう声潜め
エイサーを踊る少年日の盛り
那覇の夏「ヤマトンチュー」となじる声
花織のウチナー婆に大西日
宜《ぎ》野《の》湾《わん》の入道雲は翳りたり
泡盛にウチナンチューの心意気
シムクガマ・チビチリガマに霊氣棲む
鉄の雨憂いて静かガマの闇
露しぐれ百歳寿命の敗戦国
びいどろの罅《ひび》輝かせ冬茜

カフェの窓

（表題・抄出はコールサック社編集部）

花札の月は戻れぬ太古の海
鳳凰木炎に迫る空の自我
若夏の波を数える不登校
星はしゃぐ大陸横断風を連れて
空は揺りかご蛍を抱きしめて
かたつむり夜の亀裂を綴じている
指紋だらけのヘイトニュースに泣くシーサー
シロツメクサ無数のナイフの指紋拭く
SNSの毒矢に触れるシクラメン
光輪を背に空にもある金網

たいら　淳子（たいら　じゅんこ）
1953年、沖縄県生まれ。
俳句同人誌「天荒」。沖縄県宜野湾市在住。

カフェの窓敗残兵が顔を出す
カーストの端っこつかむ島の虹
シーサーの血走る眼に方言札
低温火傷の島よ　デラシネの記憶
爪を立て針突《ハヂチ》が暴れる慰霊の日
洗骨や戦の骨は冬銀河
失くした顔探して野分に立ちつくす
少年の眉は雷鳴を引き連れ
稲光に振り向くシーサーの舌
月光に吸い上げられる乾きかな

以上合同句集『真実の帆』、「天荒」58、59、60号より

乱世のハヂチ

（表題・抄出はコールサック社編集部）

辺野古沖しゃれこうべの月笑う
戦争の卵着床すゴーヤー
辺野古沖火の舌を持つカメレオン
恐竜の奥歯きしむ辺野古沖
宇宙を罠にかける女郎蜘蛛
もめん豆腐島の形も崩れゆく
闇を消すニンニクカズラ満開す
シーサーも泣いているという三歳児
ゴーヤーを喰う魂《マブイ》の粒拡散す
またひとつ嘘をついちゃった女郎蜘蛛

上江洲　園枝（うえず　そのえ）

1949年、沖縄県生まれ。
俳句同人誌「天荒」。沖縄県中頭郡在住。

爆音とねんごろになる耳鳴りや
うりずんの失語症背負うかたつむり
捨て石は一つにあらず流れ星
蜃気楼の鬼の出る島オスプレイ
オスプレイ月の胎盤ゆするかな
さくらさくら隙間からまた軍靴
葉桜の後ろの正面オスプレイ
頬染める風が湧きあがる桜並木
乱世のハヂチかかげるカジマヤー
千手観音宇宙を洗う甘蔗の穂

以上合同句集『真実の帆』、「天荒」58、59、60号より

開かずの玉手筥

島唄や浜若夏の毛《もう》遊《あし》び
清《しい》明《み》祭《い》や海へ三《さん》線《しん》揃ひ弾く
黒《くろ》南《は》風《え》の辻市場《マチグワー》の豚の顔
朝雨や苔咲く首里の石畳
海碧し戦跡に舞ふ白日傘
あま菓子を菖蒲に搦ふ四日《ゆっか》の日《ふぃ》
ハーリーや櫂逸り打つ海の色
スク荒の出船入船慰霊の日
水牛の名前小次郎島薄暑
花芭蕉甕に祝の仕込札

大久保　志遼（おおくぼ　しりょう）
1950年、三重県生まれ。句集『喧嘩独楽』。
俳誌「沖」、俳人協会会員。愛知県名古屋市在住。

島バナナ熟れてオバアの九十七歳《カジマヤー》祝
三百人寄る婚鳳凰木の花
泡盛を乾して満座のカチャーシー
ぐるくんの刺身がうごく船料理
明易のガジュマル揺るはキジムナー
盆アンガマ家ぬち開かずの玉手筥《たまてばこ》
エイサーや綿狭《みんさー》の縞よく揃ふ
阿壇の実熟れて落ちけり島役場
山羊料る浜に総出の晩夏かな
ヤマトてふ異国より来て天の川

青い心臓

（表題・抄出はコールサック社編集部）

絶壁の墓黙し蛙絆《ほだ》される
突端の地の底に這う冬至《トゥンジー》冷さ《ビーサ》
「悪霊《マジムン》行け」義母闘えば夕立ちて
流星の匂いをまぶす夜香木
終戦忌とぐろ揺り椅子に姑《はは》の夢
見えぬ機《はた》蝙蝠親子が耳澄ます
ブナガヤに渡す記憶は芭蕉《バサー》一反
アマリリスこの一点から聴く世界
巨大クレーンくんくん月と星を嗅ぐ
地球を出る階段でしょうかクレーン

山城　発子（やましろ　はつこ）
1951年、沖縄県生まれ。
俳句同人誌「天荒」。沖縄県中頭郡在住。

羊ではいられぬ島の角光る
オスプレイ魂《マブイ》の周波も天網も
心にもあざが広がる火炎葛
臓腑こそ物言わんとす慰霊の日
消えていくもの追いかける甘蔗穂波
竹節虫《ななふし》の何億の夜の交尾だろう
板干瀬は児らに目笑い《ミーワレー》十六日祭《ジュウルクニチー》
月桃や猫の乳房も痛みます
アガパンサス青い心臓が手招きす
語り部は語らず月桃の顎の鋭角

以上合同句集『真実の帆』、「天荒」58、59、60号より

国和《な》ぐを

佐良浜の幸のはじめの桜貝
初夏の海の草々濃むらさき
荒東《ご》風《ち》に海鳥たちの帰る山
夜焚舟まぼろしのごと揺曳す
珊瑚礁に機影つぎつぎ烏賊を釣る
魚垣は海の大魚《や》簗《な》かと思ふ
月桃を干して日永の宮古島
蓋とぢて拒みし栄螺《さざえ》競られたる
炎の中へ栄螺入れつつ宮《みゃー》古《く》口《ふつ》
菜《な》殻《がら》火《び》の業火となりて海焦がす

栗坪　和子（くりつぼ　なぎこ）
1945年、千葉県生まれ。
俳誌「沖」。千葉県市川市在住。

風が出て浜《はま》木《ゆ》綿《ふ》に砂たはむれり
海の石を神とし祀り夏木蔭
神《ひも》籬《ろぎ》のみどりの中や雨蛙
日の渦が水の底ひに海《と》桐《べら》咲く
乙姫さまの長き髪かや夏甘藻
　＊甘藻の異名は「龍宮の乙姫の元結の切外し」
人頭税の石のかたはら蟹走る
初浴衣むかしの琉球藍が好き
上布織る涼しき瞳の少女ゐて
白南《は》風《え》やフランス装の「貘詩集」
国和ぐを願ひしわが名沖縄忌

月の卵

春雷や琉球弧も不発弾です
月光で吊り上げている海底遺跡
オスプレイ陽炎の街の羽音かな
片降《カタブ》りや彼岸此岸の綱を引く
水の声火の声聴いて大晦日
路地裏のラインで繋がる猫の恋
爆音を閉じ込めている島ゴーヤー
パッションフルーツ胎内に月の卵もつ
ペットボトルしぼんだ太陽吼えている
月蝕の裏で蠢く蛇の密談

（表題・抄出はコールサック社編集部）

おおしろ　房（おおしろ　ふさ）

1955年、沖縄県生まれ。
俳句同人誌「天荒」。沖縄県那覇市在住。

風車《カジマヤー》海馬は青い沼となる
住所は基地の中リュウキュウコスミレ
琉球の動脈となる大綱引き
月光を身体に溜めて蛇の脱皮
花ギーマくちびる冷たく共謀罪
芭蕉布の衣で隠す混血児
シークワーサー種に降り注ぐ爆撃音
寒緋桜戦争に続く道通せんぼ
勝山の抜け殻のごと廃墟
花梯梧地中の鬱憤吐き出して

以上合同句集『真実の帆』、「天荒」58、59、60号より

モノクロ

鯨寄る水平線は綺羅を生み

風呂敷を拡げ御《う》願《がん》の春の浜

受水《うきんじゅ》に蜷《にな》走水《はいんじゅ》は日の光

前へ前へ一所懸命蜷の道

神《かみ》御庭《あしやぎ》島の雪加は天より鳴く

蟇爆弾池に声を積む

虹消ゆるまで波音を聞きゐたり

甘《き》蔗《び》畑の起伏を走る驟雨かな

椰子蟹の鬼の手闇を探るなり

日盛を青き骨壺並べ売る

山崎　祐子（やまざき　ゆうこ）

1956年、福島県生まれ。句集『点睛』『葉脈図』。
俳誌「りいの」「絵空」。東京都豊島区在住。

足元に終の蟬の鳴く摩文仁かな

クロトンは夕空の色手をかざす

秋燕山羊はときどき空を見る

秋の果御嶽《うたき》の森は濡れてをり

鷹鳴けり伊是名《いぜな》の青き空の芯

棟上の山羊汁熱き夜長かな

比嘉康雄アトリエ

モノクロの招魂の息鷹の頃

旅《りょ》人《じん》木《ぼく》三線が追ふ笛の音

潮満つるやうに琉歌やはぐれ鷹

冬草の芯まで青き墳墓かな

ニライカナイの手

毒蛾の子手にかけて爆音緩む
エイサーや虚像と踊る島の影
島バナナ戦後にくい込むパワーショベル
蘇るつもりで落ちる花ゆうな
花梯梧フェンスを破る柔い爪
五と一を行き来するだけ復帰記念日
耳穴に憂さ吹き溜まる夏至南風《カーチーベー》
バチ先で星座を狂わすエイサー祭
通り雨タマシダの弾く曲香る
十六夜の頬杖となりテッポウユリ

本成　美和子（もとなり　みわこ）
1963年、沖縄県生まれ。
俳句同人誌「天荒」。沖縄県宜野湾市在住。

爆音の空繕いだす朝顔
風の層月桃は胸に墓を建て
歯車のひまわり畑笑いだす
掌に無音の波濤成人式
メトロノーム壊れて立夏のスキップ
炎帝の果てを沈黙の黒船
宮古訛利き足のバネで踏み込む
R58に降り立つ黒揚羽の一念
＊R58＝国道58号、鹿児島市と那覇市を結ぶ海上国道。
起重機ら慄くニライカナイの手
月の夜に納まりたくて海を踏む

平和のおへそ

（表題・抄出はコールサック社編集部）

清明祭宇宙丸ごと呼び込む日
慰霊の日百合一面に回帰線
沖縄は平和のおへそを持っている
コマ送り地獄を味わう基地の島
嗄れるまで慟哭の蝉慰霊の日
雲の方舟沈み行く慰霊の日
わナンバー追い越してゆく復帰記念日
無声のシュプレヒコールに混じるエゴ
蝸牛空梅雨対策思案中
蝸牛四つ葉は食むな基地の島

翁長　園子（おなが　そのこ）
1972年、沖縄県生まれ。
俳句同人誌「天荒」。沖縄県中頭郡在住。

熱帯魚パントマイムで愛を乞う
神様の地球攪拌機Typhoon
カヌー行く森水面の弦爪弾く
夏カレーごろり夫も入れてみる
氷山にされそうもない湯豆腐
沖縄忌机の向こうに何がある
蝸牛背負うは沖縄《しま》の葛藤
石蕗や沖縄の風で吹いている
爆機嵐ぐらつくガジュマルの根
待合室孤独の声満つ長寿沖縄《ウチナー》

以上合同句集『真実の帆』、「天荒」58、59、60号より

西桟橋

天界めく細崎《くばざき》海岸秋立ちぬ
一本道甘蔗畑を貫きて
コスモスや黒真珠てふ酒交はす
チャンプルの味付習ふ綿帽子
星冴ゆる胡弓の呻き漂ひて
陽炎や迷彩車両溢れたる
ミンサーを織る音満つる薄暑かな
夏暁や水牛屈む泥水に
夜勤明オリオンビールに島らつきよう
クバの葉の扇の風や柔らかし

市川　綿帽子（いちかわ　わたぼうし）
1976年、神奈川県生まれ。
俳誌「街」、俳人協会会員。神奈川県横浜市在住。

夏草噛む白山羊の眸の眠さうな
帰省子の卓賑やかに中身汁
高笑ひ金の脛毛の半ズボン
戦死者に囲まれて尿半夏生
婆の手に黒き刺青や汗拭ふ
逝きたるはガジュマルに入る南風
海亀の掻いても掻いても進めない
病葉が嗤ふ亀甲墓のうへ
白砂の路にハイビスカスの影
黙燃ゆる西桟橋の大夕焼

雲の王国

（表題・抄出はコールサック社編集部）

大城　さやか（おおしろ　さやか）
1987年、沖縄県生まれ。
俳句同人誌「天荒」。沖縄県那覇市在住。

琉球史ひもとく蝶のレ点かな
サガリバナ夜をめくる付箋となる
炎天下アスファルトの唾液溢れだす
花冷えをホルマリン漬けにした海の底
フェンス越しに架かる虹は無国籍
カプセルホテル自閉の魚が棲むという
圧力鍋シュプレヒコールの裂ける声
死臭漂い手招きしているサガリバナ
ぶにぶにとセシウム溜め込み豚足《ティビチ》煮る
プチプチと海底の独り言海ぶどう
鉄骨の成長痛です工事音
満月薫る瑞泉通りの石畳
夕焼のベールに包まれ船帰る
雲のりんかく燃やして夕陽沈み行く
片思い入道雲の冷凍パック
星空へ鉄骨伸ばす空港ビル
満月の脱皮ばらまく海の原
水平線雲の王国湧き出でる
ジンベイザメ悠々泳ぐ基地の空
浜下り《ハマウィ》や地球の地肌露出して

以上合同句集『真実の帆』、「天荒」58、59、60号より

ご当地俳句@南大東島

平成三十年三月

鈴木　ミレイ（すずき　みれい）
1979年、沖縄県生まれ。WAの会同人。沖縄県那覇市在住。

プロペラ機で降り立った南大東空港。お迎えの言葉は「おじゃりやれ〜。」

太平洋の絶海に珊瑚礁が隆起してできた、大東諸島。もとは無人島だったこの島々は、明治時代に八丈島の人々が開拓した独自の歴史を持つ。サトウキビの栽培で栄え、久米島や宮古島などからも人々が移り住み、「合衆国よ。」と、陽気なガイドは語る。

江戸文化と琉球文化が混在という形で根付いた、とても珍しい地域。

大東諸島の中で、人が住んでいるのは南大東島と北大東島の二つ。深海に囲まれた島々の海岸線は、ぐるりと断崖絶壁。波が荒く船は接岸できないため、乗り降りはゴンドラに乗ってクレーンで吊るという方法。潮風を浴びてクレーンに吊られるスリルを味わいたくて、那覇から13時間の船旅で訪れる人もいるのだとか。

地形の利を活かし、陸から釣糸を垂らしてもマグロなどの大物が釣れるため、殊に魚影の豊かな北大東島は釣り人に人気のスポットだ。

台風に備え、船を守る避難港を設けるために防波堤を造ったが、深海を掻き回す波の勢いに耐えられなかった。考え抜いた末、南大東島と北大東島の向かい合った場所にそれぞれ避難港を設け、風向きに応じて島どうしが防波堤のように守り合う形にして、今に至るそう。

春の陽も絶海《うみ》の深きも夫婦島

「南大東島と北大東島は、お互いに切磋琢磨し合う【きょうだい島】よ。」と、ガイドが笑顔で囁く。

旅人目線で、失礼しました。

昼食は、大東そばと大東寿司に、特産の南瓜の煮物。沖縄そばの一種である大東そばの太麺は、写真なんか撮らずにすぐ食べ始めれば、強いコシを楽しめる。甘酸っぱい寿司飯《シャリ》に鰆の漬けを冠した大東寿司は、山葵がほんのり透けた優しい色合い。祝事以外にも、農作業の茶請けに差し入れられていた大東寿司は、汗に流れてしまったミネラルと鋭気を補ってくれたそう。

手作業で収穫していた時代、製糖期には台湾や韓国からも出稼ぎ労働者が島を訪れ賑わった頃もあったが、昭和46年にハーベスタが導入され、新たな労働力となる。ハーベスタが刈ったサトウキビを傍で受け取るトラックが、息の合った動きで畑を往き来していた。

甘蔗《きび》刈るは二台の重機青年《ニセ》二人

ナイトツアーの見所「光るキノコ」は、雨後の真っ暗な夜でなければ見つけることができない。ヤシガニ獲りが初めて見つけた、闇夜の森にぼんやりと浮かび上がる正体不明の小さな光の群れ。

一昨年、キノコ研究者が島を訪れて調査し、分類までは突き止めたが、まだ解明されていないことばかり。人類が発展させた科学技術によっても照らし出せない、この島の自然の奥深さ。

私の参加した夜は、星も隠れるほどの見事な満月。日中は喜ばしいほどの快晴だったが、どうにか探し出せた今夜のキノコは、蛍よりも微かな光。

大雨の上がった夜には、イルミネーションよりも優しい幻想的な光のアートが、森中に広がるそう。

春満月恥じて葉蔭に夜光茸

眩しい街灯りを離れ、スマートフォンも置いて、何者にも縛られない散歩道。ハブもヘビもいない安心感。

大東諸島といえばダイトウオオコウモリが有名だが、南大東島にだけ棲息するフクロウの一種「ダイトウコノハズク」が繁殖期を迎えていた。暖かな闇の中で耳を澄ませば、彼らの呼び合うように啼く声は聴こえてくるが、姿はなかなか見つけられない。

木菟《ズク》たちの交わす恋歌闇の奥

かつてこの島には、収穫したサトウキビの運搬用と島の人々の移動手段として鉄道が通っていた。石炭で走る蒸気機関車は、時代の流れとともにディーゼル機関車へと姿を変え、とうとう昭和58年の収穫期を最後に、トラック輸送へと切り替わった。

役目を終えた機関車は、時代を語る資料として、ふるさと文化センター前に展示されている。島中で活躍した昔を偲びながら、眠れる機関車。

新たな時代を築くため、旅人を乗せて島の名所を廻る観光用の機関車として、三年後に復活させるプロジェクトが立ち上がったと聞き、胸が躍った。

夢を乗せシュガートレイン目を覚ませ

無季の句だが、「プロジェクトの始動している今」を捉えた作品としてこの島に託し、帰途に就く。次に訪れる時には、岩礁をくりぬいて造られた海水プールで小魚たちと一緒に泳ぎ、東洋一美しいといわれる「星野洞」で神秘の輝きを眺め、地底湖を探検してみたい。

ビロウと呼ばれる椰子が、空に消えゆくプロペラ機に手を振る。「あばよ〜い。」

破顔《わら》ふシーサー

鈴木　光影（すずき　みつかげ）
1986年、秋田県生まれ。
俳誌「沖」「花林花」。東京都台東区在住。

鳴らすたび三線夏の海を呼ぶ
アーサーのあをに遙けし島の春
沖縄や狂ひ花にはくるふ故
長梅雨や口遊《くちづさ》む島唄は悲歌
ナイチャーへ破顔《わら》ふシーサー沖縄忌
本土凍つ沖縄そばを啜る夜
若夏や着いてすぐ買ふゴムぞうり
甘蔗《きび》畑も我もひかりの雨の中
雪のなき珊瑚の島の雪の砂
海を割る伊良部《いらぶ》大橋雲の峰

日盛の榕樹《ようじゅ》の森に身を隠す
島言葉あたたかタクシー運転手の背《せな》
島豆腐の重みを讃《たた》ふ花曇
夕凪の海へ火照りし足首を
蜥蜴《とかげ》らと寝ることにする外は雨
暗く冷たき琉球ガラスありにけり
夏の果白き珊瑚の死を拾ふ
颱風の巨大な玩具テトラポッド
シーサーに一瞥《いちべつ》されし秋の暮
秋灯の届かぬところニライカナイ

三章　魂呼《タマヨ》ばい

魂呼《タマヨ》ばい

佐々木　薫（ささき　かおる）
1936年、東京都生まれ。詩集『潮風の吹く街で』『ディープサマー』。
季刊誌「あすら」。沖縄県那覇市在住。

青の方位がひっそり目指されて。
立ち止まれば　空をみあげている
（空ノ　セセラギヲ　呼ブ
（ホソーイホソーイ指笛　ソノ先
エーヘーホー　エーヘーホー

山原《ヤンバル》の原生林を歩く
どこまでもつづくイタジイの明かり
羊歯の草叢にゆらぐ火の穂をみた
（祝女《ノロ》ノ幻惑ヨ
（森ヲ駆ケ抜ケル招キ手ヨ
射し込む光の矢を受けた。
（青鳩ガ啼イタ
ウッウー　ウッウー
（生者ノ魂ガ呼バレテイル

滝壺の中で
しぶきをあびて舞い飛ぶ黄アゲハチョウ
水面すれすれをきらめきゆれる千年の翳
（魂呼《タマヨ》バイ

（頬ヲカスメテ過ギル水撫デノ手ノヒラヨ
ひたひたと　たふたふと
（魂寄《タマヨ》セテ
はるかな時空を掬い上げる
しなやかな手触りよ

＊イタジイ＝ぶな科。沖縄山原の原生林をなす大木群。
＊水撫で＝額に泉、井戸などの水をつけ活力を再生する。

慟哭——贖罪のファサード
渡嘉敷島の集団自決から72年……

忘れたいあの日のこと。
忘れられないあの日のこと。
　羽をもがれた蝶が空で苦しみもがき
　喉を裂かれた鳥が断末魔の叫びをあげる

狂気が正気となるとき
人間が人間でなくなるとき
いくら耳をふさいでも聴こえるのです
何十年たっても耳の底のその奥から
反響し増幅し木霊する声、声、絶命まぎわの…

あの日　忘れもしないあの日
島をとりまく海は何千という軍艦で埋めつくされ
艦砲の火弾が雨あられとなって襲いかかる
追いつめられた人々は、配られた手榴弾や鎌や斧、カミ
　ソリなどを手に手に
（みな一緒に死ぬのだ）
父母の頭を鍬で打ち、姉妹の喉をカミソリで……
噴き出す血の海のなか、生き残ったものが集まって
最後の手榴弾を叩きつけた
――不発だった

草をかきむしってわが身を呪い
口から血の泡を吐きつづけても
死ぬに死にきれず、狂うことも叶わない
半狂乱の耳に聴こえてきた一つの言葉
「門を叩け　狭き門より入れ」
かすかな声が幻聴でないことを願いつつ
救いを求めつづける何十年

「光あれ！」
廃墟となった首里キリスト教会
――私のサグラダ・ファミリア――
錆びついた門をひたすら叩き
「贖罪のファサード」をくぐり抜けようとして
たちまち呵責のヤイバに突き刺され
断罪のツブテが矢となって降りかかる

廃墟の門はひらかない
狭き門はひらかれない
百年たっても二百年たっても開くことはない
その門をくぐろうとすること――その行為のためだけに
「贖罪のファサード」はあるのだから

陽にかざす両手から鮮血がしたたり落ち
この島に咲く花を赤く赤く染めつくす

「いのちにいたる門は狭く　その路は細く　これを見出
すものなし」

＊金城重明『「集団自決」を心に刻んで・一沖縄キリスト
者の絶望からの精神史』を読んで何か書かずにいられ
なかった。呻きのような言葉を…

北《にし》の渡中《となか》

うりづむが立てば
わかなつが立てば
かけめなの潮《しお》に
かなくりの灘《なだ》に
汝《な》が綾船《あやふね》よ押《お》し浮《う》けて
吾《わ》が速船《はやふね》よ走《は》り競《そ》えて
船子選《ふなこえら》で乗せて
手舵選《てかじえら》で乗せて
真帆《まふ》や羽撃《はう》ちし
弥帆《やふ》や煽《あ》うらち

奥《おく》の渡出《とい》じへて走《は》り居《よ》れば
北《にし》の渡出《とい》じへて走《は》り競《そ》えば
風《かぜ》の手《て》や帆袋《ほぶくろ》に撓《しな》い
波《なみ》の手《て》や船腹《ふなばら》に撓《しな》い

与論《よろん》かいふた
永良部《えらぶ》せりよさに
うり　真北風《まにし》がまねまね吹けば
すり　請《うけ》　与路《よろ》は橋撓《はししな》て

真久田　正（まくた　ただし）
1949～2013年、沖縄県生まれ。詩集『幻の沖縄大陸』『真帆船のうむい』。詩誌「KANA」。沖縄県那覇市などに暮らした。

あり　徳《とく》と大《おお》みや　中之瀬戸内《なかのせとうち》
かんし加計呂麻《かけろま》の浦々に
ああ　尊々《とうとう》
船やれば船遣《ふなや》れ
旅《たび》やれば旅遣《たびや》れ

＊うりづむ…旧暦三月頃の候。大地が潤むことからきている。
＊わかなつ…若夏。旧暦四、五月の候。初夏に近い。
＊かけめな…黒潮のこと。具体的な語源、場所等は不詳。
＊かなくり…鉋くずが巻くような大波の喩。

胆礬色《たんばいろ》の夢

たんば色ぬ澪《みお》ぬ瀬《せ》や
思《うむ》いぬ深《ふか》き　色《いる》やりてぃ
昔《むかし》ぬ人ぬ　面影《うむかじ》や
たんば色に　染《す》まりゆる

たんばいろいろ　水清《みずきよ》く
清明海《せいめいうみ》に　臨《のぞ》むれば
あれや　希望《きぼう》ぬ色《いる》やしが
我《ばぬ》や浜《はま》うてぃ　行《い》ちゃい来《ち》ちゃい

たんばいろいろ　旅枕《たびまくら》
北《にし》ぬ空《すら》ゆ　眺《なが》むれば
我《ば》が島《すま》ぬ事《くと》ゆ　思出《うむんだ》ち
白雲《しらくむ》かかて　梳《なが》りゆる

たんばいろいろ風廻《かじまや》い
南《ぱい》ぬ空《すら》ゆ　眺《なが》むれば
我《ばぬ》や浜《はま》うてぃ　蝶《はべる》なて
哀《かな》し海風《うみかじ》と　連《ち》りて遊《あし》ぶ

たんばいろいろ　我《ば》が島《すま》の
昔《むかし》　世語《ゆがた》い　物習《むぬなれ》ん
たんばいろいろ　綛掛《かしか》きてぃ
たんばいろの　世《ゆ》や直《なう》れ
たんばいろいろ　何世迄《いくゆまでぃ》ん
たんばいろいろ　孵《すだ》しょうり

＊胆礬色《たんばいろ》の夢＝紺よりも深い青。逸見庸著『たんば色の覚書―私たちの日常』（07年毎日新聞社刊からヒントを得た。
＊綛掛《かしか》き＝「織りこみ」、「綾なし」の意。
＊孵《すだ》す＝「育てる」、「美しくする」「かっこうをつける」の意。

この詩は生前に「琉球新報」からの依頼を受け書かれた作品。亡くなった後の二月二日、「琉球新報」の文化面に掲載された。

伊良波　盛男（いらは　もりお）
1942年、沖縄県生まれ。詩集『眩暈』『わが池間島』。
詩誌「あすら」、日本現代詩人会会員。沖縄県宮古島市在住。

何もない島の話

醤油色のたゆたう南溟の、
白波に取り囲まれた、島々にも、
四季折々に遊ぶ旅人が、
かろやかな足取りで上陸するようになり、
島が傾いている、と観光事業者も笑う。
いかにも、うとうとしい、土着の老婆が、
親しげに、歩み寄る、
笑顔の旅人に、胸を張って、
自信満々、何もないよ、
この島には、と言い放つ。
白浜と海と離れ小島を、眺めやりながら、
島料理に舌鼓を打つ、若い女達にも、
この島には、見るところはないよ、
美味しいものもないよ、
などと諭すように、喋り通す。
若夫婦が、熟年夫婦が、
絶対に、そんなことありません、
などと笑顔で言い返しても、
この島には何もないよ、と老婆は、力んで、
どこまでも言い張るのだ。

帯状に連なる、珊瑚礁に、湧き立つ白波に、
見惚れ、恍惚状態となり、
上空を見上げては、白雲が漂う宙を仰ぎ、
行き着く先々で、島の大自然を満喫し、
何度も歓声を発しては、何人も、
天真爛漫な幼児の、笑顔となる。
それでも、土着の老婆は、何もないよ、
この島には、何もないよ、
などと強情にも、旅人に物申すのだ。
旅人は、また必ず来ます、
などと白い手を、振り振り、
何もないよ、の島を、名残惜しげに、
頭も下げ、還って行くのである。

魂拾《たまひろ》い

エゴノキの花が咲いた
五弁の花びらが白く小さく
命の光を放っている

魂拾いに森へ行った
エゴノキは連れとなり
可憐に土に向かって咲き誇る
土は死して還る安らかなところ
安らぎもなく白い風に吹かれ
啓蟄《けいちつ》の地上で微かに揺らぐ

仮想した魂が
森を目指して飛んで行く
紛失した自分の影に
おびえた日に
遠い遠い時間の彼岸で
砲弾に散った俺の父が
燐光となって舞っていた

ほんとうは
魂など拾えるはずもなく
小さな小さな白い花の舞い姿
切断された時間の裏側で
白いページに咲いた
瞑想を誘うエゴノキの花

宮城　松隆（みやぎ　まつたか）
1943～2012年、沖縄県生まれ。詩集『逢魔が時』『しずく』。
詩誌「潮流詩派」、個人詩誌「キジムナー通信」。沖縄県那覇市などに暮らした。

神々のエクスタシー

あさと　えいこ
1948年、沖縄県生まれ。詩集『神々のエクスタシー』『凌辱されるいのち』。
詩誌「あすら」同人。沖縄県南城市在住。

冬の夜　神女たちは森に籠もる
ムラの背後にある　鬱蒼《うっそう》とした森は神の森
ゴウゴウと鳴る珊瑚礁の水しぶきもここには届かない
人の踏み入ることを許さないこの禁忌の森を
この日ばかりは選ばれた神女たちが　素足で歩いていく
黒髪を清め　白い衣装をまとって

森の神道《カンミチ》は　枯れ葉が幾重にも重なって
素足を一歩一歩さしだすたびに　まるで
ビロードの絨毯を踏みしだくかのように
深く沈んでいく
素足に　朽ちた植物の温もりが　伝わってくる

足裏の感触は　やがて
神女たちを　次第に恍惚に誘う
女たちは　一歩一歩　朽ちた葉に　足を埋めるたびに
はっきりと　思い出す

鬱蒼とした森は
無防備な女たちを　荒ぶる海風から守り

冬の夜の　しとねのように　熱く　女たちを包む

素足の女たちの足取りが　いっせいにとまると
そこは　神の家
女たちは　ここで　何日も　夜籠りをする
女たちの口からはやがて　神歌《かみうた》がもれだす
神々の誕生を
村々の誕生を
人々の喜びを　哀しみを
うたい続ける

そして
女たちの肉体が　無意識化し
女たちの魂が　肉体化する

禁忌の森が消えるとき

こんなにも　もろく
禁忌《きんき》の森に穴が開いた
ムラはずれの　新しい農道
森の断面に　サンゴの化石が海の生態そのままに現われ
る

風が吹き荒れて
私は　穴に転げ落ちた
ころげ落ちたのは
神話の中心

神々は海から森をめざして　かけのぼり
アサティダとンマティダをうみ
ミズヌ主《ヌス》　ユーヌ主《ヌス》をうみ
泉《カー》のまわりにやってきた
ムラ建ての神話は語りつがれ
人びともまた神話の人になる
幾百年も幾千年も神話を生みつづけた森

森よ
禁忌の森　フンムイよ

狩俣《かりまた》の母なる森よ
器の水がもれるように
幾百年　幾千年の　神話がきえていく
ウヤガン祭りは　森とともに消え
ムラの記憶が途絶えていく

森を削ったのは　いったい誰
禁忌の森にもう
神話はうまれない

*アサティダ・ンマティダ＝この場合は島建ての神
*ミズヌ主＝水の神　ユーヌ主＝五穀の神

現実17

大城　貞俊（おおしろ　さだとし）
1949年、沖縄県生まれ。小説『椎の川』、詩集『或いは取るに足らない小さな物語』。詩誌「詩と詩論・貘」主宰、詩誌「EKE」。沖縄県宜野湾市在住。

沖縄県の快晴日は、全国で最も少ないのです
白い雲の形、あれは死者たちのメッセージなのです
九十歳になって三線を習う読谷《よみたん》のオジイ
端座して蛇の腹を撫で、竿を摑み続けて二一九〇日
虚空を睨んで一人で呟《つぶや》くのです
「死んだらオバアのもとに行けるけれども、手土産がないと寂しいから」
「イクサ世を生きてきたのだから、もう少し哀れを拭《ぬぐ》ってから……」
沖縄県に吹く風は、死者たちの魂を集めて吹くのです
台風の道、あれは「マブイの道」なのです
海での戦死者たちは、皮膚を裂き、肉を啄まれ、骨は魚たちの住処《すみか》になりました
山での戦死者たちは、土と化して樹々を生い茂らせています
「アイエナー、肝苦《チムグリ》シャヨ……、島ノ周リニハ、大和ンチュモ、沖縄《ウチナー》ンュモ、アメリカータチモ、ミンナ、『ヌジファ』*が出来ナイデ彷徨ッテイルンダヨ……。アリィ、心配スルナヨ、オジイ、美代子ヤ、ワント、マジュンヤクトヤ……。ヤシガ……、戦争世《イクサ》ニ、洞穴《ガマ》デ聴《チ》チャル三線ヌ美《チュ》ラサタシヤ。オジイ、忘《ワシ》ンナヨ、忘ンナヨヤ、オジイ……」
島のオジイたちは、九十歳になってからこそ三線を習うのです
端座して蛇の腹を撫で、竿を摑み続けて二一九一日め
虚空を睨んで、一人で呟くのです
「オバア……、美代子も、太良《タラー》も、マカトも一緒だろうな……。待っていろよ。待っていろよ。手土産をたくさん持っていくからな。ここは、いつまでもニライの風は吹かないのだからな……」

＊ヌジファ……戦争などで非業の死を遂げた場合、漂着する霊魂を死地から抜き取り、実家の墓地まで導き寄せて成仏させる儀式。

ひとつながりのいのち

久貝　清次（くがい　せいじ）
1936年、沖縄県宮古島市生まれ。詩画集『おかあさん』。
詩誌「あすら」。沖縄県那覇市在住。

デイゴの　かおりは
わたしたちの　はなを　とおった
わたしたちの　いきは
デイゴの　みきを　とおった
ひとつながりのいのち

ことりの　いきは
わたしたちの　はなを　とおった
わたしたちの　いきは
ことりの　はなを　とおった
ひとつながりのいのち

わたしたちは
くうきの　うみの　そこで
いきている

たいよう　でも
つき　でも
ほしでも
くうきを

とおして　ながめている

いのちは
かたちを　かえながら　つながり
この　ほしの　わ　の　なかを
めぐっている

あおむしの　いきは
わたしたちの　はなを　とおった
わたしたちの　いきは
あおむしの　はなを　とおった
ひとつながりのいのち

百花繚乱のトポス・沖縄

玉木　一兵（たまき　いっぺい）
1944年、沖縄県生まれ。エッセイ集『人には人の物語』、詩集『三十路遠望』。詩誌「あすら」。沖縄県宜野湾市在住。

沖縄はマイノリティの時空である。人口百二十七万。単一の民族幻想を抱くには、もってこいの、人間の塊と自然と地理的環境を構造化している時空である。北翼の奄美島嶼群、南翼の宮古・八重山島嶼群を抱摂してしまえば、一羽の巨大な鳥の姿を想像させる時空のひろがりをもっている。この鳥の姿を琉球弧とよんで、東シナ海を点綴《てんてい》する海の道を探した故人もいた。黒潮に洗われたこれらの島々は、北からのヒトとモノの攻勢にあって、ある時期、海の駅として機能したことがあった。それ以前の数世紀は幻想のオモロ人の住む完結した伝承言語の世界を擁して、自分自身であったし、その先を遡及すると、何波にも及んだ南からのヒトとモノの浸透があったと想像される。港川原人に、漂泊と渡来の異種交媒の波が折り重なりあう、歴史の闇が延々とつづいた。

北と南のクロスする時空。そこに島嶼《とうしょ》群沖縄、琉球弧の現前があったといえる。この時空は南北の海の架橋として、異種の文化威力をもった力と力の衝突する緩衝地帯であった。地理的にもその宿命を担いつづけてきた。モノとヒトがこの十字路の渦中で、練られ、鍛えられ、濾過され、錬金術にあって、今日ある沖縄の民族の固有の風貌とモノの形、そして魂が生み出されてきたことはまちがいない。

二十世紀末の現在、あらゆる価値観がゆらいでいる時、この小さな島々の連なりが、飛翔できる一羽の大きな鳥の姿にみえてくる。そんなイメージで、かつてこの島々の連なりが、とらえられたためしがあったか。

今、人がこの地球上で生き残っていくためには、相対的な価値の機軸を自らのものとして堅持しなければならない。丸い地球を一本の価値垂直軸で測りおおせると考えることが、いかに馬鹿げたことであるかは、今や誰の眼にも明らかである。高い山から海の底まで、膨大な地球の表面の凹凸の一部であり、上も下もない、おしなべてかけがえのない人間の時空である。全ての時空は等価的に、そこに存在しているものなのである。

この世紀末に至って、百二十万規模の人間の集団が、それなりの時空を擁して、ある相対的な価値観を堅持して、地球規模の膨大な情報を解読するコスモロジーの体系を構築することは、とても素敵なありかただと思う。地球上のマイノリティが抱き続けてきたコスモロジーに基づいた自然解読の方法が、体感的に学ばれなければならない時である。

この島嶼群は、北と南に両翼を拡げたまま、飛べない鳥、ヤンバルクイナの生態で、戦後五十年、いやそのさらに五十年前から、自らの内在律に耳を傾けつつも、あたかも知恵と力の足りない劣等民族として、その飛翔力を疑いながら、生きてきた。凹凸の激しい隆起珊瑚礁の石地で、黙って大気からその水分をとりつづけて、岩を砕いて根を張る榕樹《がじゅまる》の姿に、民族の求心力を投影しながら、自分の心身の安定をはかってきた。榕樹《がじゅまる》を精神の喩とし、海を心の喩としてきた。未曾有の地上戦の後に、たちまちその蘇生のエネルギーを噴き出して、この地に生きる形を発見していったのは、意識の古層に眠っていたそんな民族の求心力であったのだ。「鉄の暴風」も理不尽な巨大な台風の喩として読みとることが出来たのであった。

二十一世紀は、インターネットという機器を媒体にして、小さな頭脳箱としての人間が、地球規模の情報網を駆使して、ランダムな膨大な情報を手にすることが、出来るようになっていくだろう。問題は、機器を操る小さな頭脳の密室に、新たなどのような価値観が生み出せるかということである。感情をもった等身大の人間の欲望や生きる衝動のようなものを、首から上にのっかった頭脳箱の機能で制御できるはずはない。それはナルシスの陶酔か、壮大な妄想に堕落するしかない。飛躍して言えば、個としての人間の夢想に歯止めをかけられる力は、恐らくマイノリティの集合意識の中に派生してくるに違いない。

今、マイノリティのコスモロジーとその真価と美学と知恵が、地球規模の等価的な情報の波に、ある固い楔《くさび》をうつ力になる時である。沖縄も地球上の百万単位の数千のマイノリティの人間の集合体として、その内在律に従って、生き残る方途を探らなければならない。

その知恵の一つに、他者に対する徹底的な相対主義を標榜して、固有のビリーフシステムを育成し信奉してきた、祖先崇拝を擁《よう》する民族の帰属意識がある。土着のシャーマンの介入による現世的なゴタゴタはあるが、その奥の闇の中に明滅している確かな宇宙観と世界観は強固であり、信ずるに値するものである。アニミズムと融合する形で自らの出自の祖先をカミとする考え方である。そこには絶対神の入り込む余地は微塵もない。パラレルにそれぞれがカミでありカミとしてあるのである。

この一事からしても、沖縄は本来的に、百花繚乱のトポスであると思う。世紀はめぐりきて、今沖縄のようなマイノリティ文化を擁した時空域から、新しい価値観を発信する時が来たのだ。

（『ＥＤＧＥ』創刊号　一九九六年）

カチャーシー

柴田　三吉（しばた　さんきち）
1952年、東京都生まれ。詩集『角度』『旅の文法』。詩誌「ジャンクション」。東京都葛飾区在住。

——沖縄の台風を見ていきなさいよ
宿のおばぁは
菊座のような口を閉じたり開いたり
さも嬉しそうに箸を置いた

——酒盛りの踊りとおんなじさぁ
　大きな手が空をかきまわすんだよ
　よろこびも悲しみも勢いよく

いやも応もない
近海で生まれた台風は巨大化して一直線
島はたちまち黒雲に包まれ
亀の甲羅となって身をすくめる

暴風・大雨警報発令
洪水警報発令

風が渦巻き、街路樹は根っこから引き抜かれ、
アスファルトも薄っぺらい絨毯のように端から
めくり上げられ、古い土がむき出しになってい
く。カチャーシー。板壁の隙間から吹き込んで
くる錆びた鉄のにおい、砕かれた骨のにおい血
のにおい。さらにはぴしぴし記憶の破片が窓ガ
ラスを打ち砕く勢い。

カチャーシー
大海に浮かぶ島は海をこえる波に揉まれ
一息に呑み込まれてしまいそうだ

ラジオの暴風警報が突如空襲警報にかわる
クバ笠かぶったおばぁが飛び込んでくる
カチャーシー　黒い空をかきまわす閃光
雷鳴とも砲弾の炸裂音ともつかぬ重い響きが
島を底から揺らす

薄い闇の片隅で震えるわたしに　おばぁは
じっとしていればだいじょうぶさぁ
ここは神さまの島だからと手を握り
ひらりと背中にまたがってくる

その手が一瞬
少女のなめらかな肌にかわり
ガジュマルの気根のような骨にかわり
胸を締め上げながら
耳元でささやくのだ

沖縄の台風を見たでしょう

＊カチャーシー　かきまわすの意

とぅもーる幻想

もう遠い日のことだ
眼光鋭く猛々しくも
ユーモラスな表情のニール神《ピトゥ》が
頭に稲穂をかぶり草木をまとい
はるかな根の国《ニーラスク》から小さな島を訪れた
その年　島は作物が豊かに実った
人びとは豊穣をもたらす世持神《ユムチィカン》と崇め始めた
いつからだろうか
待ちつづけても待ちつづけても
その神《ヒト》は現れなくなり　島は凶作に見舞われた
待ちくたびれた人びとはやむなく
みずからを異貌の神《ヒト》に似せて供物を供え
世果報《ゆがふ》を祈った

これも遠い日のことだ
大海原から無人の船が島にたどり着いた
五穀を積んだ神《ヒト》の船だった
人びとはこの時代をミルク世《ユウ》と呼び
感謝を伝え　変わらぬ豊作を予祝《よしゅく》した

それから長い歳月が流れ
懐かしい物語はみんな幻となり
神話の水底に沈んでいる
すでに思慕する神《ヒト》の姿もなく
今はただ　蝕まれた風景の中で
上澄みの繁栄に浮かれているだけだ

逆光の中で立ち尽くす
孤独のシルエットよ
ささやかな希望はまだ残っているか
夕映えのとぅもーる*は
まるで梯梧《でいご》の花のように赤く燃え
潮騒は言いしれぬ虚しさを奏でている
語る相手を失ったシルエットよ
憂愁を湛えた眼の底に
明日の風景はどのように映るのか

*とぅもーる＝海

砂川　哲雄（すながわ　てつお）
1946年、福岡県生まれ。詩集『砂川哲雄詩集』、評論集『山之口貘の青春』。
文芸同人誌「南溟」、個人誌「とぅもーる」。沖縄県石垣市在住。

モクマオウの檻

ローゼル川田（ろーぜるかわた）
沖縄県那覇市首里生まれ。著書『琉球風画帖 夢うつつ』。「ＥＫＥの会」「あすら」各同人。沖縄県那覇市在住。

二メートルおきに行儀よく植えられていた
モクマオウから始まった風景の記憶
一九五〇年代の半ばの戦後の原野
一〇〇メートル四方のモクマオウ並木の屋敷囲い
一本抜き取られた部分が四メートル空いて
出入口になっていた
大人の背丈ほどのモクマオウは
またたく間に高木になった
モクマオウは空へ競争するように伸びている
ザラツイタ表皮
針葉のような節のある糸状の葉っぱ
茎みたいのものが
枝にくっ付いている
不味そうな茶色の種もくっ付いている
風が吹くたびに
フュー　フューッと鳴った
二〇〇本のモクマオウが風に呼応して鳴った
風が強いほど大きな唸り声になって遠くまで鳴った
無風の時はなんの風情もなく
ノラ犬たちのように突っ立って並んでいる
くねっと構える松の木にくらべ

風情も風流もないモクマオウ

こんな木が二〇〇本もあったらたまらない
こんなモクマオウに囲まれていると
きっと心がざらついてくるはずだ
退屈なのでモクマオウに木登りをする
木から木へと伝い渡りをしてみた
ザラツイタ表皮とガサツな枝が皮膚に密着してくる
そう思った途端　枝が折れて一緒に落ちた
なんて弱い枝なんだ　落ちたのは枝のセイだ

フューウー　フューオー　と引っ張るような音で
鳴りはじめた
見えない風が鳴ったのか
モクマオウが鳴ったのか
伸びたり縮んだり　笑っているように鳴った
二〇〇本のモクマオウが一塊となって
今度はヒューッ　フィユー　ウワーウォー　ホワォーと
風向きを回転させて唸るような音で鳴りはじめた

＊モクマオウ＝木麻黄（高さ五～一〇ｍ、枝は多数多節）

幻影

うえじょう　晶（うえじょう　あきら）
1951年、沖縄県生まれ。詩集『我が青春のドン・キホーテ様』『日常』。
詩誌「あすら」「縄」。沖縄県中頭郡在住。

石畳は白茶けた土の中から
ゆらゆらと現れ
亀甲墓《かめこうばか》の合間をぬって
なだらかに続く
炎天に後生花《グソーバナ》は赤々と燃え
負の季節を引きずり
重い夏がめぐる
首筋に汗粒を吹きだし
列をなして坂道を辿る喪服の一族

墓庭の
クワディーサーの葉を揺らし
生ぬるい風が
過去から吹き上げてくる
地の表層にあって
禍々《まがまが》しい異形を映しだすものを
信じてはいけない
信じたが故に
地下に死に続ける者たちは
覚醒したまま骨となり
幾層にも
折り重なっているのだから

沈黙の長い時を経て
真っ青な空から
血がひと筋
風景を切り裂き
流れ出す
一人　またひとりと
土塊から立ち上がり
帰るべき郷に向かい
死者は歩き出す

その日
一部始終を見届けた少年は
寡黙な島守人となった

聖なるもの

植木　信子（うえき　のぶこ）
1949年、新潟県生まれ。詩集『その日―光と風に』『田園からの幸福についての便り』。詩誌「光芒」「回游」。新潟県長岡市在住。

夜の〇時
ノロたちはせーふぁうたきに集まり
きこえおおきみをきめる
乳房のように垂れ下がるふたつの岩の先から滴る水を
甕に集め
神聖とされる甕の水をひたいにつけたなら神になるのだ
万物に霊が宿るアニミズムの部族にはシャーマンは重要
だ
石が軽い年は雨乞いをし
夏至の太陽が聖なる岩を直線に差すかで作物の収穫を知
る
はえや薬草にも詳しく
祖霊に憑かれての一族への祈りは大切だった
ノロが踊り歌えば辛い日々の癒しと生きる勇気が湧いた
島々が海で繋がる沖縄は海洋人の血も濃い
開放的な家造り
三世代もの大家族では祖母、姉妹が支配権を持つ
大祖母が弱い者にも食べ物を分け与え
血気にはやる一族の男たちを従えることができた

十七～十八世紀　力をつけた首里の王は
ノロに田畑を与え　男たちもつけた
男たちは税を取り立て　ノロは王に報告の義務を負った
から
島の神々は純粋ではなくなったが原始の祈りは続いて
いった
鬱蒼とした山中の木々と岩壁
祭壇は削られた自然の岩のままにあり
アマミキヨが最初に渡って来たというくだかじまが
沈むように細長く見え　その先は広い海原
空と海の接するところからやって来て
島で生きていくことを祈り願った
山原は深く　麓には村がある
家々は低く　入って西側すぐに竈が三つ　火の神を祭っ
ている

護岸工事

かわかみ　まさと

1952年、沖縄県生まれ。詩集『宇宙語んんん』『与那覇湾―ふたたびの海よ―』。詩誌「あすら」、日本現代詩人会会員。東京都中野区在住。

ゆるやかに生きるには
寄せては返す波のように
繰り返しのやさしさに耐えなければならない
今日もやさしく明日もやさしく
すべてがやさしければ
村人みんなのやさしさはあたりまえであろう
　あくせくするな
　えらくなるな
　馬車馬のように働くな
小賢しい観念は得手勝手に転読する
ひとかたまりの砂を売って
美味しい御飯を食べるより
芋を頬ばりキビをかじって虫歯を防ぐほうがいい
「すこやかなこころはすこやかなからだを好く」なんて
うわべだけの翻訳思想にすぎない
病んでも死んでも嘲っても
やさしくゆるやかに生きるのが
本物の智慧のはじまりである

セメント一袋開けるたびに
海端《うみばた》の命の種は滅び去り
物言わぬ魂はひっそり消える
健気な波はいつでも不幸の匂いを洗い流すのだが
もはや海端の記憶を呼び醒ます術はない
荒ぶる肉体を鎮め
こころのやさしさを取り戻すには
どこまでも遠い天空を仰ぎ
どこまでも近い大地に踏み止まって
涙腺に棲むまぼろしの記憶を追悼しよう
セメント詰めにされた
まさ坊としっちゃんの魂は
億兆回の波の寄せ返しに洗われて
ゆるやかに融けるだろう
　凝り固まるな
　形に騙されるな
　進化の生け贄になるな
息をするたびに地球は自転し
――人生はコマのように回り続ける――
命の海はなにごともなかったようにたゆたい

——風にゆれるローソクに息を吹きかける——
記憶の三半規管に海鳴りが流入し
——宇宙の始まりと終わりに合掌する——

がんづぅおばぁ

がんづぅおばあは九十九歳
あと一息で百歳
百歳は瑞々《みずみず》しい白菜の生まれ変わり

がんづぅおばあはあくまでも頑強《がんづぅ》で
きりっとしてうごめかず着飾らず
透け透けの潮風を纏《まと》い
コーラルカラーの座ぶとんにちょこんと坐り
よそ行きの皺をたたんでいる
昏の年輪は白菜の筋《すじ》のようだ

がんづぅおばあは
目を瞑《つむ》ったまま朝ご飯を食べる
目のなかには白菜の芯が埋もれて
目を開けてもなんにも見えない
ときどき沈黙の気配を感じて
赤児のようにふくふく笑う

がんづぅおばあは
満月の夜に我に返る
地球の裏側から柔らかな光が射し込んで
白菜の粗い乾いた筋を撫で
石ころのような固めの芯をときほぐして
躰《からだ》の奥深くから
いのちの燃える水が静かに湧出する

ニライカナイは、ここ

ニライカナイは　ここ。
ここよ
琉球の
九十歳近い翁《おきな》は呟く

ヤマトンチュのテレビマンは問う
おじいに問う
「何をしているときが幸せですか？」
深い皺《しわ》を刻んだ赤銅色の顔の彼は答える
「家の窓から海を眺めているときさぁ」

ニライカナイは　ここ。
ここ

民俗学者の谷川健一は　かつて
沖縄の死生観を
「夕どれ」と言った
夕どれはあわいの時刻
昼でもなく夜でもない
海が凪《な》いで
刻が止まる
死者たちはそこで憩《いこ》う
生と死は遠浅の海でひとつづき
ニライカナイは
こころのすぐそばにある

三線《サンシン》をつまびきながらウチナーの若者は微笑む
「ヤマトの人らは今日が幸せでも
明日もあさってても幸せであって欲しいと思うさぁ
でも、沖縄ではそうじゃない
今日が幸せなら、それでいいさぁ」

ニライカナイは
うつくしい魂《マブイ》とともにある
百歳のおじいとともに
百歳のおばあとともに
いつまでも　ここに
この海に

浅山　泰美（あさやま　ひろみ）
1954年、京都府生まれ。エッセイ集『京都　銀月アパートの桜』、詩集『ミセスエリザベスグリーンの庭に』。詩誌「孔雀船」、日本現代詩人会会員。
京都府京都市在住。

かなしゃの彼方

若宮　明彦（わかみや　あきひこ）
1959年、岐阜県生まれ。詩集『貝殻幻想』『海のエスキス』。詩誌「極光」「かおす」。北海道札幌市在住。

真夏のうだるような夕暮れ
海面ににわかに波が立ち
あちらからの海風で
浅瀬の立神《たちがみ》が立ち上がる

真冬のしばれる夜明け
海は微動だにしない凪
あちらからの光を受け
沖のトンバラが浮かび上がる

懐かしいひとがやって来る
かなしゃの彼方から
愛おしいひとが還ってゆく
彼方のかなしゃへ

海　陸　海岸線
海　空　水平線
だが両者に真の境はない
そこにあるのは　かなしゃと彼方

海を見つめることは
半生の時間を振り返ること
天上を見つめることは
死後の時間を思い出すこと

彼方
どこに行き着くのはわからない
流れ流され　たどり着き
打ち上げられた地が故郷

かなしゃ
なぜか　懐かしく
なぜか　恋しく
なぜか　愛おしい

楽園

鈴木　小すみれ（すずき　こすみれ）
1979年、沖縄県生まれ。詩集『恋はクスリ』。
EKEの会同人。沖縄県那覇市在住。

ニライカナイ
ティル・ナ・ノーグ
桃源郷
隠れ里
各地に伝わる理想郷《ユートピア》

「この島に住みたいなぁ」と、　君は呟く
あたたかな旅の記憶を頼りに
南国の風に包まれ
おおらかな人々に囲まれ
ゆったりのんびり　拘りなんか脱ぎ捨てて……

「ここには、ここの日常があるよ」と、私は返す
この社会に住んでいるのも　みんな人間なんだから

Okinawaを鬻《ひさ》ぐ通り[*1]
そこに並んでいるモノは
膨らまされて飾り付けられた「島らしさ」の断片
額を出した青年たちが方々から声をかけ
次から次へと品を差し出す

麦わら帽子の旅客たちは
陽射しに慣れない無防備な肌を
南国模様の裾から曝け出して……
アジアの会話　廉価の値札
拓かれながら閉ざされていく　最果ての島

真っ直ぐな通りの途中で道に迷う
島と本土の二つの血は、私の中で溶け合わない

この島を閉ざしている　美しい海の遥か向こうに
幻郷を描いた先人たち
どこかにあるかもしれない楽園
隣の芝は、青く青く見えるから
生まれ育った島に背を向け
海の彼方を望む私も
そんなふうに出来ている
それだけのこと、なのでしょうか

「どこか遠くへ越してみたい」
灼かれるような陽射し　暗すぎる影

過去に容易く引き戻される
世間があまりに狭すぎる
どこかにあるはずの故郷を求め
この地に在りながら望郷に暮れ……

北国を訪れて
紅葉を眺め　和食を味わう
恥じらいながら浸かる温泉
白く滑らかな肌をした地元の女たち
私の肌には日焼けの痕、しぶとい体毛
土地の言葉がわからなくて　お喋りについていけない
異邦人のような私

開けっ広げの真っ赤な花を　伸びくたびれた髪に挿し
眩しい海へと駆けていく君
「やっと解放されたよ」と、無邪気な水しぶき
すっかり濡れた衣服に　肌に
新北風《ミーニシ》*2が……冷たいね

純白の雪野原　私は大の字に身をうずめ
絡みついたものたちを　空へと放つ
清算を夢みる心地で　流れ星を探す
住人たちは、こぼしていた
「もう雪なんて、うんざりよ」

真逆の土地に想いを馳せて
背を向け合った君と私
互いの胸の羅針盤《コンパス》は
同じ方向を　指しているのでしょうか

ネリヤカナヤ
エル・ドラード
蓬莱
来世
「海の底に身は投げず、海の彼方へ目を上げて……」
苦しい民の　哀しい知恵

たぶん、そんなふうに出来ている
離れ愛《ガナ》さ*3を知るからこそ

＊1　Okinawaを繋ぐ通り　那覇市の「国際通り」の喩え。近年は、土産物店や沖縄料理の飲食店など、観光客向けの商いで賑わう。

＊2　新北風《ミーニシ》　寒露の頃、沖縄に吹く季節風。

＊3　離れ愛《ガナ》さ　「近くに居ると憎たらしいが、遠く離れるとなんだか気に掛かる」意の沖縄方言。

四章　詩——宮古諸島・八重山諸島

宮古島、石垣島、竹富島…

旧盆《ソーロン》の月

速水　晃（はやみ　あきら）
1945年、京都府生まれ。詩集『島のいろ―ここは戦場だった』『凧は飛ばない』。文芸誌「コールサック（石炭袋）」、詩誌「軸」。兵庫県三田市在住。

暗黒の蒼穹を割って
やわらかに光彩は注ぐ

地表動くものはなく
雲の峰は動じない
かぐわしく漂ってくる
ヤコウカ

畳のうえで露と輝く黄金《こがね》の色
一段と夜は深まっていく

海の底から眺めているような
淡い色した懐かしさを感じる視界
数時間前　ブーゲンビレアの根もと
月光のかけら
一匹の蛍が落ちていた

薄墨の色に溶けこんでいく八重山ヤシ
咆哮する恐竜　やさしげな熊と
変幻自在に浮遊する雲

旧盆入りの夜
天空おだやかに風は吹き
精霊は遊び興じ
呑み　踊っておられるのだろう

獲物を追うようにすべてをゆさぶり
踵かえし狙い定めて飛びかかってきたモノ
（連結した台風14号　13号を
　ここに記録しておこう）
掃き清められた天界の道を
神や霊たちは降りてこられる

静かな波に光の結晶
停泊している船舶の灯りは
下界への道を照らす灯籠のようだ

開け放した窓に
無機な匂いが紛れ込む
室内に満ちているのは

腐りゆくモノの名残り
この地で果てた人が
（明和の大津波で環礁を越えてしまった人
　開拓移住時にマラリア　栄養失調で逝った人
　戦争マラリア　空襲などで命奪われた多くの人）
濡れ縁に腰をおろし
つながる海を見ておられるのだろう

外からやってきたわたしは
島の料理をそろえることができません
側にいるだろう人の
背をくぐってとどく光を
清らなものとして受けとめています

午前三時二十七分
月は畳をすべり
寝ているわたしのすべてを見つめている
脚がある
腹がある
胸がある
顔へと注いでくる胞子をあびて
わたしはどうなっていくのでしょう

遠ざかっていく雲に明るさは増し
月《チィキィ》の《ヌ》間《マ》昼間《ピローマ》となりました
むかしの　戦《いくさ》のまえの
島の写真集でも取り出してきましょうか

影がゆれています
防風ネットをはったままの
絡めとられた世界
片手つきだして月の光をつかみます
鱗粉がこぼれ
きらり　掌が輝きます

近しい死者よ
明日もお越しください
いやいや　すでに日は過ぎました
今夜は　きっと
満腹の月

＊旧盆は旧暦の七月十三日から十五日。十三日はンカイ（迎え）、十四日は中日、十五日はウークイ（送り）。石垣四カ字の地域などではグショー（あの世）からの使者ウシュマイとンミー（翁と媼）、多くのファーマー（子ども）が家々を訪問し、歌や踊りで先祖を供養する。

埋み火のように

飽浦　敏（あくうら　とし）
1933年、沖縄県生まれ。詩集『星昼間』『トゥバラーマを歌う』。
日本現代詩人会、日本詩人クラブ所属。兵庫県芦屋市在住。

車を走らせ北へ北へ　市街地をはなれると
俄かに山が目の前にせまってくる
道路は次第に細くなり　車の行き交もなく
アスファルトが黒々と地道を覆い延びるばかり
　大丈夫？　娘は問う
なに　二時間も走れば出発地に戻るさ
答えている間に　もう目的地に行き着いた

ここは石垣島　平久保岬
岩山の先端に建つ灯台の許へと石段をあがる
いきなり　一月の海風が平手打ちを見舞う
コートの衿をかきあげ　息をひそめて眺めた遥か
空と海との交わる辺りに　一筋の横線がひかれ
横へ横へと延びて　遮るもののなく鎮座し賜う

目を移す紺青の海原は豊かな色彩をみせて　透き通る
岬の山裾に打ち寄せる波の飛沫の白い花びら
咲いては散り　散ってはすぐ咲き　永久《とわ》に尽きないこの
花
悠久《なんさい》ぬ花と呼ばずに何んと呼ぼうか

思いは走る　日を溯って走る

中学男子生徒が四、五人　額を寄せ喜々として
タコ捕りの相談をしている
ひと固りになって聞いていた女子生徒の誰かが
突然「えーっ」と叫び・・・・
あの日から　幾年月が過ぎただろう
昔の想い出話をすると　娘はいぶかる
　この海のどこにタコがいるの

てくてく歩いて平久保崎まで
その日の内に行き着いただろうか　帰りはどうしただろ
う

海へ行っては魚を追い　タコを捕り
山へ行っては枇杷の実を探し　蛙の歌を道づれにして
変声期の少年と少女の声が　がやがやと谺していた
掘りおこすあの頃が
埋み火のように　私の瞼をあつくする

朝のさんぽ

下地　ヒロユキ（しもじ　ひろゆき）
1957年、沖縄県生まれ。詩集『読みづらい文字』『とくとさんちまて』。
宮古島文学同人、日本現代詩人会会員。沖縄県宮古島市在住。

朝のさんぽはすがすがしい。休日ともなればなおさらだ。いつもの浜辺へと向かう。

いっぽ、にほ、さんぽ・・・両足に激痛が走る。見ると膝から下が無い。どっと倒れ込むと両腕だけで身体をひきずり、潮の香りに満ちた浜辺に辿り着く。砂浜に身体を横たえ、朝の静かな白い海を眺める。微風ひとつない凪の海。

急に昨夜のことを思い出した。深夜、金縛りと息苦しさに目覚めると胸の上に足が乗っていた。膝から上は漆黒の闇で何も見えない。痩せ細り傷だらけの両足だけが私の胸を押し潰していた。あの足には見覚えがあった。何度目の足かは覚えていないが確かに私の足だった。あの足で戦場を駆け回っていた。いや、逃げ回っていたのかもしれない。頭の中は敵のことなど何一つ考えていなかった。遥かな故郷の妻と産まれたばかりの息子のことだけを考えていた。

「会いたい・・・」

浜辺のそばの小さな岬の奥。モクマオウ林の最も大きな樹の根元に、私だけの秘密の墓をこしらえてある。そこを掘り返すと何千年、何万年分、かつて私のものだった足たちが眠っている。私の愛しい無数の足たち。私はその中から比較的、痛みの少ない両足を探し出すと、とりあえず装着して立ち上がった。年に一度、その墓に花をたむけ香を焚き、立ち昇る青白い煙を眺めていると、その時だけは過ぎ去った日々に胸の潰れる思いは薄れ、とても満ち足りた気分になれるのだ。すると、私を囲み輪になった足たちは歌いだす。

「ヨオンホヨオンデクル　ヨオンホヨオンデクル・・・」*

＊「よんほよんでくる　よんほよんでくる」という意味。亡霊たちは、か細くささやき、訛りが強く文字にすると読みづらくなる。

小松　弘愛（こまつ　ひろよし）
1934年、高知県生まれ。詩集『ヘチとコッチ』『眼のない手を合わせて』。詩誌「兆」。高知県高知市在住。

りゅうきゅう

「りゅうきゅう」
またの名は「つゆいも」
家の裏の崖下
湿り気の多い畑に
「りゅうきゅう」は威勢よく葉を広げていた
（食用に切り取らなければ淡いピンクの花が咲くとい
う）

高知にやって来て
「りゅうきゅう」の味を知った男が
帰京して（再度　高知に来てだったか）
「もう一度『おきなわ』を食べたい」と言ったとか

〔りゅうきゅう〕はす芋。里芋に似て、葉・茎など、
いずれも淡緑色。茎を酢の物にし、または煮て食する。
琉球から渡来したものと言われる。
（『高知県方言辞典』）

土佐の夏
「茎を酢の物」にした「りゅうきゅう」はいい
酒の肴にもよい
「りゅうきゅうを塩に黙らせ揉みにけり」（高木喜美）[*1]
「『おきなわ』を食べたい」の男も
酒席での体験ではなかったか

沖縄
一九七三年　日本に復帰の翌年
八重山諸島の一つ　竹富島《たけとみじま》に渡ったことがある
そのとき　一晩泊めてもらうことになった民家のおばさ
んが
隣の家の男の人と何か話をしていた
それが終ってから
「全然わかりませんね」と言うと
おばさんはにこりともせず
どこか改まったような調子で
「わからないでしょう」

今
わたしの前には「方言札」の写真[*2]
木製で　位牌に似た形をしており

毛筆　楷書の文字で
表には「方言札」　裏には「竹富小学校」
上の方の穴に通された撚《よ》り紐は
繰り返し
子供の首に巻きつけられたときの名残りだろうか
くるくると二重の輪を作っている

あのときの
おばさんも
竹富小学校で「琉球語」を使い
懲らしめの「方言札」の紐を
幼い首に
巻きつけられたことがあったかもしれない

わたしは
「琉球」のことは何も知らずに育った
「りゅうきゅう」は子供のときから食べていたのに

＊1『土佐俳句歳時記』（高知県俳句連盟編）
＊2『写真記録　日中戦争　4　戦争下を生きる』（ほるぷ出版）。これには朝日新聞（'39・8・26　鹿児島沖縄版）の写真もあり、「方言の殲滅へ」の見出しで、「すでに学童の標準語使用は全郡に徹底、今や純正アクセントおよび発音の普及に移っている」と報じている。

立て札

禿《ち》びた筆に墨をふくませて書き初めをする
迎えた春は新たと改まりに
古いものとまじりあい吉方に向かい
われのなかの日本人に
「犬と白　入るべからず」と書く

友だちは下司だと一蹴する
そうか相対する思考は交錯するものだから
のろまの後知恵はしげしげと墨色に伺う
だがもう七十年の相対に諾否はない
春の日に対面と体面が文字どおり背理した

海を鉄で埋め空を人が飛び洞窟を火焔で焼き焦がした
放射器を持ったその手の色は白かった
染められるのを嫌い巧みに鉄と火薬を捏ね
嶼人《しまびと》の肌を焼き人に襲いかかり殺しにかかった
白色は他の色を嫌いその人たちを殺そうとしたのだ

〈平和〉が平和のための戦争を望むことなど存りはしない
いかに拒むか　いかに阻むかだ

辻の人頭税石を追越してから人頭税を納めてきた
戦禍は背比べしたその小さな足までもなぎ払った
虞れは白い色の狼となって襲ってきた

立て札は用意できた　禿びた筆でいい
「沖縄嶼国から出ていってくれ」と書き改めた
すべての嶼人《しまびと》が　すべての嶼土《しまつち》にこの立て札を立てる

＊これより背が高くなると人頭説が賦課

和田　文雄（わだ　ふみお）
1928年、東京都生まれ。『和田文雄新撰詩集』、詩論集『宮沢賢治のヒドリ本当の百姓になる』。詩誌「ケヤキ自由詩の会」。東京都府中市在住。

人枡田《とぅんぐだ》

金田　久璋（かねだ　ひさあき）
1943年、福井県生まれ。詩集『言問いとことほぎ』、評論集『リアリテの磁場』。「角」の会同人、日本詩人クラブ会員。福井県三方郡在住。

いかに気ままな天気相手にしろ
たとえば一反の田から
何俵の米が収穫出来るか
島人《しまんちゅ》の生死を占うように　ある日不意に
波立つ干瀬《リーフ》の向こうからがさつな役人が島に乗り込んで
　きて
険しく半鐘を打ち鳴らし

老若男女　善男善女問わず
サトウキビの葉影で野糞をこいていようと
アダンの木の下で　木漏れ日にまぎれて
鳳仙花《てぃんさぐ》の爪紅の
背に食い込む理非知らず*
低くひくく野をかき分けて
吹き募る真南風《まはえ》のなかに
鐘の方位を聞き分け
音の鳴りやむまでに
口減らしのため　米の代わりに
人がひとを計るゆえに　人枡田と呼ぶ

わずか五畝ばかりの崖っぷちの田へ
いかに早く駆け込み　何人入りうるか
換算された鮨詰めのいのちの値が
今年の一人分の扶持となる
その余は存知せぬによって
きりぎしから礁池《イノー》へと計り落とされると知れ

田の畔を夜陰にまぎれ
タビネズミのように痩せた畦をせせる
不意に足元を掬う　時にはまぼろしを飼い慣らす
猫背のヤポネシアの島を脱ぐ
ニライカナイの風に向き合い　来し方を問う
ついには須《すべか》らく忍従という名の国の軛《くびき》をはずす

＊四十八手のラーゲの一種

人桝田《トゥングダー》

垣花　恵子（かきのはな　けいこ）
1959年、沖縄県生まれ。詩集『再生への意志』。宮古島市に〈恵子美術館〉開館していたが、現在は閉館中。沖縄県宮古島市在住。

（黄色は狂気
　明るいから暗い）

海がきらめき　魚がはねて
フルフル黄色い陽が昇る
ヒラリと落ちた　影一つ
（誰が落とした　暗い影）
落ちて四角く貼りついた
島の真ん中　トゥング田《ダー》

汗がふき出し　大地が灼けて
くらくら黄色い陽が燃える
黄色い火の粉は降り止まず
果てもないほど降り積もる
水は黄色く干涸びて
牛の目玉も黄色く乾く
枯れて黄色く染まった島に
くっきり浮き出る　影一つ
（明るいほどに　暗い影）
旱魃でなきゃ　暴風だ
ゆるゆる黄色い陽が沈み
とっぷり暮れた夜までも
仕事星《シカマ・フチ》（金星）頼りに働いたとて
きれいさっぱり根こそぎになる
激しい雨に洗われて
ひときわきわだつ　影一つ
島からはがれぬ　トゥング田

ささくれだった山を拓《き》り
しつくすだけは水田にした
島の土地には限りがあるが
人頭税は頭割り
土地が増えずに人が増え
人が増えても　収穫増えず
税だけ増えれば　負担は増える
働けようが働けまいが
人の数だけ税がつく
納めきれない者が出りゃ
他の誰かがひっかぶる
足手まといは障がい者
迷惑なのが病人だ
あいつらいなけりゃ楽になる

〈ユラリうなずく　影一つ〉
イライラ黄色い陽を浴びて
四角い影がむくりと起きる
けだるい空気をいきなり裂いて
予測できない銅鑼がなる
（トゥトゥン・トゥントゥン・トゥング田
グヮシャーン！　グヮシャーン！
ドラが鳴る）
合図だ走れ！　トゥング田
男は鎌を放り出し
裸足が黄色い土を蹴る
力の限り走っても
咳き込みながらじゃ遅れてしまう
ひきずる足では話にならぬ
狭い水田　イスとりゲーム
誰かはみだす　トゥング田
はみだせばばっさり斬られる　トゥング田
首がコロコロ　トゥング田
――台湾隣り与那国島の
　昔々の話です
〈だけどあれは何でしょう
あなたの会社　あなたの町に
ドラのように響く音〉
〈ああ発車のベルのこと？
それとも工場のサイレンかい？〉

〈あんなに人が走ってる
あ　透きとおったドアが閉まってく〉
（トゥトゥン・トゥントゥン・トゥング田
グヮシャーン！　グヮシャーン！
ドラが鳴る）
トゥング田からはみだして
子供を殺す親がいて
親を殺す子供がいるよ
極限の生産手段を分け合っていた
今はトゥング田の昔じゃないよ
なのにどうして　トゥング田
誰が仕組んだ　トゥング田
どうしても　走れなくてはいけないか
どうしても　強くなくてはいけないか

四角い箱が立ち並び
四角い影は見えなくなった
首斬りされても血が出ない
叫んだ声は掻き消され
スローモーションフィルムのように
首を蹴とばし駆け出す人々
毎朝目指す　トゥング田
イスとりゲームは終わっていない

海なお深く

伊藤　眞司（いとう　しんじ）
1940年、中国北京市生まれ。詩集『骨の上を歩く』『切断荷重』。
詩誌「三重詩人」、日本現代詩人会会員。三重県松阪市在住。

波音は地球の鼓動のように
打ち寄せている
俺の心臓の音にかぶさる
死者のざわめき

はるばる宮古島へ来た
宮古ブルーがはてしなくひろがる
（昔はもっと綺麗だったよ、と沖縄の友）
海の青さを言うな
と、底ごもる声
かっての戦争でたくさんの若い命が
兵士たちや船舶輸送員たちが
沈められているのだ
海の青さには
六万余の若い命がこもっているのだ
波のきらめきは兵士たちの眼のきらめき

海なお深く沈んだ船には帰らぬ魂がいる
日本を出る船ことごとく水雷や爆撃で沈められ
魚礁となっているだろう　船　船　船

熱帯の鮮やかな赤や黄色や原色の魚の泳ぎを
見つめている魂の群れ
ずっと永く生きたかった視線

消耗品だった兵士たち　船員たち
七十幾年過ぎた
いまも深い深い海の底に
誰も見ようとしないけれどいるのだ
海は彼らの墓場

そんなことはつゆ思うことなく
現代は男も女も恋をして別れたりくっついたり
他人の痛みは他人の痛み

またもや
現代は戦火のきざしをはらんで
歳月の波はくだけつづける

西桟橋へ

山口　修（やまぐち　おさむ）
1965年、東京都生まれ。詩集『地平線の星を見た少年』（共著）、『他愛のない孤独に』。東京都国立市在住。

竹富島に来ると
毎朝の早起きが苦にならず
夜明け間際の風がそよぐ頃
白砂の道を抜けて
西桟橋まで散歩に出かける
コンクリの長い桟橋の先に西表島《いりおもてじま》を臨む
平凡だが　朝に夕に
一番心落ちつく美しい場所だ

水田のできないこの島で昔の人は
イタフニという
松の木をくり抜いただけの舟をこぎ
片道数時間かけて
西表島まで稲作りに通ったという

今も木陰から木陰へうつろう
島に生きた命の記憶
機《はた》を織り　畑を耕し
一日一日を　一生のように満たしていた
珊瑚の島の命の記憶

桟橋で腰を下ろしていると
急に波の音が耳に聞えはじめたり
足もとのヤドカリや白カニが
いっせいに動き出したり
知らぬ間に
サギがじっと波打ち際を見張っていたり
時間や影が　あらゆるものの傍らで
そっと流れ重ねられているのに気づく

そう気づいたことに少し安心して
朝の光でにぎやかに輝き始めた桟橋をあとに
また白砂の道を踏んで宿へ戻るのだ

沖縄　美《ちゅ》ら島（一）

溝呂木　信子（みぞろぎ　のぶこ）
東京都生まれ。
俳誌「沖」、文芸誌「Re.オキュルス倶楽部」。千葉県市川市在住。

小径が急に開けた
透明に拡がる
青の世界

　明るい水色
　澄んだエメラルド
　濃い藍色へのグラデーション

涯《はて》しない煌めき
どこまで続いているのか
どれほど広いのか

海という光に充たされ
恍惚という名の放心
身体が青に染まる

　天然真珠のような島にも
　かつて苛酷な時間が流れていた
　人頭税、二重支配、災害、
　搾取と受難

歌に伝わる悲しみは私たちの
心を捉えて離さない

その歴史は
今に続いていないか
戦禍、占領、基地、差別、格差

島の人々の底抜けの明るさ
陽気さ　温かさ　純朴さ
柔和さ　優しさ　逞しさ

大らかな言葉を知る
「いちゃりば、ちょうでえ」
(行き会ったものはみな兄弟)

観光という加害への危惧
伏し目がちに訪れた私の
何かが溶けていく

美ら海　美ら海　美ら海
魂を融かす

太古からの歌

ふと
喩えようのない懐かしさが
胸に広がっていく

　故里ではないのに
　記憶の奥のもっと奥の
　何かが疼く

熱いものが身の内を突き抜ける
体がゆったり
解《ほど》けていく

遙かなものの懐に抱かれている
確信のようなものが
身体の芯を熱くする

どれほど
時間が流れたか

二、三メートル先を
夕蛍が飛んでいる
異次元へ誘うように

　ここは
　現存する島なのか
　時空が止まっているのか

黄昏の空が
謐《しず》かである

＊

三十年前の夢のような体験　それは
「集合的無意識との倖せな邂逅」だった
のかもしれない

そのまま
「壮年期のアイデンティティーの危機」への
豊饒な贈り物であったとも

果てしなく大きなものに抱かれた
深いやすらぎ
今も　息がまろやかになっていく

小さな一歩を
踏み出したい

おかやどかりよ

時として
同胞に近い親しみさえ感じさせる
おかやどかりよ
おれはおまえさんの過去など識るすべもない

沖縄諸島
先島《さきしま》諸島
台湾
ふぃりぴん諸島
それらいずれかの陸地に棲んでいたのだと
露店のあんちゃんが
得意気に教えてくれはったけど
所詮嘘八百な人間の言うこと
あてにはならない

おれも千に三つの部類の人種なれど
断然神に契って
良心的憶測を試みるならば
おまえさんが生まれ落ちたのは
紀伊半島沿岸か
そうでなければ
まっくろくろけの東京湾

職から職へと疲れ果て
ついには只今るんぺん中のおれが
おまえさんと出遇ってしまったのは
中央線むさし小金井駅北口広場
死んだふりして生きてるほど
臆病なことにかけちゃ
おまえなんかに半歩も引けとらぬ
このおれ様なれど
おまえを買うのがさすがに
とても恥かしやんした
だからどれにしますかと
遣り手おばちゃんならぬ
売り手あんちゃんに声かけられし時
いきなり白い洗面器へ手を突っ込んで
夢中でつかまえたのが
不運なるかな
おかやどかりよ　おまえさん

ワシオ・トシヒコ（わしお　としひこ）
1943年、岩手県生まれ。定稿詩集『われはうたへど』。東京都小金井市在住。

それにしても醜いなぁ
絶望の海辺の掃除夫よ！
いったい何があったのか
おれは知りたい
おまえさんにまつわる海のドラマを
いつの日か気付いたら
とうに大人にこりそこなってしまっていた
おれのように

蟹になりそこなって
やどかりにされてしまったおまえ
海老にもなりそこなって
借家から借家へ
流れ流れて
やどかりにされてしまったおまえ
海に逆らい
海から追われ
海を悠久に忘れてしまったように
陸に上がったきりになってしまったおまえさん

おまえよおまえ
渚に打ち寄せられた屍体を喰べて
やっとこさ生きて来た掃除夫よ

前世にいったいどんな罪を犯したというのか
罪を償うためにおまえさんは
ひたすら掃除してきた！
不浄の海辺を

石垣島の石垣くん

高橋　憲三（たかはし　けんぞう）
1949年、青森県生まれ。詩集『深層風景』『地球よりも青く』。詩誌「飾画」。青森県黒石市在住。

地元の大学に通っていたころ
同じ学科の仲間に
石垣島からやって来た石垣くんがいた。
どうしてこの街に来たんだ　と尋ねたら、
内地の大学には成績で振り分けられるんだ　と
ブスっと言い捨てた。
この大学
おれが来るくらいだから
たいしたところじゃないな
と　まで。
ムッときたけど
その通りなんだろうと　黙っていた。

地方大学にも学生運動が広がっていた。
石垣くんは　民青にも入らず
全共闘にも加わらず
講義にもあまり出ず
ニコニコしながら
大学や街をじっと見ていた。

ある日
沖縄のことを教えてくれよ　と頼んだら
多すぎて無理　と言って
あとは　ニコニコ　黙っていた。

デモには一度だけ参加した。
となりでスクラムを組んだけど
激しかった。
何だよ　こいつは
と　思った。

卒業してから　会ったことがない。
石垣島へ帰ったのか
東京にでもいるのか…

学生でなくなってから
沖縄のことを調べてみた。
込み入っていて
直線では理解できない。
頭が悪いのだから

一日に一ページすすむくらいの
ゆったりとしたペースでやることにした。
うしろめたさもゆっくり積もった。

こんど聞いたら
石垣くん　きっと教えてくれるはず。
ただ黙って日本をみつめ
にらみつけているわけにはいかないだろう?
歴史の風景
変わるものはそんなにも変わったし
浮いたままの南西諸島はそのままだから。

わたしの琉球

小田切　敬子（おだぎり　けいこ）
1939年、神奈川県生まれ。詩集『小田切敬子詩選集一五二篇』『わたしと世界』。詩人会議、ポエムマチネ会員。東京都町田市在住。

おまえは　なにをいただいたの
琉球に行って　島の郷土料理屋で
指輪の珊瑚ほどの　あかさとおおきさの
半年ほどもねかせて　熟させたという　豆腐よう
ようじの先で　ちょっぴりずつ
そのかみの　中国からの　客人を模して

おまえは　どこをあるいたの
琉球に行って　金城町の石だたみ
珊瑚礁を切り分け　時間を焼きつけた石垣
はいびすかす　寒緋桜
ぶーげんびりや　にんにくかずら
紅型《びんがた》のみやびな衣裳をまとった　女ひとをきどって
守礼の門を過ぎ　首里城につながるみちを

おまえは　なにをみたの
琉球に行って　とざされた基地門前
てっぽうゆりのように　ひしめく　人　人　人
雨だろうか　涙だろうか
ガラスのように　すきとおった玉が
あたり一帯をびっしりと埋めつくし　こごえさせている

おまえは　なにをしたの
琉球に行って　辺野古の海辺の　ベージュ色の頬に
てのひらをあてて　乞うたの　ごめんなさい
頬はこごえ　手形さえもこばみ　ただ黙していた
じゅごんは去ったのだ
うつろな海は　ないている

おまえは　なにをきいたの
琉球に行って　摩文仁の丘　平和祈念公園
こんこんとあふれ　流れ　ひろがっていく　水の音
おおきな丸い池の底　ひろがる　シルエット
のびちぢむ　アジア大陸　日本列島　アジア列島
その中心に立ち上がって　ふきこぼれて止まない
なみだ
血
いのち

中国に泣き　日本に泣き

ヨーロッパ列強に泣き　アメリカに泣き
未来永劫ふみつけにくる理不尽に泣き
いまなお乾かぬ　琉球

おまえは　なにを知ったの
琉球に行って　なみだのかわりにおどること
森をおおうみどりの葉のそよぎのかずほど
海に溶け込み　土に浸みこみ
あおと化している悲惨
あたたかな島の腹にうちこまれた
赤土のさけめの　はだか身のいたみ
耐え忍んで　のりこえて　あきらめないで
だれも　いったことのない　ひかりを
だれもみたことのない　よろこびを
なみだをきらめかせて　ともに舞うこと

ぬかるむ島

雨が降っていた
淀んだ沼があり　陸から沼まで
だらだらと　どろの傾斜が　くずれおちている
ななめのどろに　足をうずめ
ななめにかしいだ姿勢のまま
みじろがない水牛が一頭
からだを綱で　くくられている

竹富島は水牛の島だった
長い牛車に乗せた二十人を
だまって雨の中を運ぶ水牛がいた

名護市長選では基地建設反対派が負け
基地問題に触れない候補が　支持された
基地ゲート前に座り込むひとびとは
凍えた雨の中で　こえをふりしぼる
基地を子孫に残すわけにはいかない

寒緋桜のほころぶ
竹富島にも
辺野古にも
雨は冷え冷えと　ふりつづいてやまない

海の歌

――オキナワの少年に――

見上　司（みかみ　つかさ）
1964年、秋田県生まれ。詩集『はてしないものがあるとすれば』、『一遇』。詩誌「北五星」。秋田県山本郡在住。

少年よ　本はすきか
わたしはすきだ

わたしは　本ずきな少年だった
いまのきみとおなじく
放課後の図書室で
ひとりひっそりと
詩の本を
だれもひらいたことのない
白っぽいページを
ひらいて見るのがすきだった

そこには見たことがない
南の海や港や
西洋ふうの石づくりの町なみが
あかるい太陽の下に　ひらけていた
わたしはみしらぬひとたちとすれちがい
会ったことのない少女のことをおもった

少年よ
複雑な数式をときながら
あつい科学の本を手にしたきみは
かつてのわたしのようだ
きみにはとおい未来があり
きみの孤独はこの図書室から
世界に果てなくつながっている

プールの水面が風にゆれている
運動場からさざめく生徒たちの
声が聞こえる
それにヘリコプターの旋回音が混じる
もうオキナワは夏だ
すべての音にかさなりながら
海の音が聞こえるようだ
永遠に　ゆったりと
めぐりくる夏
だれもいない　教室にチャイムが鳴る

サバニと月桃《げっとう》

鈴木　比佐雄（すずき　ひさお）
1954年、東京都生まれ。詩集『鈴木比佐雄詩選集一三三篇』、詩論集『福島・東北の詩的想像力』。文芸誌「コールサック（石炭袋）」、日本現代詩人会会員。千葉県柏市在住。

詩人Yさんの友人で畜産家の奥さんであるMさんが
まず初めに白保サンゴ村に連れて行ってくれた
サバニ（スウニ）の製造の方法が写真入りのパネルで解説され
実物より小ぶりのサバニが置かれてあった
このサバニでサンゴの海を渡り、魚を取り人や荷物を運んだ
島々をめぐる暮らしに欠かせないものだった
私の先祖は福島浜通りで大工の屋号を持った船大工だった
かつて南のどこかの海辺から船に乗って
遥かな楽土を求めて東北の寒村に流れ着いたのだろうか
サバニを眺めていると先祖の誰かが沖縄に暮らしていて
サバニに乗って島々を巡って北上していく幻想に駆られてくる
近年サバニの漁法が見直されサバニレースも行われている
亡くなった沖縄の詩人真久田正もそんなレースを企画した
私の中の海を切り裂いて渡る血が疼いてきた

Mさんがサバニの脇の食堂でランチを用意してくれた
月桃の葉で包んだ雑炊を固めた混ぜご飯
豆腐、かまぼこ、アーサーをショウガで味付けしたアーサー汁
アーサーは正式には一重草《ひとえぐさ》といい本土ではアオサともいう
海辺の岩場から摘んできたアーサー汁は沖縄の海の香りがする
ピーナッツバター、ニンニク、味噌で和えたパパイヤ
Mさんはこれが石垣島の日常食だと説明してくれた
石垣島の米はベトナムのように二期作・三期作で豊かな土地だ
MさんはYさんの詩集に感動し編集した私に電話をくれた
一冊の詩集の縁が私をこの地に引き寄せて
庭に咲いている月桃の黄花を包み込む白い花を見せてくれた
Mさんは月桃の花を見ると戦争の悲劇を思い出すという
敗戦五十周年を機に作られた映画『月桃の花』や

海勢頭豊の名曲「月桃」の歌詞や曲を思い起こすからだ
ろう
月桃の花は山に疎開させられマラリアで亡くなった石垣
島の
三六〇〇人以上の死者への悲しみを甦らせる
その葉は虫よけになり茶葉になり石垣島の暮らしを支え
てきた

福木とサンゴの石垣

Mさんによると子どもが産まれると
祖母は鍋の底の煤を赤ん坊の額に付けて
「村もちの子になりなさい」
「島もちの子になりなさい」
と村のため島のために役立つ人間になるようにと呟くそ
うだ
Mさんの夫も息子もそう言われたという
家業の石垣牛について尋ねると
夫と息子が一〇〇頭の牛を飼っているらしい
お釈迦様の仏像の眼は牛の眼を参考にしたといわれ
牛を聖なるもののように感じているようだ
白保《しらほ》海岸に向かって牧草地を車で走っていくとあの辺り
が
一七七一年の明和大津波で盛り上がった丘だという
宮古・八重山両列島で死者・行方不明者約一万二千人
その中でも石垣島は死者九四〇〇人で最も被害が大きく
十四の村が流され、住民の数多くが死亡している
白保村も六十ｍの津波で大半の一五〇〇人が亡くなって
いる
その後に波照間島などの人びとが移り住み村は再建され
た
Mさんはほんの少し前に起こった出来事のように話した

白保村の古民家の石垣はサンゴが積まれていることに驚
いた
石垣の背は家の中が見えるくらいに低く
緊急の場合があれば助け合っていたからだという
石垣の中には福木《ふくぎ》が生垣のように等間隔で家を取り巻い
ていた
両手を手首で合わせて広げたような葉の付き方は
どんな豪雨が降ろうが受け止めてしまう防風雨林のよう
だった
サンゴの石垣と福木があれば台風の暴風雨にも耐えられ
る
白保の海は果てしなく広がり
白浜の岩場にはアーサーが黄緑色を輝かしていた

生物多様性の亀と詩人

Mさんの車でYさんと一緒に生物多様性の宝庫と言われる
石垣島全体を一望できるバンナ岳の山頂に向かう
途中に「八重山戦争マラリア犠牲者碑」にお参りする
日本軍八〇〇〇人は石垣島の人びとを
このバンナ岳や於《お》茂《も》登《と》岳《だけ》の粗末な共同山小屋に追い立てた
マラリア蚊は次々に島民たちを射していった
ギニーネもなく民間療法の野草の青汁が使われたが
死亡率は30％で三六〇〇人以上の人びとが亡くなった
三〇〇mの山頂からは曇り空で微かに島全体が浮かんできた
Yさんがあのゴルフ場と市の自然林の当たりにと指をさす
ミサイル基地は着々と予定されているとのことだ
日本軍が島民を守るどころかマラリア蚊の多い場所に
追いやって多くの島民を無駄死にさせた
今度はミサイルを持ち込み戦争の災いを招くのではないか
Yさんの詩の言葉「日毒」を再び振りまくことではないか

生物多様性の「癒しの島」と言わる石垣島の未来について
MさんもYさんも雨空のように顔を曇らせる
微積分などを教える数学塾の先生のYさんにも
反対署名を拒絶しミサイル基地を受け入れる市議会たちの
目先の利益を優先し環境を破壊する頭の構造は理解できない
その夜Yさんと石垣島の焼き肉店で石垣牛を食べ泡盛を飲んだ
私がYさんの家の庭のクワガタエノキを眺めて散策していると
何か硬いものを踏みつけてしまった
すると何匹もの亀が逃げて行った
Yさんによると背丸箱亀という台湾から八重山諸島にいる亀で
昔から家に住み着いているという
ホテルに帰って調べてみると驚いたことに
その背丸箱亀は天然記念物であり
「ごめんなさい」と謝ったが足裏には硬い感触が残った
石垣島で暮らすということは
捕獲してはいけない天然記念物と
共に暮らすということなのだろう

五章　詩——奄美諸島

奄美大島、沖永良部島…

捩《よじ》れた慈父《ジュー》の島へ

西郷像《どん》の足元から始まる南島つなぐ国道《みち》
メビウス的国道58《ごーぱち》を沖縄から奄美へ遡《さかのぼ》る
沖縄から見える与論の海は碧《あお》いラムネ色
美《キヨ》ら港を鹿児島ナンバーの車は走る
亜熱帯の魚《イユ》も巫女《ユタ》もハブもいる奄美群島
何もかも北琉球の奄美島唄の哀愁《ナグル》サ

榕樹《ガジュマル》の妖精木つ物《きじむなー》と山原《やんばる》のブナガヤー
奄美の怪《ケ》ん物《ムン》も琉球 裸世《はだかユー》の原人達《キャ》の魂《マブル》
長い薩摩支配でケンムンの 頭《チュブル》に
今や皿が見え河童《ガラッパ》化している切《シジ》ナサ

奄美に誰も待つ者ない四三才の慈父《ジュー》よ
北陸金沢で二度結婚したが
沖縄しか引き上げる所なく
妻子を連れた船上でなぜ発狂した

島流しの西郷どんは島妾《アンゴ》の長男長女つれ
引き上げ二度と愛加那《あいかな》に沙汰なし
琉球でも大和《やまと》でもない奄美の一字姓

ムイ・フユキ
1958年、石川県生まれ。詩集『肝願《チムニゲ》え』『月の微笑』。
詩誌「あすら」。沖縄県島尻郡在住。

黍《ウーギ》の甘い汁は西郷どん達《キャ》の幕末原動力
明治でも二~三割いた農奴《ヤンチュ》の肝苦《キモグル》サ

沖縄で再婚した母に切り捨てられて慈父《ジュー》
アル中でも余生は施設で持ち前の
ユーモアとギターの腕を披露した
僕も姉も沖縄で結婚して今や孫も見て
崩壊した家族は沖縄で三枝《ミユダ》伸ばす

和泊という港名が口惜《クチ》サ沖永良部《おきのえらぶ》
徳之島の港もビーチみたく翠《みどり》のメロン色
「拝《ウガ》ン遠《ドオ》サ」立神《たちがみ》灯台に挨拶すると名瀬港
夕まぐれの雲は綿菓子ピンク色
慈父《ジュー》が養父でも我達《ワキャ》には南島つなげた架橋《はし》
メビウスの輪を三つに輪切りして
絡《から》まる大小二つの輪《ゴー》の捩《よじ》れへ船は接岸した

*カタカナのルビは奄美の島口

女性力《ウナグヂキャラ》

むかし　海の向こうから　舟に乗って訪れる者は
何人《なんぴと》といえども客人であったから
幸いをもたらす神々であったから
琉球列島の人々は　ただひたすらに歓喜して
一心におもてなしをするのだった
何より人が好きな私にも　その気風が残っている

海の向こうには　神々のくに《ニライカナイ》があり
夜空に浮ぶ　神々の姿も見えていた
〈えけ　あがる三日月や　（ああ　天なる三日月は）
えけ　神ぎゃかなまゆみ　（ああ　神の金真弓）
えけ　あがるあかぼしや　（ああ　天なる明星は）
えけ　神ぎゃかなままき〉（ああ　神の金鏃《かなぞく》）
黄金期の那覇世《ナハンユ》は　女司祭《ノロ》によって統治されていた
奄美の神女《ユタ》も人々の信仰をあつめていた

だが　海の向こうから　力携えた破壊の神々が襲来
貧乏人の少女は身売り　幼児も労働力の　悲しい歴史
沖縄の　遊女歌人ヨシヤー・チルー
奄美の　女奴隷カンツメなどは　有名な悲恋実話

現代に至っても　少女が次々と米兵に犯されている

ノロガミサマよ　ユタガミサマよ　琉球の地にも
かつて　あなたの　〝霊力〟による太平の世があった
海人《ウミンチュ》の眼には大空に　壮大華麗な女神の群像が
テレビの画像より鮮明に映っていた
〈えけ　あがるぼれぼしや　（ああ　天なる群星《むれぼし》は）
えけ　神ぎゃさしくせ　（ああ　神の花櫛《はなかざし》）
えけ　あがるのちくもや　（ああ　天なる横雲は）
えけ　神ぎゃまなききゅび〉（ああ　神の御帯）

琉球人《びと》に　〝日本人の原像〟あり　という
その血を享けて現代に生きる私たち女性
呼び起こさねばならないものが　あるのではないか
現代の　〝霊力〟　民衆の失った信念＊だろうか
私という小さな一個の人間の　身裡から迸るもの
そのことを携えて私は　世界に繋がっていたいのだ

＊〈　〉内はおもろそうし（五三四）
＊ナオミ・クラインの言（〝世界〟2007・12）など。

田上　悦子（たがみ　えつこ）
1935年、東京都生まれ。詩集『とうがなし立神』『はなれ里の四季』。日本現代詩人会、詩人会議会員。東京都調布市在住。

喜界島の土着の言語の威力

郡山　直（こおりやま　なおし）
1926年、鹿児島県奄美生まれ。詩集『詩人の引力』、英訳『今昔物語』。ポエムズ オブ ザ ワールド、東京英詩朗読会会員。神奈川県相模原市在住。

何年も、何年も前の遠い昔、米国留学していたころ
一九五三年ころのある日の午後
僕がニューヨーク州の州都アルバニーの
マジソン通りを歩いていたら

一匹の大きな、獰猛《どうもう》そうなコリー犬が現れて
人家の広い前庭を横切って、僕に向かって突進してきた
僕の東洋人の体型に気づいたのだろう
僕の東洋人の匂いを嗅ぎつけたのだろう

とっさに僕はどうしようかと考えた
すぐに、僕は島で子供のころやったことに思いついた
学校からの帰り道、犬に追いかけられたら
僕らは体をかがめて、石を拾って投げる真似をしたのだ
すると犬は怖がって逃げていった

僕はまさに、その通りのことをしたのだ
体をかがめて石を拾う真似をしたのだ
もちろん、アルバニーのマジソン通りには
石はなかったが

僕は「ダーリムン！ウチクッサリンド！」と叫んでいた
これは英語ではなかった
これは日本語でもなかった
これは、とっさのときに叫んだシマユミタ[*1]だったのだ
こんな状況の時
アメリカ人がどんなことを言うのか知らなかった
僕の怒った口から出てきたものは
「貴様のような奴、ぶっ殺すぞ！」という
シマユミタだったのだ

すると僕の大声の怒ったキカイジマの
ヤシクチ[*2]に恐れをなして
大きな、獰猛そうなコリー犬は立ち止まり、
向きを変えて、歩き去った
しかし、地球上の懐かしい、古い、土着の言葉は
世界中で
テレビの言葉に追いやられて、消滅しつつあるのだ

＊1　シマユミタ　喜界島の島言葉
＊2　ヤシクチ　汚い言葉

楕円の島と馬鈴薯

馬鈴薯をだいて　夕暮れに友が
ほくほくの旨さ
届けてくれた
沖永良部《おきのえらぶ》の島　芋がうまいよと
サンゴ礁に咲く
紫の花よ

真珠の涙が　つらなる島々
涙のかたちの
沖永良部よ

島の真ん中に　ガジュマル抱《いだ》いて
雄々しく育った
サンゴの島よ

人びとの心は優しく　波にうねるよ
鍾乳洞の水が清く
芋がうまいとね　潮風強いとね
学校もあるとね

行ってみたいよ　沖永良部へ
太陽は神になって
海の奥から昇り降りする
星の夜空が光るとね

海の向こうから　故郷を捨てても
苦労をしても　見渡す広さが良いのだと
この島を選び
この、島と生きるのだと

秋野　かよ子（あきの　かよこ）
1946年、和歌山県生まれ。詩集『夜が響く』『細胞のつぶやき』。
詩人会議、日本現代詩人会会員。和歌山県和歌山市在住。

アカボシゴマダラ

福島　純子（ふくしま　じゅんこ）
1956年、岩手県生まれ。詩集『ジャンピング・ビーンズ』。
詩誌「潮流詩派」「流」。神奈川県川崎市在住。

ひらひらと　目のまえを
鮮やかなものが舞っていった
道端に落ちて
腐りかけた桃にとまって
白地にステンドグラスの黒い網目と
ザクロの実のような斑点を並べた翅を
呼吸に合わせて閉じたり開いたり
写真に撮ろうと近づいても
ひたすら桃に耽溺《たんでき》して逃げもしない

このあざやかな姿をSNSに投稿してみたら
世界各地からの〈いいね！〉とともに
蝶に詳しい友人から
蝶の名前とプロフィールが寄せられた

アカボシゴマダラ
要注意外来生物

この国ではそうよばれていることを
蝶は知らない

ひとが連れてきて
ひとが飼育し野に放ち
国がそうしたひとを罰するという
この国の生態系がゆがむというのだろうか
ひとは　国は
呼び方や区別の仕方で
もうたくさんのゆがみを作ってきているのに
——わたしにはどんな名前がつけられ
——どこに区分されているのだろう

奄美大島には昔からこの蝶が生息していて
こちらは準絶滅危惧種だとか
スマホのなかに飼い
ネットに放したわたしは
罰せられるのか褒められるのか

液晶画面のなかの蝶はまだ
夏の名残の熟れた果実の
発酵しかけた果汁を
無心に吸っている　生きている

沖縄の歌

沖縄の空は青く空気は透明で水はおいしい
沖縄の稲は受水《うきんじゅ》・走水《はいんじゅ》から始まった
多くの田は今はサトウキビ畑になっているらしい
民間経済が基地収入を上回った
観光収入が伸びてきている
中国語が沖縄全土で飛び交って
古代の琉球に里帰りした感じ
軍事基地は常態化していて
基地労働者の収入源と化している
うりずんの沖縄は　冬眠から覚めて
全ての生き物が動き出す時期だ
高校球児も頂点を目指して躍動する
一目惚れではないが　半分外国みたいな沖縄の
懐に抱かれて睡りたい
沖縄の民謡は攻撃的に人の心に沁み込み
漁師と魚売りの神さんで歌い踊る沖縄民謡は
底抜けに明るいなかに悲しみも顔を出す

酒木　裕次郎（さかき　ゆうじろう）
1941年、鹿児島県生まれ。詩集『筑波山』『浜泉』。
詩誌「衣」「いのちの籠」。茨城県取手市在住。

台風銀座

耳を澄ますと今も聞こえる
故郷は台風銀座
奴が襲って来た時は
風速四〇ｍで女子供は吹き飛ばされる
普段は島人の我々を母の如く抱きかかえ
魚介をふんだんにもたらしてくれる
遠浅の海　自らの意志ではないかのよう
誰が島人の海を怒らせているのだ
男なら　名を名乗れ！
暴風に呷られて怒る高波が
地獄の暴力で珊瑚礁にぶつかる
この世のものとは思えぬ轟き

徳之島に居て　防風林ガジュマルの悲鳴と
海水浴場の遠浅の海の　怒りに狂う高波の
轟きを身に聞いて成長させてもらった
幾重にも恩義のある私の島

神原　芳之（かんばら　よしゆき）
1931年、東京生まれ。詩集『青山記』。
日本詩人クラブ会員。東京都港区在住。

離島

絶滅危惧種が見つかるおかげで
訪れる観光客の常連たち
調査のために来る大学の人たち
島民客人いっしょになって
家族のように溶け合う夜もあれば
孤絶の日々には噴火も起きる

難破船から漂流している人を
救い上げることもある
近くを通りかかった探検家が
島の魅力に引かれて上陸し
そのまま住み着くこともある
運命から希有な系図も生まれる
島で育った子は歌が得意

やがてわれらも絶滅危惧種
汀に残る手摺り足摺りの跡を見よ
恨みを煮詰めた俊寛のつぶやき
敵前で身を投げた女たちが
最後に通った細い道

孤立無援で敵との対峙
島をはさんでにらめっこ
笑うと負けよ　あっぷっぷ

北畑　光男（きたばたけ　みつお）
1946年、岩手県生まれ。評論集『村上昭夫の宇宙哀歌』、詩集『北の蜻蛉』。
詩誌「歴程」「撃竹」。埼玉県児玉郡在住。

海底

海底の中には千メートルもの深い谷がある
割れて深い悲しみに落ち込んでいる谷だ

公ちゃんは軍艦と一緒に沈んでいった

幼いとき言われた母の弟
おれの叔父さん

兵隊にとられた叔父さんはおれの
深い記憶に沈んだままになっている

戦艦大和の名前と鹿児島県沖の海
幼いおれの記憶を
深海の高い水圧が押し付けている

冷たく暗い海底に
公ちゃんの骨はあるか

未だに戦争が起きている
海の底には

多くの公ちゃんが沈んでくるか

深さ千メートルを超える海底では
沈んだいのちを蟹が喰っているか

六日間の死の漂流

――対馬丸遭難語り部・平良啓子さん

永山　絹枝（ながやま　きぬえ）
1944年、長崎県生まれ。詩集『讃えよ、歌え』『子ども讃歌』。
文芸誌「コールサック（石炭袋）」、詩人会議会員。長崎県諫早市在住。

おばあちゃーん、おねえちゃーん！
こわいよー　啓子　時子　早く飛び込めー
暗い海の中で私は醤油樽を抱いて浮いていました
死体が流れてくる
沢山の子ども達が乗ったボートは　大波が襲って飲み込
　まれた
千六百人の生徒は死ぬのか　生きるのか

私は声の聞こえる方へと波を切って漕いでいきました
大波に乗ってどうにか追いつき
竹で出来た一枚の筏に片手で辿り着きました
漂流が始まった
筏の人達は一〇人、九人、八人、七人と
ずるずると海の中に落ちて減っていきました
食べ物もなくなりました

五人になったとき　鮫がこっちに向かってくる
次は私の番だ！　海の神様　どうかお助けください
両手を合わせて祈った　サメは向きを変えた

岩を打つ波の音が聞こえてきた
山が迫って来ていることが分かりました
島だ！
上げ潮で押し流されて上がることができました
脚が弱っていて四つんばいで上がりました
奄美大島の近く　無人島でした

船の姿を見つけたとき　嬉しくて
イチ、ニッーサーンの　オーイ！
二つの船に別れて診療所に連れて行かれました
キビナゴや卵の差し入れを部落の人がしてくれました
肉の海と言われるほどの死体があったのを
奄美大島の人々が　一体　一体　葬ってくれました

地獄の苦悩を刻みつけた彼女を突き動かす思い
このような惨事が起きるような世の中にはすまい！
沖縄の戦後はまだ終わっていないのです

和浦丸《かずうらまる》での疎開

宮武　よし子（みやたけ　よしこ）
1938年、北海道生まれ。詩集『やまぶきの花』。詩人会議会員。埼玉県川口市在住。

千九百四十四年八月　四年生
沖縄から遙か鹿児島を目指して疎開した
那覇港からポンポン船に乗った
沖に待機している和浦丸、対馬丸あと一隻　暁空丸《ぎょうくうまる》
学童疎開の仲間を乗せて出航した
初めて乗るとてつもなく大きな船
友達とはしゃぐ声、笑う声

船の中に緊張がみなぎったのは二日目の夜
浮袋を着けたまま寝かされていた私たち
突然鋭い警報に飛び起きた
真っ暗な甲板に我先にと駆け上がった
ひもで結わえたり、つながったり
何時でも命令が下りたら飛び込めるように
「飛び込め」の命令を待った
波しぶきだけを見つめ　ただがくがくと震えながら
「泣くな！」
「騒ぐな！　命令が聞こえないぞ！」
「ゴーン」　「ゴーン」　「ゴーン」

敵の潜水艦から三発の魚雷
「沈むぞ！」　「沈むぞ！」　「轟沈だ！」
渦巻き、激しくぶつかり合う二隻の船体
阿鼻叫喚《あびきょうかん》　大人の声　子どもの声
真っ暗な闇をつんざく

「飛び込むな！」「この船じゃないぞ！」
船長の必死な叫び　我に返った私たち
立ち上がることも出来ずに呆然としたまま
船長の話を聞いた
震えはまだ止まらない

闇の中を和浦丸はただ逃げ切った
長崎の港に着いたのは朝だった
沈没したのは対馬丸だったそうだ

七十余年を経ても
鮮明に浮かんでくるあの日の記憶

（糸数裕子さんより聞き書き）

「天球の舟——西海幻想」より

萩尾　滋（はぎお　しげる）
1947年、福岡県生まれ。詩集『戦世の終る日まで』。京都府向日市在住。

海嶺《かいれい》の章

地球の脈動に北上するインドプレートに押し上げられた
ユーラシア大陸の　蒼穹の空に高い女神テチスの海
一粒の透明な時間の雫《しずく》に　ひび割れた地殻を深く削り
河に奔《はし》り流れ込む　生命《いのち》を懐《いだ》く母の黒く髪を映す海の
白く凍りついた濤のしぶきをまとう　海嶺の雪の棲処《ヒマール》
黄色くウミユリを刻み込んだ飾り帯の山壁《やまはだ》に　眠る
太古の時間を　黒く化石化した渦に巻く　アンモナイト
湧き上がる飛翔への季節風《モンスーン》を　翼に抱きしめ
眩さのサガルマータ《エベレスト》を超え　種を繋ぐアネハヅルの群れ
風の寄せる雲の峰々の　昇る陽の慈愛に赤く染まる
佛陀の生地ルンビニの　有と無を越える「空《くう》」の
蒼さの中に　合わせる掌に　生ける者の死せる者の
悉《ことごと》くの仏性を薄桃色の頬の笑みに蔵《やど》し　揺れる蓮華《はちすばな》
星を取り巻く氷の炎に燃える浄火《プレゲトーン》の河の無量の河砂の
一粒一粒の哀しみの燦めきに　胎む帆の補陀落《ふだらく》の船

空と海の章

遺骨を海底に残したまま　子どもであることを奪われ
母の胸に帰れない　慰霊碑「小桜之塔」に刻まれた名の
一人一人に　準軍属の戦死とされた少国民達への叙勲
血に錆びた銅の鳥居の白砂利が脛に食い込む痛さの中の
額づきの靖国に　義に重く　命に軽く　祀り上げられ
軍鬼《ガキ》大将への捧げ銃《つつ》の　海水に濡れた銃によろめく
戦《いくさ》よりもまだ遊びたい　祭神とされた無邪気さの児魂《こたま》
疎開と言う軍事作戦用語に渫《さら》われる寂しさを
　冷たい白い米粒みたいな　雪にかぶりついてみたい
本土への憧れのはしゃぎの中に　隠し込んだまま
老朽化に船団を遅れる対馬丸　潜水艦の撃沈に緘口令《かんこうれい》
疎開先からの来ない手紙　軍機の渦の底に沈められた
　船倉に閉じ込められた子の
船端を乗り越えられなかった子の
振り落とされすがるものもなく溺れた子の
総特攻に魁《さきが》けた戦艦大和の重くのし掛かる海底の子の
石臼が磨り潰す記憶の　白く塩っぱい潮の流れに
魂の救いに海を渡る御使《みつかい》の蝶青緑斑《アサギマダラ》の　身を横たえ
練り絹の優しさに波を抱き　昇る陽《アガイティーダ》に鱗粉の燦めきの
虹を架ける　群蝶の帯のうねり　片翅に風を受け
片翅を　海の　光を失う果てのない深さの蒼墨に染めて
幼いままの止まった時間の子らに　差し伸ばし

翅脈《しみゃく》に伝える温かさ
　そっと手を結い　風になろう　もうさびしかないよ
手のひらにのる小ささの綾蝶の　天妃の守る御霊舟
光の渦に　燦めき反す清《ちゅ》らの花珊瑚
神女の素足を浸す瀬の御衣に包む失われた命の白い形見
傷つけられた　空を海を　愛《かな》しの風に抱きしめ
　ハーリー　コーン　コーン
　ヂシテー　ヂシ　ヂシテー　ヂシ（子守唄：山原船）
　　＊天妃：女性の守り神（おもろさうし）

花の章

一年に一度の　ただ一日の　太陽と月と地球とが結い
生み出す大潮に　一斉に咲く一日花《ひとひばな》　ウミショウブ
遺伝子に書き込まれた受精の刻《とき》　葉を捩る海藻の草原の
引き潮に　水中の萼を伸ばし　水面に張りつく　メバナ
　精一杯に　三本の花弁を広げる
自らが光に生み出した酸素の泡に包まれて
海中の尖ったくちばしから噴き出る
数知れぬ白い小さな花の精　オバナ
　花弁に反り返り　水面に立ち
　花粉を濡らさぬよう頭に抱え
満ち潮に花弁を閉じるまでのただ一時《ひととき》に　母となるべき
メバナを求め　風に吹かれ　波に揺られ　海面を滑る
羽をつけたクリオネ達のチャップリンのスケート

軽やかに　おどけ　楽しげに　そして　さびしげに
メバナに　抱きしめられることのなかった
種を繋ぐことのなかったオバナ　肩を寄せ合う悲恋花の
弾き出された　量子化された　孤絶化された　時間を
柔らかく潮の揺らぎに包む　散り敷かれた白い雫舟《しずくぶね》
溶け合う闇を　海と空に切り裂く　明けまもどろの
潮の出会いの波の音に　一汐限りの花の祝祭　命の契り
どこまでも蒼く空に深いテチスの海の
戦世のない　安らぎ集う弥勒世の美弥良久《みみらく》の島へ
島々をつたう　蒼く湧き上がる潮の
太陽《ティーダ》に響《どよ》むおもろの繋ぎ
榕樹《ガジュマル》を穿つノグチゲラの囃子《はやし》　ゑけ　やれ　ゑけ

やまと追感

米村　晋（よねむら　すすむ）
１９３７年、韓国ソウル市生まれ。小説『無窮花《むくげ》と海峡』。
石川詩人会、笛の会会員。石川県金沢市在住。

『戦闘詳報』
一四・〇七　左舷中部に魚雷２発命中
一四・一二　左舷後部に爆弾１発命中
一四・一七　左舷中部に魚雷３発命中
艦体は左に40度傾斜
総計　魚雷一五発　爆弾六発を被弾
右舷横転　艦底が海面に露呈
艦首を突っ込み　艦尾を跳ね上げ　沈没
海中での砲弾の誘爆と水蒸気の爆発
立上る大火柱　雲底を舐めつくす火炎
「大和」の艦体はへの字に折れ
２４７０名の乗組員を艦内に抱いたまま
菊の紋章の付いた艦首を北枕に
３４０ｍの海底に身を横たえる
一九四五年四月七日　一四・二三
薩摩半島枕崎　坊の岬沖合１６７キロ

『軍艦旗』
沖縄へ北上する米海軍駆逐艦
監視員が不審な浮遊物を発見
巨大なクラゲかエイか
海面をゆるやかに漂う赤いもの
救助艇を下ろして調査

それは日本海軍の軍艦旗
深紅の真円から十六条の旭光が放射
沈没した戦艦から外れたものらしい
軍艦旗は乗員が日夜武運を祈る
軍艦の神聖なるシンボル
艦が沈没する際は
信号員が取り外し命に代えて守るもの
米海軍が稀有《けう》な戦利品とみたのも道理
横三メートル　縦二メートル
日本海軍では超大型戦艦用のサイズ

軍艦旗が戦利品と知った艦長は
収集作業の中止を命ずる
（そっとしておいてやれ
　どこか帰りたい所があるのだろう）
軍艦旗は再び海中に戻され

目的ありげに　ゆったりと
海流に乗って流れていった

『鉄底《てってい》海峡』
沖縄諸島の海中には
米海軍に撃沈された
日本の軍艦や輸送船の
夥しい鋼鉄の艦体が折り重なり
海中に摩天楼を形づくっている
マストや煙突　艦橋などが
海面近くにまでせり上がり
海図にはない暗礁となっている
真上を航行する艦船の船底は
船首から船尾まで
一直線に切り裂かれ沈没
鉄の海底があると恐れられる

『海蛍《うみほたる》』
沈没した艦船の機材や屍体には
海蛍といわれる無数の貝虫《かいむし》がつく
貝の発光で艦内は薄青く輝く

ふるさとの小川のほとり
季節になれば無数の蛍が舞いたち
人の形に集まってほうっと光る
その光の中から兄さんが
うっすらと姿を現す
私の手の中に幾匹かの蛍を乗せて
にっと笑うと背中を向けて消えた
水兵服姿*の十四歳のままで……

*水兵服姿——海軍特例少年兵（海軍最年少の水兵）

六章　詩――ひめゆり学徒隊・ガマへの鎮魂

相思樹の歌（別れの曲《うた》）

目に親し　相思樹並木
往《ゆ》きかえり　去り難《がた》けれど
夢の如《ごと》　疾《と》き年月の
往きにけん　後《あと》ぞくやしき

学舎《まなびや》の　赤きいらかも
別れなば　なつかしからん
吾が寮に　睦みし友よ
忘るるな　離《さか》り住むとも
業《わざ》なりて　巣立つよろこび
いや深き　嘆《なげ》きぞこもる
いざさらば　いとしの友よ
何時の日か　再び逢わん
微笑《ほほえ》みて　吾等《われら》おくらん
すぎし日の　思い出秘めし
澄みまさる　明るきまみよ
すこやかに　幸多かれと
　幸多かれと

別れの曲《うた》（相思樹の歌）

作詞　太田　博
作曲　東風平《こちんだ》恵位
編曲　橋本　憲佳

太田　博（おおた　ひろし）

1921~1945年、東京都に生まれたが、福島県郡山で育ち、郡山商業学校卒業。詩集『剣と花』、著作『太田博遺稿集』。詩誌「蠟人形」「蒼空」。「ひめゆり学徒隊」の乙女たちに「相思樹の歌」を作詞し、糸満市にて戦死。女学生たちもこの歌を洞窟の中で歌ったと言われる。

戦場

三谷　晃一（みたに　こういち）
1922〜2005年、福島県生まれ。詩集『会津の冬』『三谷晃一全詩集』。詩誌「宇宙塵」、福島県現代詩人会初代会長。福島県郡山市に暮らした。

なんの物音もきこえない。
虫の声もしない。
このおそろしくしずかなところ
これが戦場だ。

ここで夥《おびただ》しい数の
日本人が死んだ。
アメリカ人もグルカ人も死んだ。

ここはどこだろう。
ガダルカナル　オキナワ
インパール？
そのどこでもあり
どこでもない。
しかしまぎれもなくこれは戦場だ。

ニッパ椰子の小舎に
何日も何日も
雨が降りつづいた
ジャングルの雨期。

熱く
渇いた砂が
夕日とおなじいろの
たくさんの血をのみこんだ
あの珊瑚礁の島。

おれはあそこで
死んだ。
あのオキナワ王の墳墓のかげ。
かっこう鳥はあそこでも啼くだろうか。

戦場ははるかだ。
みんな戦場のありかを
忘れてしまったので。
おぼえているのは
おれたち死者
だけなので。
――わきかえる喧騒の世界に。

ここだけがおそろしくしずかだ。

展示室

星野　博（ほしの　ひろし）
1963年、福島県生まれ。詩集『ロードショー』『線の彼方』。文芸誌「コールサック（石炭袋）」。東京都立川市在住。

壁をおおう少女たちの顔
ひとりずつ　ひとりずつ
カメラで撮られた白黒写真
下にはその名前
忘れられないように　はっきりと
反対側の壁にも少女たちの顔
ほとんどが真顔
笑みを浮かべた者もわずかに
圧倒される写真の多さ
ゆっくり歩を進め　見入る人たち

部屋の真ん中に二人の娘
派手なTシャツ　染めた髪
ハタチを過ぎた年頃か
年配女性と向き合い
微動だにせず　話に聴き入る
両方の目からは大粒の涙
まわりの人を気にせずに
娘たちの頬を流れ落ちる

女性は語る　笑顔も交えて
目は遥か遠くを見るように

　私たち　ひめゆり隊はね　そうするしかなかったの

娘たちは聴く　出会ったばかりの女性の話を
ようやく一人が涙を拭いた

その三人を少女たちが見つめている
何も語らず　みんなで見つめている

展示室を出ると南国の日差し
やわらかな風が肌をなでる
前方にはあの少女たちも眺めた海が
青くきらめいて　広々と横たわっている

風を汲む少女

金野　清人（こんの　きよと）
1935年、岩手県生まれ。詩集『冬の蝶』『青の時』。
岩手県詩人クラブ、北上詩の会会員。岩手県盛岡市在住。

今宵もまた
ひめゆり学徒隊の少女は
手桶を提げ
柄杓を持って現れ

賽の河原で
石を積むこともせず
水を汲むこともせず

ひたすら
きな臭い風を
せっせと
汲んで
捨てている

島から吹いてくる風に
砲弾の臭いが漂っている限り

沖縄戦で
若い命を散らした少女は

いまだに
安らかに眠ることが出来ないのだ

いまも
性懲りもなく
きな臭い風は
世界中の至る所で
吹き荒れている

戦争を知らない子どもたちが
軍歌を奏でられ
日の丸の波に送られて
二度と
戦場に駆り出されないため
平和憲法を盾にして
きな臭い風を
この地上から
払い除けるのだ

ひめゆりの塔

秋山　泰則（あきやま　やすのり）
1938年、東京都生まれ。詩集『民衆の記憶』『泣き坂』。
美ヶ原高原詩人祭主催、日本現代詩人会会員。長野県松本市在住。

ひめゆりの塔という表題をもつ新聞の記事を読んだ　戦争が終わって六十余年を経た早春の日である
（まだあどけない笑顔のおかっぱ頭がいる。大人びた顔立ちに、恥じらいを浮かべた少女がいる。どの瞳も希望に満ちている。）

沖縄のひめゆり平和祈念資料館の一室で、二百を超す遺影が埋め尽くしている壁面に向かい合ったときの感慨をそのように語りだした。

（遺影の展示コーナーには、少女らしい手鏡やくしが。それ以上に私の目をくぎ付けにしたのは、ひん曲がり、バラバラに割れてしまった下敷きと筆箱だった。茶に変色した三角定規。土のこびりついた万年筆だった。）と続く。そして、軍人よりはるかに多くの住民を死に追いやった戦いを「戦争の醜さの極致」といった米側従軍記者の言葉も紹介している。

（今はちょうど受験の季節。目標に向かってベストを尽くしてほしい。ただ、胸の片隅に留めておいてもらいたい。勉強したいという夢を、そして未来を理不尽に断たれた若者たちがいたことを。君のおばあさんが君の年ごろだった、まだそう遠くない時代の話だ。）

と結んでいた。

わが身の安全を求めて、守るべき者に銃口をむけ、敵の銃口の前に恐怖していた軍は、戦場となった集落で住民を棄てたという話は数え切れなく聞いてきたが、守ったということを私はいまだに聞いていない。

そんなものを日本は今また、公式にもとうとしている。

＊二〇〇七年二月一七日　中日新聞　編集局デスク欄編集局長
加藤幹敏氏筆「ひめゆりの塔」を引用。

荒崎海岸にて

（魂魄の塔のうしろにまわり
アダン林のなかの細道に分け入ると
ほどなく荒崎海岸です）

サンゴ礁の黒い岩
サンゴ礁の白い浜
さいはての地に　砲弾に追われ追われて
あしのうらに血を滲ませ　逃れきた　あわれ乙女たちよ

夜　月光を浴びて　あなたたちは歌ったという
「海往かば水漬く屍　山往かば草むす屍」
本当に明日の命知れない　あなたたちだった
どこかで小銃の音がしている

その優しい手は一度も銃をもつことなどなかったのに
だれ一人も殺さなかった　うら若いあなたたちが
いま　殺される
米軍の砲弾に千切られ　舟艇の機関銃にねらわれ
（ああ　投降しようと船へ泳ぎ出した朝鮮人軍夫は
日本兵に撃たれた）

こんなさいはてに　あなたたちを放り出して
平気で切腹していった司令官　それが軍なのだ
国を守るということは　あなたたちを　とことん利用し
最後に棄てるということだった
国とは　上御一人　兵も女学生も子どもも
いっぱい野たれ死んでかまわなかった

（いま　分かります
手榴弾で「集団自決」とはだから言わないで
殺されたのでした　あたしたち　慕っていた国に
その怖しい手で）

サンゴ礁の岩の上にすあしで立つと
かすかにあなたがたの声が聞こえてくる
こんなに明るい海のそばで
あなたがたの歌が　ぞおっと聴こえてくる

石川　逸子（いしかわ　いつこ）
1933年、東京都生まれ。詩集『千鳥ヶ淵へ行きましたか』『たった一度の物語』。詩誌「兆」。東京都葛飾区在住。

花々を哭く

堀場　清子（ほりば　きよこ）
1930年、広島県生まれ。詩集『堀場清子全詩集』、著作『鱗片―ヒロシマとフクシマと』。詩誌「いのちの籠」、日本現代詩人会会員。千葉県御宿町在住。

「白梅学徒隊」「瑞泉学徒隊」「積徳学徒隊」
「梯梧《でいご》学徒隊」「なごらん学徒隊」……

「ひめゆり学徒隊」のみ有名だが
地上戦が始まったとき
沖縄県下の女学生はすべて
軍の看護要員に動員されていた
女子青年団員も「女子救護班」として
野戦病院に配属されていた

激戦に巻き込まれ
敗走する軍とともに　自然壕を転々とし
〝馬乗り攻撃〟によって戦死した
米軍に包囲され　火炎放射器・手榴弾を浴びて
多くの学徒が犠牲になった
島南端の摩文仁まで追いつめられ
「解散」の名で　遺棄されて
敗戦の荒野を逃げまどい　非業の死を遂げた

……それから半世紀も過ぎて
沖縄戦の記録を読んだ
砲爆弾・銃弾　雨霰と降り注ぎ　炸裂し
自然洞窟のなかで息をひそめる場面だった
突然　兵隊が怒鳴った

「女学生！　水汲んで来いっ」

その一言で
わたしには　すっかり理解《わか》った
「皇軍」の兵士ら
いかに　嵩にかかり
命を的に従軍した乙女らを　酷使したか
強姦目的で　追っかけ回した記録さえあった

九死に一生を得た「語り部」たちは
「皇軍」への悪声を放たない
苦い記憶は　胸底に澱《おり》をなしていよう
しかし「皇軍」は命を捧げるに値しなかったと
いったん口切れば
胸が張り裂けてしまうだろう

夭《わか》くして戦場に散った級友を悼む心の傷口には
いかに清浄な花々を飾っても　埋めきれない

沖縄島に危機が迫るや　間髪いれず
娘たちを　親元へ帰してしまう決断は
各女学校長・教頭らの胸中にありえなかったか

他の島から来た生徒はすでに帰れなかったろう
だが親族・地縁等で庇《かば》う手段はありえたろう
南部に家のあった生徒は
古里が戦場となり
結局死を迎えたかもしれない
それでも家族と共に死ぬ方が幸せでなかったか

沖縄師範学校女子部と県立第一高女からなる
「ひめゆり学徒隊」の結成式の模様を
『沖縄大百科事典』が書いている
一九四五年三月二五日午前一時
月明かりのもとで訓示をうけた　と

「寄宿舎にいた全員は動員の用意を整え」
の件が　わけても　わたしを嘆かせる
家から通う生徒は　当然に家族が引き止める
「学徒隊」は引き止め手のない寄宿生だった

あの時代に　別行動などありえなかった
しかし　クラス全員ではなかった

寄宿生らを　従軍させ　敗走の軍中で酷使し
無惨きわまる死に追いやった
国・軍・学校　戦争する社会の　全システム
その冷酷な手で引き裂かれた　花々を
とめどなく　悲しみ　悼み　哭《な》く

月桃の島へ

小島　昭男（こじま　てるお）
1930年、東京都生まれ。詩集『Rhapsody』。詩誌「Void」同人。東京都八王子市在住。

初めて踏む梅雨どきの沖縄の土
私は生粋《きっすい》の昭和の子ども　気が付けば
立派な軍国少年だった　だから
同世代の沖縄の中学生も　きっと同じ道を辿ったのでは
　ないかと
その思いを確かめたくて

＊

娘十六　花の顔《かんばせ》　看護婦にされた[*1]
ひめゆり部隊と名付けられて
四六時中負傷兵を看護した
悪化する戦局
アメリカ兵に追われて夜通し逃げた
本島南端の壕を目指して　傷病兵を連れて
ながーい　ながーい道のりを　逃げて　逃げて
逃げて逃げ延びて　やっと分院の壕《ガマ》に辿り着いた

沖縄陸軍院第三外科壕（跡）

部隊解散！　乙女たち　壕《ガマ》を追われて戦場の真っ只中へ
鉄血勤皇隊の中学生たち
健児の碑　に祀られた
二十四万余名の死者たち　名前を刻まれて
平和の碑《いしじ》
まだ沖縄の何処ぞに埋もれている
永遠にここに刻まれることのない！
無名の死者たち[*2]

ガジュマルの木の直下の暗がりで
ピエタのように木の根が
死者を抱いている

＊

梅雨の晴れ間　名護の海
太陽が沈む
モーターボートがゴムボートを曳航《えいこう》している
逆波を受けてボートがジャンプするたびに
女の子の歓声が夕暮れの海に響きわたる
その青春の明るい情景よ　けれど
不意に暗転して　殺戮《さつりく》の場に追い遣られ

＊

広大な緑地　点在する橙色の屋根　遠く緑の稜線上をオスプレイがホバーリングしている……むかし四歳の息子が《ここは羽田のようじゃないね》と横田基地を指さして云うと
《カッちゃん　ここはアメリカよ》[*3]と姪っ子のセッチャンが打消したことを思い出した……

エーサーの激しい踊り　喧騒の国際通りも歩いた
何故か心は満たされなかった
本島の15％は米軍専用施設　無くなればいいが無くならない
米軍が出て行けば　自衛隊後釜にすわる　何のことはない

Occupied Okinawa じゃないか!

＊

壕《ガマ》の入口の月桃の花よ
私はてーげーに裡なるウチナーを生きられるだろうか

＊1、2　日取真俊著『沖縄「戦後」ゼロ年』より
＊3　NHKテレビの特集番組で知ったという
（註）月桃【ゲットウ】ショウガ科の多年草。原産地インド。東アジアの熱帯、沖縄や九州南端、小笠原などで栽培。草丈三メートル。夏、芳香ある淡紅色の美花をつける。（『広辞苑』より抜粋）

沖縄に眠る父へ
——三浦日出子さんの祈り

森　三紗（もり　みさ）
1943年、岩手県生まれ。詩集『カシオペアの雫』、評論集『宮沢賢治と荘已池の絆』。詩誌「堅香子《かたかご》」、日本現代詩人会会員。岩手県盛岡市在住。

日出子さん
あなたとわたしは1943年生まれ
あなたの父は駅に務めていた時に
召集礼状が来た
戦士となるということが義務だったのだ
（父不在の日々
　親子の絆を断ち切ったのは誰だ）
秋には沖縄に派兵された
四五年四月　沖縄本島に米軍上陸
戦闘が展開された

日出子さん
あなたのお父さんは
日本軍の組織的戦闘が終結する三日前
（愛しい妻と子供の名前を呼びながら）
激戦地　摩文仁で息つきた
享年二二
父からの便りも途絶え
届いたのは
空《から》の白木の箱だけだった
それが生きて戦ったという
ただ一つの証《あかし》だった
戦死という悲しい別れにどうして
直面しなければならなかったのだ

摩文仁の地に
沖縄県が95年
戦没者の名前を刻んだ
「平和の礎《いしじ》」をたてた
父の名前は高橋松次郎
刻まれた名前を手でなぞり
父を初めて実感した
「お父さん　あなたの娘です」
　溢れる涙　涙　涙

6月23日は　沖縄「慰霊の日」
ひめゆり学徒隊も覚悟の死を遂げた
ガマ（洞窟）で同胞に
殺された惨事もあった

日出子さん
平成二十九年一月
岩手県出身者の戦没者を供養するために
県が建てた「岩手の塔」の前で遺族を代表してあなたは
　あいさつした
「沖縄に向かう別れの時
　一人娘のわたしを
どんなにか抱きしめたことでしょう
きっと生きて帰って
まただきしめたいと思ったことでしょう―」
参列者の嗚咽が漏れた
「お父さん、生命を授けてくださって
　ありがとう」
72年前の惨禍
今も米軍基地の負担にあえぐ沖縄で
日出子さんは平和であることの
かけがえなさをかみしめて祈りを捧げた

ガマ

若松　丈太郎（わかまつ　じょうたろう）
1935年、岩手県生まれ。詩集『十歳の夏まで戦争だった』、評論集『福島原発難民』。詩誌「いのちの籠」「腹の虫」。福島県南相馬市在住。

沖縄では洞窟を
東北の私が育った土地では空洞状態を
ともにガマという
言霊《ことだま》がみちびくのか
共有する思いを確かめようと沖縄へ

玉城村糸数《たまぐすくそんいとかず》のアブチラガマ
サトウキビ畑のなかの入口
日常のなかにふとたち現れた亀裂
冥界への入口もまた
私たちの足元に同様に在るか
イザナギのごとく
オルフェウスのごとく
私は足を踏み入れる
大きな蝸牛《かぎゅう》の殻るいるい

沖縄戦のさなか
あるいは村民が避難し追い出され
あるいは敗残の兵士がたてこもり
あるいは重傷者が置き去られ自決し
あるいは住民が諜報者として処刑され

大きな蝸牛の殻るいるい
屍《しかばね》を食べたか　屍を食べた蛆を食べたか
屍の数だけ在るか蝸牛の殻
靴の下でクシャリと割れる
悚悚《しょうしょう》とたちあがる気配　言霊の気配

——振り返るな！

私は振り返る
わがイザナミの
わがエウリディケの
石の上に置かれた骨片ふたつ
小さな石碑

ガマの外は口をぬぐったような日常
だがその日常の高みで引き裂く米軍機
危うい空洞の地球
ガマになった蝸牛の割れる音

（一九八四年作品）

沖縄の戦跡をたどる

阿形　蓉子（あがた　ようこ）
1935年、宮城県生まれ。詩集『旅のスケッチ』『つれづれなるままに』。文芸すいた会員、関西詩人協会会員。大阪府吹田市在住。

正月の沖縄南部観光
四十代の観光タクシー運転手
案内の合間に話す
　子どもの頃
アメリカ統治下にあった沖縄
教科書はすべて日本のもの
通貨はドル
大きな面積を占める基地の存在
　子どもながらにいろいろ考えさせられた
土地の人から直接きけた沖縄の諸々の問題　政治の矛盾

ツアーでは　もはや行かなくなった第一外科病棟の壕
入り口は二十畳ぐらいか
いつ人が訪れたかも分からないような穴
雑草のかげにかくれてひっそり残る

歳月を経て　すでに朽ちかけた壕の病院
ずるずる滑りながら穴の底まで下りる
土砂に埋まる奥を覗く
たくさんの犠牲者にささげられた
色あせた千羽鶴の束が足元に
地上に出ると
冷たい冬の風がそおっと頬をなでる
道端には小さい立札がひそやかに人を待つ

初めて沖縄を訪れた息子たち
戦争のいたましさを
どのように受けとめたか
今　戦争があれば
真っ先に駆り出されるであろう
二十一世紀を担う息子たち
沖縄三度目の私も
半世紀以上前の戦争時の
母親になる

（二〇〇一年五月）

沖縄

佐々木　淑子（ささき　としこ）

１９４７年、岡山県生まれ。詩集『母の腕物語―増補新版』、小説『サラサとルルジ』。日本現代詩人会、鎌倉ペンクラブ会員。神奈川県鎌倉市在住。

1

この島は　悲しみの大地
血と涙と叫び声が埋まり
私は何処を踏みしめ
何を支えに歩いていいのか　わからない

聞こえる　今も
喜屋武《キャン》岬の波の音に
「おかあさん　おかあさん　おかあさん」

聞こえる　今も
チビチリガマを流れる　風音に
「早く　早く　死にましょう」

聞こえる　今も
山原《ヤンバル》の森の中　逃げ惑う人々の足音
「北へ　北へ　早く　早く」

一体　この島の何処に
私のこの両足が魂を踏みにじることなく
立つことの出来る
そんな場所が　あるのだろうか

2

ああ、サザンクロスよ
包囲するものが鉄条網ではなく
あなたの永遠の眼差しで
この島を　抱き包めたなら

ああ、パイヌカジよ
押し寄せる風が　戦争の風ではなく
あなたの生命《いのち》芽吹く風を
この島に　吹き流せたなら

愛はそこここに溢れ
人々の笑い声が響き
正しい思考が　この島を覆うだろう
その時　私ははじめて素足で
しっかりとこの大地に立つことが出来るだろう

（作曲予定詩）

竜宮城

秋田　高敏（あきた　たかとし）
１９３１年、熊本県生まれ。詩集『痴人の呟き』『寄せ鍋』。日本詩人クラブ、日本ペンクラブ会員。千葉県富里市在住。

ここは竜宮城の入口かも
色とりどりの華やかな小魚が群がり
珊瑚が手招きをしている
空と海の清らかな青と青とが
水平線で手と手を取り合い
空には純白な雲を流し
海にはま緑の島々を浮かばせていた

二人の孫と縁あって嫁がせた娘と
未知の遭遇と未来への果しない喜びとを
指先きの先きにまで感じさせ泳ぎ戯れ
水の泡が絶え間なく弾けるように笑顔は絶えない
数多くの人達もそうであるに違いない
だがこの海があの島々が日本国の盾となり
無二無数の尊い命が散華《さんげ》したことを
承知しているのだろうか
又は知ろうとしているのだろうか
恐らく死ぬのは嫌だと叫びながら
一九四五年三月下旬六〇〇余名の住民が
強制とも思われる悲惨な集団自決をしたことを

道角で出合ったあのお婆さんの一人は
この暑さの最中
汗にまみれた布地で常に首を隠していた
自決したが幸か不幸か
命を取り止めたのだと人伝えに聞く
当日や前後の修羅の日々を
一言も語ったことが無いという
日常の平和や来る日の平和を希求しながらも
否応無しに散って行った聖霊達に
私達は何を祈り何を約束したらいいのだろう

この沖縄の海は地球のどこまでも果しなく続き
どこかに竜宮城があるような
そんな気がしてならない理想の聖域へ
亀の背を借りず自分達の心身で泳ぎ辿りつけたら
聖霊達も安らかに眠りに付けるだろう
そんな平和な地球世界の創造のためにも
私達は沖縄の辛苦を忘却してはいけないのだ

語る
十六歳の沖縄戦

岡田　忠昭（おかだ　ただあき）
1947年、愛知県生まれ。詩集『忘れない―原発詩篇　増補三版』。
詩人会議、愛知詩人会議会員。愛知県名古屋市在住。

長田勝男さんは元沖縄師範学校健児隊
十六歳で学徒兵として動員され　沖縄戦を体験した
今　八十歳を過ぎてなお
高校生を前にして　声を張り上げ戦争を語る

いよいよ首里も危なくなって
南部に退くようにと命令が出た
壕から外に出ようにも
弾はビービービーとんでくる
雨はジャージャージャーふってる
こら学生　何をしとる　早く出んか
兵隊の命令は天皇陛下の命令
そう言われたら何かあっても出ねばならない
ばあーっととび出すと外はものすごい大雨
バリバリバリッと弾がとんでくる
ぶわっと照明弾が上がる
暗いほうに死に物狂いで駆け出し
壊れた民家の石垣と石垣の間にすべり込んだ

しばらくすると　突然背後の暗闇から
僕の足首をつかんで引っ張る人がいる
学生さん　学生さん　年寄りは死んでもいい
でも　孫を　孫を二人助けてください　学生さん
照明弾の明かりで見るとあたりは血の海
おじいさんは大腿部をやられ足はいまにもちぎれそう
頭から血を垂らしたお婆さんに抱かれて
真っ裸の三歳ぐらいの女の子がガタガタ震えている
その右側には五、六歳の上の子が
右手で左の腕を抑え　指の間から血を滴らせながら
歯を食いしばって僕を睨みつけている
学生さん　お願い孫を連れてって　学生さん
そう繰り返しながら力が弱まり
足首をつかんだ手をばったりと落とした
それがおじいさんの最期だった
弾はビービービーとんでくる
雨はジャージャージャーふってる
仏様でも拝むように孫を助けてと頼んだおじいさんや
おばあさんや二人の孫たちをそこに残したまま
僕はまた死に物狂いで外に飛び出した

三日三晩　南へ南へと逃げて
南部の海岸の大きな岩陰に身を潜めた
首里の壕から持ってきた玄米も食べてしまい
食べ物はなんにもなくなって　水もぜんぜんなくなって
腹がへって腹がへって　のどが渇いてのどが渇いて
どこを探しても一滴の水も　人の食い残しもなくて
米軍の煙が入ってきたためその岩陰から逃げ出し
焼けただれた岩を回ると
そこはあたり一面　死体また死体
鉄砲を持ったままの兵隊の死体
両足がちょん切れている死体
腹が破れて内臓がはみ出した死体
傷口からウジ虫が山のようにわき出している死体
地獄だった
そんな死体をかきわけて兵隊の水筒を奪い取った
でもどの水筒にも水は一滴も入ってなくて
食べ物はなんにもなくなって　水もぜんぜんなくなって
腹がへって腹がへって　のどが渇いてのどが渇いて
生きる気力も体力もなくなりへたり込んだ
その時米兵がやってきて
僕は捕えられた

長田勝男さんは
十六歳で学徒兵として動員され　地獄を見た

今　八十歳を過ぎてなお
高校生を前にして　声を張り上げ戦争を語る

僕は助けを求める人をほったらかして逃げた
死んだ人間から食料や水を奪い取った
戦争とは人間が鬼になることだ
だが
戦争をするのも人間　しないのも人間
戦争を起こすのも人間　起こさないのも人間
みなさん　どうか
心の奥に潜んでいる
戦争という鬼を追い出して
豊かで平和な日本を作ってください

＊この作品は、２０１０年3月、私立名古屋高校の修学旅行先で行なわれた平和講演を、講演者の了解を得て再構成したものです。

心を彫る

東梅　洋子（とうばい　ようこ）
1951年、岩手県生まれ。詩集『うねり』。
岩手県詩人クラブ会員。岩手県北上市在住。

友人より
一冊の写真集届く
手に取らば血の噴き出す
集団強制死の像
墨色に写し出され
指紋のすべてに
時が渦巻く
今だ黒点のしみ有り
離れ孤島
首輪をはめられたまま
戦争を狂気の時代を
知らぬ現代人80％以上
パスポート無しで渡る沖縄

ガイドの白い手袋
右手を指す
一様に歓声をあげ
見る
どこを

70年余前の桜の頃
チビチリガマは
島民と子供で溢れ
なれど死の配給
凄惨な悲劇
　死して国の礎となれ
　生きて恥じをさらすな
　同胞による罪なき虐待
いや今でさえも
終ってはいないだろう

赤子は腹をすかせ
生きたいと泣く
母は乳房ではなく
死をふくませる

　ああ神様！　あなたは　どこに
　おいでなさるか？　何ゆえに
　この苦しみを　救っては
　くださらないのか？　ああ…　ああ…

私の赤ちゃん　わたしのいのち
ああ…　命の糸が　切れてしもうた！
だれか…　だれか助けて！
もう私は　くるってしまう…

楚倉哲

誰れの為に死にゆく
死ねと誰れが命ず

魂は白骨となり
とどまり今を
見据えている

チビチリガマが
また壊された
粉々に跡形なく
心痛めし男
海と空と対話する
捕えられるのは
無知ゆえの島の子ら
遊びの延長と
男の安堵と落胆の声
入りみだれし

写真の中刷り
白い髭　深いしわ
金城実がそこに居る
ノミと小鎚を持ち
ガマの二度の復元
子供等と遂げるために
今を戦うために

金城実氏
参考「彫塑・鬼」
沖縄のもの言う

珊瑚海の幻

佐藤　勝太（さとう　かつた）
1932年、岡山県生まれ。詩集『佇まい』『雑草の詩《うた》』。
日本文藝家協会、日本詩人クラブ会員。大阪府箕面市在住。

白砂の海岸に腰を下ろして
遠く海坂を望んでいると
コバルトブルーの海面がどよめき
地球が傾いていた
珊瑚海の色が
体のなかへ沁み込んでくる
人っ子ひとりいない静かな波が
荒れた心身に注ぎ込み
こころが透明な自然に
同化していくようだった
このまま永遠に海神《わたつみ》になっていく
錯覚に襲われる

あの戦争で
硝煙に追われて
住民が集団で身投げした
岬は霞んで見えないが
狂気を呑み込んだ時代の物語を
空からの風が語ってくれる

珊瑚の死骸も
地上へ回帰したい人の骨ではないかと
見紛うほど波打際に打ち寄せられ
白骨は海に洗われていた
一片を掌にすくって抱くと
映像が残酷によみがえり
海は突然暗くなる

沖縄の花
――慰霊の日に

森田　和美（もりた　かずみ）
1948年、奈良県生まれ。詩集『二冊のアルバム』『リヴィエール・心の河』。詩人会議、戦争と平和を考える詩の会会員。埼玉県川口市在住。

端午の節句に届いた大きなムーチー（餅）
月桃《げっとう》の葉にくるまれた沖縄の味
野趣の香りに包まれて　ふと思う
洞窟《ガマ》の闇に身を潜めて
声にできない言葉を呑んだ人たちのこと
白い月桃の花が咲くころ
戦場にされた島の言葉を

花影に紛れてムーチーをほおばっていた
あの日の子どもは　いま　どこに
少女たちの歌声は　いま　どこに
語り継ぎ　忘れない
ひとりひとりの命の行方を

今年また巡りくる　六月二十三日
〈命《ぬち》どう宝！＊〉
美《ちゅ》ら海に散る叫び　声にすれば
たちどころに軍刀がきらめいた
神国日本の断崖から　うねり　渦巻き
時空にとどろき

重い風の息吹きのように
野山を渡る　その刻《とき》に
花はひとすじ紅に
二十三万人の死を抱いて
紅に染まるという

＊命こそ宝

岬の碑

山田　由紀乃（やまだ　ゆきの）
1947年、長崎県生まれ。詩集『帰る日』『小さな地球儀』。
詩誌「花筏」。福岡県福岡市在住。

岬まで霞んでしまいそうな数の石碑が並ぶ
沖縄戦で命を落とした軍人と一般住民の人名碑だ
ひとり　ひとりの名前を刻んでいるから刻銘碑

川がゆるやかに蛇行してこちらからあちらへ
石の小橋が架かっている
川を渡ると身体全体がザワザワと起きて
思わず合掌しながら歩き始めた

このあたりは女性ばかりの名前
カマド　モウシ　カメ　ツル　ゴセイ
カマ　ウシ　シゲ
長生き祈願やまめに働くように
ウシやカマドさんの多いこと

村里で呼ばれていたやわらかな人の名
左右の刻銘碑の前を名前を読み上げながら
足を運んでいると靴が重い
何かを押して進んでいくようだ

丹念に調べ尽くされ
数ではないひとりの名前
この中のシゲさんはどんな女性
子沢山に繁り栄えたひとだろうか
それとも娘盛りだったろうか
わたしの祖母も同じ名だ
もしも石碑のシゲさんがわたしのシゲさんだったら
わたしはこの世に存在しない

シゲさんの家にポチがいて
海を見晴らす庭先に枇杷の木があった
従兄弟がその木に登って実をもいでくれた
わたしのシゲさんは縁側に腰掛け
トウモロコシの皮を剝いている
縁の下にはサツマイモがごろごろ

七章　詩——琉球・怒りの記憶

日毒

ある小さなグループでひそかにささやかれていた
言葉
たった一言で全てを表象する物凄い言葉
ひとはせっぱつまれば　いや　己れの意志を確実に
相手に伝えようと思えば
思いがけなく　いやいや身体のずっとずっと深くから
そのものズバリである言葉を吐き出す
「日毒」
己れの位置を正確に測り対象の正体を底まで見破り一語
　で表す
これぞ　シンボル
慶長の薩摩の侵入時にはさすがになかったが　明治の
琉球処分の前後からは確実にひそかにひそかに
ささやかれていた
言葉　私は
高祖父の書簡でそれを発見する　そして
曽祖父の書簡でまたそれを発見する
大東亜戦争　太平洋戦争
三百万の日本人を死に追いやり
二千万のアジア人をなぶり殺し　それを
みな忘れるという
意志　意識的記憶喪失
そのおぞましさ　えげつなさ　そのどす黒い
狂気の恐怖　そして私は
確認する
まさしくこれこそ今の日本の闇黒をまるごと表象する一
　語
「日毒」

八重　洋一郎（やえ　よういちろう）

１９４２年、沖縄県生まれ。詩集『日毒』『沖縄料理考』。
詩誌「イリプスⅡ」。沖縄県石垣市在住。

上映会
──六十六年前の現実から──

一人の男が坐っている　鳥打ち帽を被りながら　少し俯きかげんに　その前方には何列か列を作って二十余名の人間が起立している　米軍による強制「米」軍政府への忠誠を誓わされながら

一人の男が叫んでいる　夜　小さい裸電球に照らされながら　その前方には何千という聴衆　最前列はボロい制服の高校生たち

一人の男がゆっくり刑務所から出てくる　手を挙げて大歓声　林立するのぼり旗　横断幕には「出獄歓迎会」群衆は割れんばかりの拍手　鋭い指笛

一人の男がマイクに磔《はりつ》け　大きく両手を広げ　根かぎり泡をとばしている「祖国復帰」「祖国復帰！」

一人の男　その名はカメジロー　カメさんの背中に乗って「祖国」へやってきたが　祖国はだんだんその正体を剝き出し現し

もしもし　カメさん　われらはまちがっていたんだなずいぶん甘かったな　最も良心的な人たちさえ無意識に「本土の沖縄化を許すな」と大声出していたのだからな

カメさんは九十四歳の天寿を全うされたが　狡覧《ずるがしこ》い奴等は　初めからあなたを（われらを）だまくらかしていたのだ

カメさん　もういっぺん生れてきてくれ「祖国」や「民族」「本土」などチョロイ言葉を全部投げすて　初めから　もういっぺん　一人一人の人間めざしてやり直してみよう

今や日本国はその芯から腐りつつある　一人一人の倫理が甘い汁にひきよせられたらたらとけてゆく　美しい感性を全て麻酔にかけられ　あてもなく酔い痴れながら

記憶

中里　友豪（なかざと　ゆうごう）
1936年、沖縄県生まれ。詩集『キッチャキ』『長いロスタイム』。
詩誌「EKE」。沖縄県那覇市在住。

七十年前ぼくは九歳だった
山の避難小屋で
ただただ飢えていた
この飢餓の記憶
そしてなによりニオイの記憶は
何年経っても忘れることができない

山奥の獣道のような細い道を
三家族が一列になって歩いていた
そのとき
そのニオイは近づいてきた
これまで嗅いだことのないニオイ
近づくにつれ恐怖も迫ってきた
すると
すぐ前を歩いていた姉が鋭い悲鳴を上げて
持っていた荷物を放り出した
見ると
日本兵が道を塞《ふさ》ぐように倒れている
顔の半分は腐爛し骨が見え
眼窩《がんか》にはウジャウジャ蛆が湧いて
歯並が半分だけ白く光っていた
タールのようにまといつくニオイ
異臭悪臭腐臭死臭
ニオイは言葉を破り
鼻腔を貫いて
脳細胞にこびりついた

砲弾で荒れはてた激戦地には
夥しい人骨が散らばっていた
骨は生き残った人々によって集められ
積まれ
溢れ
積まれて積まれて
塔になった
サラサラさらされた骨
あの白骨の山に
サラサラ吹いていた風のニオイ
鼠も食ったバッタも蘇鉄も
食えるものは何でも食った

そんなことを
飢えを知らない者に語ることはできる
けれどもその感覚は、たぶん
伝えることはできないだろう
あのニオイも

　消えない記憶
　ならば
　記憶を武器に
　黄色い風に向き合うしかない

捕虜になるとき
父はぼくを大きな樹の下に連れていき
涙を浮かべながら言い聞かせた
——おまえは長男だ、あとはたのむよ
女は犯され男は殺されると信じられていた

今年ぼくは父が逝った歳になる

カフェにて３

知念　ウシ（ちにん　うしぃ）

１９６６年、沖縄生まれ。評論集『ウシがゆく』『シランフーナーの暴力』。詩誌「あすら」。沖縄島那覇市首里在住。

嘉手納基地のそばのカフェで
アメリカから来た安全保障の専門家と話していた
一つ空けた隣の席には別の二人のアジア人ビジネスマン

左耳に英語
右耳に日本語が飛び込む

「あいつら、本当にダメだ。すぐ仲間に告げ口して『あんた、私たちの悪口言っているんだって？』とみんなで責めてくる。そうして、『もう、あんたとは一緒に仕事できない』って言いやがる。サイテーだ。告げ口しやがって」

「アハハ、沖縄ってそんなもんだよ。そんなくだらないやつら　気にしない、気にしない」

「告げ口しやがって」

「沖縄なんてそんなもんだよ。気にしたらいかんよ」

「告げ口しやがって」

「だから沖縄はダメなんだよ」

「告げ口しやがって。だから沖縄はダメなんだ」

わたしもアメリカの政治学者に「告げ口」した
「今、横で日本人がこんなこと言っていますよ」

彼は顔色ひとつ変えなかった

「そうですね、沖縄の基地問題にはそのような日本人の植民地主義の問題もありますね。それは日韓関係にもあります」

沖縄戦の前　アメリカ政府は沖縄を占領しても日本人は気にしないだろうとの沖縄研究の成果を踏まえていた

ひとしきり話した後で国際政治学者が
「沖縄の思いがワシントンに届くといいですね」
と言うので
「ええ、だから、あなたが伝えてくださいね」
と答えたら　彼は初めて目をカッと開いて一瞬黙り
「そうですね」
と言った

孤島

原　詩夏至（はら　しげし）
1964年、東京都生まれ。詩集『波平』、歌集『ワルキューレ』。日本詩人クラブ、日本詩歌句協会会員。東京都中野区在住。

本当に分ち合いたいのは無念と怒りなのに
どうして君たちは感動しているのか
どうして君たちは純朴な人情と料理と
美しい自然を勝手に愉しみ
最後に上から目線の愛をゴミみたいに
勝手に投げ捨てて帰っていくのか
俺が君たちを迎える笑顔が
やまとんちゅよ
いつかは君たちと分かち合えると信じた
無念と怒りのその「いつか」のため今日まで
被り続けた忍耐の仮面——だがそのうち
こんなもの一体いつまで
被り続けなければならないのかという
苛立ちと恥辱の火に灼かれていつしか
劫罰のように顔に貼り着いてしまった
仮面だということがどうして見えないか
それとも君たちはもう「彼ら」なのか
俺と君たちとの間に掛かっていた——或いは
掛かっていたと勝手に俺が思いこんでいた
あの海上の橋はとっくに消えたのか

それともそんなもの元々なかったのか
それなら帰れ　帰り給え
やまとんちゅよ
純朴な思い出を勝手にかっさらい
代わりに山なす土砂とあぶく銭と
反吐と精液と植民地の悲哀と
火薬と血と電車の中の痴漢の手の匂いのする
平和の空手形を吐き捨てて
ここは孤島だ
君たちが来る前から
ずっと孤島だ
君たちが来てからは尚更
さようなら橋
さようなら美しい幻
さようならそうきっと君たちなら
いつか伝わると信じた涙の日々
さようなら夢
さようなら到頭割れた仮面
さようなら舟影
さようなら

わが来歴

佐藤　文夫（さとう　ふみお）
1935年、東京都生まれ。詩集『ブルースマーチ』ほか。著書『民謡万華鏡』ほか。詩誌「炎樹」、詩人会議顧問。千葉県佐倉市在住。

*

縄文人は骨格太く毛深いという
縄文人は土偶をつくり
渡来系弥生人は埴輪をつくったという
縄文人は火を畏れ水を敬い獣を追った
その縄文人を渡来系弥生人は
北と南へ追いやった
北はすなわち東北・北海道
南は琉球諸島である

*

いつか出張して札幌のホテルに泊まったとき
翌日訪ねるべき平取《ピラトリ》の萱野茂さん宅に電話を入れた
奥さんは「萱野は北大へアイヌ語を教えに行っており
札幌の○×ホテルに滞在中」との由　私はこの僥倖を喜
　んだ
明日は苫小牧経由沙流《サル》川を溯って二風谷《ニブダニ》まで行かずにす
　みそうだ
早速○×ホテルへと電話を入れた
ところが先生「佐藤さんアイヌの話聞きにきたんでしょ。
それだったらやはり二風谷で会いましょ。
明朝八時タクシーで
札幌をでましょ。そのかわり運賃は割勘ですよ。」と
　のたまった
車中　三時間か四時間だったか　話はすべて語りつくさ
　れ
しばし余談……この「沙流川は子どものころ、鍋をもっ
　て朝食の　おかずのシシャモをすくいにきたものです。
　一回すくえば充分でした。」
「それはそうと、佐藤さんの国はどこですか。」
「親父は秋田、お袋は東京です。」
「やっぱり、あなたの骨格はもちろん、先祖は間違いな
　くアイヌです。」
と　このアイヌ学の先達はきっぱりと断定されたのだっ
　た

*

またいつか　復帰まえの沖縄は那覇に出張したことが
　あった
儀間比呂志『ふなひき太良《たらあ》』伊波南哲『オヤケ・アカハ
　チ』
この二冊の新刊の普及と宣伝が私の仕事であった

私は地元の若き書店主盛光書房の赤嶺さんとは
ことのほかウマがあい　夜
那覇亭ほか数軒をはしごした結果
「サトーさんはどうみてもヤマトンチュウには思えない。
ウチナンチュウだ。義兄弟になろう。」ということに
　なった
その後この赤嶺さんは『ふなひき太良』と『オヤケ・ア
　カハチ』を
合わせて三千冊も売ってくださった
ところがである
この赤嶺さん　翌春　糸満のハーリー船を見ての帰り
酔っ払い運転で崖から落ちて亡くなった　との訃報が
　入って
私をひどく驚かせ　きわめて落胆させたのだった

＊

というわけで　私は北の萱野さんからは「間違いなくア
　イヌ」といわれ
南の赤嶺さんからは「ウチナンチュウだ」といわれたの
　である
もうお分かりだろう　何を隠そう私が縄文人であること
　に
……
それゆえに私はきわめて反権力思考が盛んである
したがってジャイアンツは大嫌いである
自由党もそれに与《くみ》するやからも大嫌いである
自自公など最も忌み嫌うべき悪党集団だと思っている
それというのも私の中に　あの縄文人の誇るべき血が
今もなお脈々と　流れ続けているからである

（一九九九年十一月）

詩集『津田沼』より

トマトと甘藷《いも》

城　侑（じょう　すすむ）
1932〜2012年、奈良県生まれ。詩集『沖縄紀行』『豚の胃と腸の料理』。詩誌「歴程」、詩人会議会員。千葉県我孫子市などに暮らした。

洞窟から出て
喜屋武《きやん》岬から
摩文仁の丘の慰霊塔を一巡すると
「もう一ヶ所　何も無いところがあるから案内しよう」
　とカメラを首にぶらさげている彼がいった

具志頭《ぐしがみ》から那覇へ向かう道路にそって
ゆるいカーブをまがりながら
やがて車は民家のある小さな村にたどりついた
なるほど何も無い極くありふれた農村であり甘藷《いも》畠であ
る
農家の屋根には魔除けのシーサーがぼくを見ている

「実はこの辺りで日本軍にぼくの祖父が殺られたんだ」
一九四五年の五月だったと彼はいうのだ
日本軍が　南へ南へと撤退したとき
那覇の市民も撤退を命じられてこの道をぼくたちがいま
　来た方へとすすんでいたのだ

彼の祖父も
家財道具を荷車に積み
はだしの行列の中にいたのだ
砲声はひっきりなしに地面をゆるがし
轍は石を噛んで音たてていた

彼の祖父は荷車のうしろに廻って
後方から押していたのだ
そこへ騒々しく声が聞こえて兵隊がきたというのだ
メガホンを片手に持った軍曹が駈けつけるなり
「緊急事態により、荷車並びにリヤカー類はただちに軍
　が徴発するからその任につけ」

行列の疲れた足は　ちぐはぐに動きながらやがて止まっ
た
立ち止まった列の中では　彼の祖父が一番の長老だった
荷車を押す手で額の汗をぬぐうと
彼の祖父はゆっくりと軍曹の前にすすんだ

「われわれの荷物は一体どうすりゃいいのか」
「貴様には緊急事態がわからんのか」

「緊急事態はお互いさまだし
　車がなければわれわれだって避難できない」
「貴様！　軍の命は　かしこくも天皇陛下のご命令だ！
　荷車の荷物を降ろしてすぐ整列しろ」

彼の祖父は　怒りで身体を震わせていたというのだ
そして叫んだ
「この負け戦さは　軍人が仕掛けたんだ
　あと始末は軍人がつければいいんだ」
「いつの間にか　長い列がひとかたまりになっていたに
　違いない」と
彼はいった
人々の見ている前で軍曹は一瞬顔をひきつらせると
「貴様は軍に手向うつもりか」と叫ぶやいなや
刀を抜いていっきに祖父に斬りつけたのだ

「このあたりでだ」と彼はいった
諸があり　土埃があり　畠がある
畠のむこうに垣根があり家がある
「このあたりでだ」と彼はふたたびぼくにいった

それから丁度二年が過ぎた春になって
彼の兄は南方から引きあげてきた
そこで彼と兄の二人は　人ずてに

祖父の骨を探すためにこのあたりまでやってきたのだ

彼らは探した
二年前の祖父の死に立ち合った人はいないか
もしも居るなら　殺された祖父の遺体はどうなったのか
どのあたりに埋められたのか
仮りに土になったとしても
骨だけでも門中の墓の奥にまつりたいとおもったのだ
兄弟二人は必死で探した
シャベルで溝を掘り返したり
盛りあがった土堤があれば鍬を入れた
しかしやはり徒労だった
骨はどこにも見つからなかった
血を流したままどこかの畠に這っていって
そして全部土になってしまったのだ

そして彼はつけ加えたのだ
「戦争の終わったあとは　沖縄ではどの畠でも
　人間の頭ほどのバカでっかいトマトや甘藷が沢山穫れ
た
　腹をへらしたぼくたちは
　みな泣きながら
　でっかいそいつにかぶりついた」と

トクテイヒミツに備える

くにさだ　きみ
1932年、岡山県生まれ。詩集『死の雲、水の国籍』『くにさだきみ詩選集一三〇篇』。詩誌「腹の虫」「径」。岡山県総社市在住。

スクープといえば新聞用語。「トクダネ」と思っていましたが違いました。第一義的には、やっぱりあれは、スコップなのだという気がします。

それにしてもこれは、近年にないスクープです。

二〇一四年一月十二日の朝刊では、米軍が沖縄に生物兵器〈イモチ病菌〉を散布したと、一面トップに躍っています。何分沖縄が本土復帰を果すより前の、占領軍側の軍事機密でしたから、米軍の報告書は「ナゴ」「シュリ」「イシカワ」とあるだけで、それが基地内なのか外なのか、わかりません。

ただ、この記事を見て思い出すことが一つあります。『核・細菌・毒物戦争―大量破壊兵器の恐怖―』というジェシカ・スターンの著書のことです。彼女は「アメリカ陸軍のローテク型生物剤散布実験」の項に、米兵が〈イモチ病菌〉を、ミネソタ州とフロリダ州に撒いたと書いています。たしかにローテクには違いありませんが、〈イモチ病菌〉は「対植物用生物剤」の「真菌類」に当るといいます。フィリクラリア・オリーゼというのが、その〈イモチ病菌〉につけられた、学名だとも書かれています。

『核・細菌・毒物戦争―大量破壊兵器の恐怖―』と題する彼女の著書には、〈ポッリヌス菌〉〈炭疽菌〉〈リシン〉など。更にハイテクの怖いオハナシ。当面イラクは〈大量破壊兵器〉保有の「ならず者国家」で、米国からは「テロ戦争」の格好の標的です。

でも違います。本当に怖いのは、第二次世界大戦後、七三一部隊の人体実験データを、密かに持ち帰ったアメリカです。ローテクであれ、沖縄に、大量生物兵器を撒き続けていた占領軍です。ＦＢＩだのＣＩＡだのと、世界中の情報を一手に握る米国です。

改めて〈ヒミツ〉とは〈トクテイ〉とは、何に限定することですか。（さきの国会で「特定秘密保護法」が成立しました。）怖いことです。ジャーナリストにはなれませんけれど当面スコップを一丁。心のどこかに、準備したいと思っております。

捨て石

〈闇とは　こんなにも暗いものか〉と
「適一滴」欄が報じている。
沖縄戦終結70年――
6月23日の新聞である。

糸数アブチラガマの
追い詰められた　ひとりひとりの　厚い闇。
負傷兵600人の　600の闇。
住民200人の　それぞれ背負う　重い闇。
――闇の底で配られた
　重傷者　150人分の青酸カリ。

本土防衛の〈捨て石〉にされた　20万個の沖縄の石。
石の闇。

泣きたくても泣けなかった　ガマの底の乳呑児《ちのみご》。
口を押さえて　わが子を死なす　鬼の母親。
すべては『神御一人《ごいちにん》』の命令である。

捨て石にされ戦った　あの日の
あどけない　少年義勇兵たち。
沖縄の郷土史家　大城将保さんの書く実話。
「石になった少女」も　また
本土防衛の
〈捨て石〉の　ひとりだった。

＊＊＊

沖縄戦終結70年　この日。
――2015年　6月23日――
新聞は
「国会会期　9月27日まで延長
〈安保法案〉再可決　視野に」と
一面の　ドマンナカ　に
オソロシイ活字を　躍らせている。

ドコノ国ガ　ドコノ国ヲ「捨て石」ニスル法案ナノカ。
ダレガ　ダレノ「捨て石」ニナリ
ドコニ　ダレノ
ドンナ「闇」ガ　ヒロガルノカ。

石たちの　泣く声が　聞こえる。

一九九二年夏・沖縄

山本　聖子（やまもと　せいこ）
1953年、長野県生まれ。詩集『透明体』『宇宙の舌』。詩誌「潮流詩派」「流」。神奈川県川崎市在住。

本土復帰二十年を記念した首里城の修復
白く燃える太陽に琉球王朝の甍《いらか》が反る
十一月のその日を目指すスローガン
染め抜いた横断幕が熱くはためく

大和化への苦しい時代
方言撲滅運動が最も徹底して行われた島だった
――方言を使わないようにしよう
コザ市の小学校の教室には
うっかり口を滑らせ「方言札」を首から下げた子供
友達の耳を引っ張って「アガー」*と言わせる
自分の札を取ってもらうために
その場に居合わせたなら誰も
ゲームのようにやってのけただろう
やせて尖った子供は身を守る術にたけている

歴史の強烈な色彩が城門に寡黙に塗り込められる
「記念」の意味を問いながら
新しい名所首里城を後にする

米軍の実弾演習が始まっていた
国道が封鎖され
一日の足を頼んだタクシーは
弾道をかいくぐって裏道へと回る
――多い日で五百発です。ちょっとした誤差で山をはず
　れたら、恩納村のビーチが射程距離です。
「方言札」で矯正したという運転手は
微妙なアクセントで淡々と語った

轟く爆音にわたしは弾かれたように首をすくめた
「アガー」が耳のなかで
余韻となって響き続ける

＊「痛い！」にあたるウチナローー（沖縄方言）

沖縄の怒り

白地に赤の日の丸は
江戸時代は島津藩の船印
戦争中は天皇の御印
今は日本の国旗
悲しい宿命を背負っている

日の丸は沖縄に押し寄せた
敵をおびき寄せて「本土」決戦を避けるために
沖縄の住民を蹴散らし　洞窟まで追い出し
あげくに手榴弾もおしつけた
天皇は沖縄に謝罪に来いと
沖縄の怒りは深い

沖縄の平和な空に翻る日章旗が
開会式前に　引き裂かれ焼かれた
うわずった声で告げるニュースに
宣戦布告の緊迫感さえ伝えて

私も　震えた
　大事にならねばいいのに

そんなことまでしなくても
　一生を棒に振って……

でも、だれがその人を責められるか
沖縄のさとうきび畑は
米軍基地に取り上げられて
地下に軍用品を匿わされる
これが平和か
要塞ではないか　激戦中の

日の丸は、そのとき過去を思い出した
旗は印だから、象徴になっては重すぎる
人はひととして　生きるのがいい

川奈　静（かわな　しずか）
1936年、千葉県生まれ。詩集『花のごはん』『いのちの重み』。日本児童文芸家協会、日本詩人クラブ会員。千葉県南房総市在住。

ド・ジ・ン

吉村　悟一（よしむら　ごいち）
1939年、東京都生まれ。詩集『何かは何かのまま残る』『阿修羅』。
詩人会議、横浜詩人会議所属。東京都町田市在住。

私は国会の赤い絨緞を歩いていた
そこへ総理が来た
すれ違いざま小声で
「こんにちは『土人』さま」と声にした

こんどは閣僚が揃って来た
「お疲れさま『土人』さんたち」と頭を下げた

ふんぞり返って歩く沖縄北方相には
「こんにちは『土人』」とニヤリとした

後ろからバタバタと二名の守衛
私の襟首をつかむと小部屋へ引きずり込んだ

「不当拘束だ」と私は怒鳴った
「上司の指示　黙って座って待て」
官房長官と秘書が来て尋問を始めた
「総理や閣僚に何故『土人』と侮辱した」
私は少し沈黙
間をあけた

〈高江にヘリパッドはいらない！〉
抗議する主権者に大阪機動隊員が
「土人」という差別語を浴びせた
沖縄北方相は黙認した　謝罪もしなかった
この件で総理は閣議を開き
「土人」を差別語とは一義的に決めつけられない
「謝罪は不要」と決定した

私は
「沖縄北方相と同じ趣旨で閣僚にお返ししただけ」

「オマエは馬鹿かキチガイか
議員に対する侮辱罪だ
総理も閣僚も沖縄県民ではない」
と官房長官

総理たち皆さんは『本土人』なんですね
官房長官はそれを無視して

私の氏名・年齢・職業・住所を聞き
秘書は調書を取り出し作成にとりかかった

私は
「沖縄県民を『土人』といって
差別しても許されるのですか
それが政府の沖縄県民に対する
基本的姿勢なんですね」

無言で何も答えず

「私を『侮辱罪』で罰するなら
先に首相閣僚を罰してからにしろ」

慰安婦

父と母は官権に追われ
光州から済州島へ逃げてきたという

売るものがなければ何を売ればいい
売れるものがなければ何を売ればいい
売れるものは残る身体しかない
そのあとには魂しか売るものはない
そこまで追い詰められたら
アリラン　アリラン峠を越えるしか道はない

買われて売られて
オクニのタメだとしょっ引かれ　チョウセンピー
覚悟の躰投げ出して　ハン・恨・恨と打ち叩く
兵隊さんはたばこ一本もくれず一銭も置かず
ニヤニヤ笑って小屋出て行った

見知らぬ島の鳥小屋で　昨日も今日も
擦り傷に軟膏を塗って
慰安婦という性の奴隷をおつとめする
神様も見向きもしないこころの砂漠

恨の枯れ枝にはただ砂嵐

いとしい父母、弟妹の面影偲んでも
泣きの涙は涸れはてて
枯れ木にかかる月のむなしさ

「わたしは慰安婦　チョウセンピー
アリラン　アリラン峠を越えて
それでも生き抜く陽晒しの恥辱
恨の痣を胸深く刻み、いつか　いつかきっと
人間に生まれ変わって　ノンの声をあげる日を待つ」

（戦時中の日本軍隊慰安婦問題は、70年経った今も、韓国、中国、比島と日本の間で政治問題化しており、未解決の課題である。ところでわたしの記憶では、日本軍の慰安婦には宮古島出身の女性たちもいて、その女性たちは慰安所とは別に、民家を利用していた。上原栄子さんの『辻の華』から想像すると辻の女性たちにも慰安婦として日本軍に「奉仕」したひとたちがいたように思う。ところで戦後の沖縄中部を中心とする米

川満　信一（かわみつ　しんいち）
１９３２年、沖縄県生まれ。詩集『かぞえてはいけない』。詩誌「カオスの貌」。沖縄県に在住。

軍相手の、いわゆる「パンパン」たちは、軍隊の慰安婦であろう。また、考えようによっては、石川の由美子ちゃん事件や、95年の少女暴行事件、表にでない村々での性暴力までふくめて、軍隊が本質的に内包する問題として考えなければならないということである。米軍はまるで免罪されているような姿勢で慰安婦や性暴力の問題を他人ごとに傍観している。どこの軍隊でも性暴力の動機を抱えている。慰安婦問題は賠償の額で解決するものではない。思想の問題として止揚されなければ未解決である。軍隊の存続にたいする根源的抵抗は、それこそ被害予定者としての女性から、声をあげねばなるまい。もちろん軍隊消滅は男性がわに責任は重い。男・女となすりあう問題ではなく、平和への思想と行動で道を開かなければ…。かつての軍事帝国の政治的・人道的責任を思想的に明らかにしたうえで、問題を政治外交のテーブルに乗せるのが筋だと思う。）〈二〇一六年一月二〇日〉

鈴木　文子（すずき　ふみこ）

1942年、千葉県生まれ。詩集『電車道』『鳳仙花』。
日本現代詩人会、詩人会議会員。千葉県我孫子市在住。

ダイトウビロウの木は
——南大東島では南南東の風

天気予報で知られる南大東島は
沖縄本島から東へ三九〇キロ
台風時には　打ち寄せる波で島が震え
海岸に自生するダイトウビロウの木が
強風に立ち向かうと言う

一九三一年　島に小型飛行場が建設され
翌年　巨大戦艦「陸奥」が着岸し
連帯本部が設置されると
朝鮮人慰安婦の姿が　ちらほら
日本軍が南大東島に
慰安所建設を始めたのは
中国戦線からと言われる
—ここは満州や南方ではない
　天皇が統治する国土の一部なのだ
知事の反発を余所に戦場は拡大し
一九四一年
沖縄における慰安所第一号が設置された
朝鮮の女狩りが強行され
道路や田畑　軍靴で家々に乱入し

お前らは　天皇から与えられた贈り物　と
少女たちを慰安所に押し込んだ

よしこ　源氏名を呼ばれ
親がつけてくれた名を名乗ると
ダブルパンチ　口から血が噴き出しました
来る日も　来る日も
覆いかぶさってくる兵隊
身体が休まるのは
淋しい病気を移された時だけでした
逃げても　隠れても連れ戻され
殴られ　侵され　血だらけになって
薬飲んだけど　死ねなかったわ

戦争に負けて　山奥に捨てられ
ようやく故郷に辿り着いたら
死亡　戸籍が抹消されていたわ
慰安婦だって　生きてるのよ
慰安婦だって　腹へるのよ
「戦争を起こしたのはだれですか？」

「慰安所を作ったのはだれですか？」

ダイトウビロウは　島を象徴する木
直立の幹は天に向かって一〇メートル
遠い日の戦争を　慰安婦たちを
記憶しているに違いない
春には　枝分かれした取っ手の先から
涙に似た小花が　ポロポロこぼれるという

＊参考書籍
洪玧伸『沖縄戦場の記憶と「慰安所」』

宮古島にて

これが宮古島です。
平和ガイドさんの声に靴を脱ぎ
珊瑚の白砂　藍色の海水に浸った

島に米軍の上陸はなかったが
三万の兵隊が送り込まれ
十七ヵ所の慰安所が建てられた
週末には兵隊たちが行列した
敗戦　不要になった乾パンの配布
慰安婦たちは涙でたたきつけたと言う

アリランの碑
十二の言語で書かれた碑は
洗濯帰りの慰安婦たちが
一時　肉体を休めた岩　温かだった

木麻黄の木

はす向かいの空に、わた雲が浮かんでいる
その下あたりだろうか、自分の生家
近所の子たちと裸足で駆けまわり
鶏や山羊と遊び、バンジロウの実を囓っていた
あのふる里

ハンセン病療養所のあたりは
木麻黄《もくまおう》の木が枝を広げて暗い影を落としている
療養所が見渡せる高台に監視所があって
いつも見張りの人がいた
そこを通らずに世界に出るには
崖をよじ登るか
汐が引いたとき、海沿いに泳ぐしかない
見つかると見張りの人に木麻黄の木の枝で叩かれる
触ると病気がうつると思われていたから
手を出さず、近くにある木麻黄の木で叩くのだ
何度も叩かれたことがあると
入所している人が話してくれた
木は暗い貌をして枝をふるわせ
いまも葉がうなだれたままだ

村尾　イミ子（むらお　いみこ）
大分県生まれ。詩集『カノープス―宮古島にて』『うさぎの食事』。
詩誌「真白い花」「マロニエ」。東京都日野市在住。

中学一年の時　軽トラックの荷台に乗せられて
理不尽のまま連れてこられた
それっきりだった。病気が治っても
家に帰れない。学校に行けない
海の底に沈んでいたような深い年月

ようやく「らい予防法」が廃止になって
狭い療養所の空気と外の空気が繋がった
からっぽの監視所を潮風が通りぬけていく
自由に外の空気を吸っても良いという
だけど、年月は重なりすぎて
いまとなっては帰るところもない
胸の奥に降りつもった深い哀しみを
知っているのは木麻黄の木だけだろう

わたしは島を訪れて療養所をたずねるたび
垂れ下がったモクマオウの木に
ぴしっと背中を叩かれる

八章　詩——辺野古・人間の鎖

地底からの鬼哭

神谷　毅（かみや　つよし）
１９３９年、沖縄県生まれ。詩集『芥火』『眼の数』。
詩誌「潮流詩派」。沖縄県中頭郡在住。

Ⅰ

閉じ込められて億の哄笑の中で
僕らは常に釣り鐘の内で
欺瞞の映りを甘受する
租借の碇を背負い
百万の悲哀と苦悶の疼きを幾重にも
壁になりながら海を越えていかない

平和の海を守ろう
村を戦場から取り返そうと
七十年の年月から
戦いの死に方を見て来たから
辺野古のキャンプ・シュワブのゲート前で
狂気を止めようと声を上げる

砂浜の砂の上を踏めない子供達
海辺に育ちながら潮騒の音を聞けない子供達
耐えて耐えて辛苦の果てに先祖の遺した箴言に
闘争の日々は続き基地は建つ

眼を閉じている間に
心を許して言葉を交わしている隙に
破滅の扉は開く

褐色の手足と顔は
埃より軽く侮蔑の眼は言葉に吸い込まれていく
僕らの心は砂よりも重く饒舌に晒されながら
水底に沈む

青い眼の迷彩服の偽装された覆面
泥の眼を持ち鉄柵の中に群れる兵士は
素手の民に兵器をかざして並列する
表土に立つ村人
正義と考える内と外
悲しい頁のめくりあい
飛び交う言葉の闘争は続く

Ⅱ

嘲笑う視線は
曖昧な言葉を繰り返し繰り返し
嗤う

辺野古の海上には幾重にも張り巡らされた
黄色いフロートが
生き物を囲む様に海面に染まる
埋め立て新基地建設に抗議するカヌーを
一掃する海保の巨体の軍団

ゲートに座り込む民衆の上空に
威嚇するヘリ二機低空飛行を繰り返す
紙のプラカードを翳して
襤褸を纏う老人の目を襲う

透明の蜘蛛の糸の中をくぐらねば
明日が見えて来ない沖縄辺野古
我々には何時も位置を起点に
距離を測らなければならない
永い闘争が続くのだから

今日も白い黒いマスクの警備が群れて立つ
悶絶に耐える村人の心を襲う
警備に立つ若者

親が立ち
その前に子が立ち
祖父が立ち
その前に孫が立つ
異様な眼球の対立　罵声に手袋の中の拳を握る
老いの足踏みを見て涙痕を風に晒して
覚悟は一歩ずつ歩み出す
恨み憎み弔いの言葉を袋に詰めて棄てるには
七十年の年月でも繕えない
数百年の時を寄せて戦っている辺野古
土の中から悲哀の名もない骨片が何処となく鬼哭となり
今も聞こえてくる

時価ドットコム

宮城　隆尋（みやぎ　たかひろ）
1980年、沖縄県生まれ。詩集『盲目』『ゆいまーるツアー』。詩誌「EKE」。沖縄県那覇市在住。

特集／ワケあり特価

商品番号　1

■今だけリーズナブル　話題のオスプレイ拠点！
　配備機サービスでも980円ポッキリ

価格　980円（税込）
名称　普天間飛行場
ジャンル　航空基地（主にヘリコプター運用）
運用者　米海兵隊
権利者　複数地権者（沖縄県民ほか）
付属品　配備機（オスプレイ、KC130、CH53ほか）
特記事項　定期運用権（根拠法なし）返還合意済み
　提供拒否地主あり（東京の代理署名あり）
現状、国際法違反（ハーグ陸戦条約ほか）
　事故歴多数
評価　★☆☆☆☆　配備機はたびたび墜落しますがご愛敬
★☆☆☆☆　いつもうるさいです。いい加減にして
★☆☆☆☆　返還するする詐欺

特集／ワケあり特価

商品番号　2

■期間限定　特価でご提供！　戦車も洗う兵站基地！
　汚染、毒が好きな方には朗報です！

価格　1円（税込）
名称　牧港補給地区
ジャンル　兵站（補給）基地
運用者　米軍総合
権利者　複数地権者（沖縄県民ほか）
付属品　福利厚生施設、商業施設、汚染土壌、毒のため池ほか
特記事項　一部定期運用権（根拠法なし）一部返還合意済み
　提供拒否地主あり（東京の代理署名あり）
　現状、国際法違反（ハーグ陸戦条約ほか）
　広範囲に汚染（PCB、六価クロム、ヒ素な

ど）あり

原状回復不可のため値引きしました

評価　★★★☆☆　静かな基地でいいです。あと広い

★☆☆☆☆　何に使われているのか不明

★☆☆☆☆　芝も街路樹も枯れていますがどう
したのでしょうか

［新規］通常出品

商品番号　3

■お待ちかね新規出品！陸海空の複合基地
公金ジャブジャブで計画は青天井　完成前にあなたも
青田買い！

価格　2兆円（税込）

名称　普天間飛行場代替施設（新基地）

ジャンル　複合基地

運用者　米軍総合（予定）

権利者　日本政府（予定）

付属品　なし（まれにジュゴン、サンゴの死骸が付いて
くることがありますが、品質には問題ありません）

特記事項　運用権（根拠法なし）
現状、民意に相反

評価　★★★★☆　新たな機能も充実。特に軍港に期待。チョット高いネ！

★★☆☆☆　滑走路の延長が中途半端。でも2
本あるのはイイネ！

★☆☆☆☆　「移設」と書いて「焼け太り」と
読む。詐欺

わたしの幻燈機

赤木　三郎（あかき　さぶろう）
1935年、福岡県生まれ。詩集『よごとよるのたび』『無伴奏』。詩の朗読会、数度。東京都品川区在住。

ａ　散乱機体

広範囲だな
散乱してますね　バラバラですね
珊瑚礁のうえから　こちらの手前
村落に近いあたりの浅瀬までつづいて
散乱してるんだな

おかしな　不時着ですね
うむ　そういう用語なのかな　米軍の

不時着か　これがね
奇妙だな

戻ろう　旋回してから
もう一ど

ｂ　安全確保

数は　すくないです
集結してるんだな　土人みたいなのが
海上の小舟のほうは

かなりいますね
目立ちますね　あれは

あれらのそばを高速で通過して不規則に波をたてれば
ひっくりかえるだろう　海上のほうは

すぐそばを　ね
ぐるぐると　ね
助けなきゃなりませんね　ひっくりかえったら
そりゃそうだ
ひっぱりあげる　えりもとをぐっとつかんでひっぱるん
だ
こちらの船へ
安全のための拘束だよ

ｃ　本土砕石

きょうも
搬入はできないです
あそこで坐りこまれてたら
雨も　ひどく降って
きたのにな

ずっといるつもり
なのだな
　＊
順番に待機する
数十台つらなるトラックの積み荷

あ　機動隊車両が
到着　鉄格子付きのも　機動隊員たちのも
つぎ　つぎ

おなじように満載して
数十台のつらなるトラックの積み荷
　＊
砕石は　あまり
似つかわしくありませんね
この　海に
おまえうるさいな　文明　の注入だよ　本土からの
わざわざ　運んできた　祖国の砕石だ　ありがたいもの
　だよ
ははは　一体化
するんだよ　本土の意志と　この海とが
こんな　きれいな海　は
はじめてみるな　きれいだな　きれいなもんだな　透明
で

おまえすこし　黙ってろ
　＊
あ　はじまります　粛々と
クレーンも　台船も
動き出した

てきぱきしてる
しゅんじゅんが　ないな　やっぱり
本土の機動隊には

てきぱきしてる　なにもかも
仕事してるんだ　みんな

仕事なんだよ　運搬に来たりもどったり
一週間かけてもできない
だれだってやってられんさ
ですね

(きらめいて落されていくね　本土の
砕石が)
一体化　か　…そう
…そう　ですね
　＊
はじまり　と
おわり　の

時刻を
記録して　おこう
いいかい？

d　会見前

落下物って
ま　全体が落下物予備のようなもんだが
いや冗談
きついか
機体から
なにも紛失してないのに落下したわけは
ないだろ
あらかじめ　それとおなじものは
とりはずして　備品倉庫にあるんだから
汚染物質を
ふくむ　ってか
なにもかもが　戦争備品だよ
そんなこと
いちいち　おれたちのだれが
気にするか？

e　雨中烈風

そのとき
雨具の用意が
なかった

冬

雨が降って
海風が
ふけば
浜辺や
小舟のうえは
体感温度は
ぐんと
さがる

冬

完全装備の
本土からやって来た
機動隊員たちは
しゅんじゅんなくいきいきと
本土権力の職務に
とりかかる

冬

人間の鎖

こまつ　かん
1952年、長野県生まれ。詩集『見上げない人々』『刹那から連関する未来へ』。日本詩人クラブ、日本現代詩人会会員。山梨県南アルプス市在住。

自然は雄大だ
サンゴの遺骸が堆積した島々を
サンゴ礁が囲む
それを黒潮がつつみ
地上には寛《ひろ》い文化が育まれた

自然は正直でもある
温暖化がすすめばすすむほど
琉球諸島の台風銀座をにぎやかにし
試練を与える
しかし
にんげんの和は失われない

嗚呼
東シナ海のオアシス
太平洋のオアシス
にんげんの　こころのオアシス　琉球諸島の
故郷　生業
伝統やお国自慢は
委縮していないか？　いない！

嗚呼
歴史に残る重石の積み重ねで
サンゴの島の風景は変わり果て
それに　追い打ちをかけるように
陸・海・空では
いま　とんでもないことがおこり
日本の沖縄県は
世界のオキナワ

だから　この大地で
民意を踏みにじる日本政府のやり方に
抵抗する　人波が
いま　鎖をつくり始めている
その　丈夫な一つ一つの環には
正義を貫くことばが強く渦巻いている

辺野古の海で

青山　晴江（あおやま　はるえ）

1952年、東京都生まれ。詩集『ろうそくの方程式』『父と娘の詩画集　ひとときの風景』。詩誌「いのちの籠」、日本現代詩人会会員。東京都葛飾区在住。

巨大なクレーン車が
砕石袋を吊っては投げ込んでいく
誰も望まぬ軍用機の滑走路を造るために
辺野古ブルーの海は透明に揺れて
浜珊瑚と小さな魚影も揺れて
どれほど生きられる？

虹色の旗を掲げた抗議船を
海上保安庁が追ってくる
カヌーを漕ぐ人たちにも寄っていく
オレンジ色のフロートで囲われた先は
米軍キャンプ・シュワブ基地

遠い島のことなのだろうか　「どうぞ沖縄を好きなようにお使いください」とアメリカに差し出し六十六年
平穏に過ごしたわが暮らし　気が付けばオスプレイが
あちらこちら上空を飛んで　日本すべてが標的の島

基地の脇の町
のら猫が横切るさびれた飲み屋街
ハワイ　夢　ロマン　テキサス……
潮風と年月に傷んだ看板　閉じられた窓の埃
ベトナムへ中東へ　攻撃に飛んだ米兵たちの夜

基地のゲート前　埋立ての資材搬入トラックを止めようと座り込む市民たち　炎天下　県警との攻防が続く
年老いた市民たちを取り囲むのは機動隊の若者たち
「命令されて仕事をしても　沖縄の心だけは忘れちゃいかん」地元のおじいやおばあの言葉にうるむ目元
四人に一人が死んだ激戦地の沖縄を生き抜いた人々
爆撃と火炎放射器の傷痕を体中に残し　心に残し　今
語りかける　腕をつかむ機動隊に「戦争はいかん」と
戦場に送られる若者たちはだれか　核弾薬が炸裂する
戦場になるのはどこか　沖縄の傷痕が叫んでいる

海辺に白い花が咲いていた
強大な権力が襲いかかるこの地に
薫り高く　清々しく　顔をあげて

遠い島のことなのでしょうか

ドラゴンフルーツ

三浦　千賀子（みうら　ちかこ）
1945年、大阪府生まれ。詩集『今日の奇跡』『一つの始まり』。
大阪詩人会議「軸」、詩を朗読する詩人の会「風」。大阪府堺市在住。

わたしは　人間だから
辺野古へ行くのさ

二年前の夏
初めての辺野古行バスで出会った
真栄田《まえだ》さんの忘れられないことば

真栄田さんから電話があった
今年もドラゴンフルーツ送ります
住所教えて下さい

ところがこれが難儀だった
オキナワの真栄田さんにとって
大阪の地名は聞き取りにくいらしい
ファックスもうまく送れず
すったもんだした結果
―全部ひらがなで書くからいいさ…

そして数日後
あのピンクの突起の出た
おどろおどろしい形の
ドラゴンフルーツが届いたのだ
真栄田さんがいったようにひらがなの宛先で

真栄田さんの住んでいる住宅の屋上で
育てているという
夜中に人間の手で受粉しないと
実が成らないという
苦労のたまもの

あれから大阪の機動隊などが行って
座り込みの人々を
ごぼう抜きにしたり
土人発言したり、ごめんなさい

大切に　いただきます

ごぼう抜き

杉本　一男（すぎもと　かずお）
1933年、大阪府生まれ。詩集『消せない坑への道』『坑の中から鼓動が』。
詩人会議、熊本詩人会議会員。熊本県荒尾市在住。

海を隔てて　島がある
青い空　蒼い海は　島の宝
なぜ　あの島にだけ
軍事基地が集まっているのだ

「新しい基地はつくらせない」
島に住む　ウチナーンチュウは
辺野古の浜に　座り続けている
「どんな〈パッド〉もいらない」と
高江の　工事現場近くに座り込む

かつて　おれたちは三池の地で
一二〇〇人の「指名解雇は許さん」と
ホッパーを背に座り込んだ
腕を組んで　励まし合う男たちを
屈強な警官たちが　警棒を振り上げて
隊列から引きずり出した

熊本で「下筌《しもうけ》ダムはつくらせない」と
どこまでも無抵抗な座り込み
山肌を縫うように　木と人の壁を築いた
おれは　板一枚の上に横たわる
四人がかりで抱え出す警官の群れ
川辺まで運び　せせら笑って　放り出す
〈蜂の巣城の攻防〉は　あっけなく落城

本土から来た機動隊員が
からかい　あざけり　さげすみ
力ずくで　人びとを引っこ抜く
上からの命令　上とは　どこのだれだ
墜落を　不時着にする　やからたち

――くじけちゃいかん――
海を隔てていても
島は　そんなに遠くはない

犠牲の島　いつまで

原発　安保　平和　憲法　基地　沖縄など
世論が　大きく別れる内容で
一方的な意見のみを取り上げるのは承認出来ません
政治的中立を保たなければなりませんから
あまりに永い記憶を　忘却の底に沈めた島の歴史は
昭和二十年三月　慶良間列島に上陸した
十八万余の米軍との沖縄戦から始まった
四月一日　嘉手納に上陸用舟艇千数百隻が殺到して
陸海空戦力の総てを結集した凄絶な殺戮戦を展開し
六月二十三日に　日本軍が壊滅するまでの
わずか三カ月のあいだの戦場は　狂気の果てに
老人や子どもに自殺を強いて泣く幼児まで絞め殺し
島民たちの　九万四千人を越す悲惨な犠牲をだして
鉄血勤皇隊八百十六人　ひめゆり部隊百三十六と
日米両軍の兵隊　約十万六千人が戦死した地獄絵図の
凄惨な記憶にまで　貴方の記憶も遡らなければ
沖縄の現実に　共感と連帯ができるわけがないと
戦後の沖縄は　米軍極東軍事戦略の一環として
嘉手納基地に核戦略爆撃機Ｂ５２を常駐させ
本島南部は　祖国復帰後のこれまでずっと
米軍基地のくびきから　解き放たれることはなく
沖縄県民は　幾度となく抗議の声を上げては
基地反対の意志を示してきたにもかかわらず
今度は本島北部の　やんばるの森を乱暴に破壊して
オスプレイ・パッドの建設を進め　一体となった
耐用年数二百年の名護市辺野古への新基地建設で
本島総てが　在日米軍専用の新基地となるから

「普天間基地撤去・辺野古に新基地はいらない」と
平和のための戦争展を開催しようとして
あちこちの市町村で　後援依頼をしたところ
「政治的中立」を理由に　後援拒否が相次いでいて

本当は　中立という少し右に傾いた言葉のせいで
原　圭治（はら　けいじ）
１９３２年、和歌山県生まれ。詩集『地の蛍』『水の世紀』。
詩人会議会員。大阪府堺市在住。

石の舟

宇宿　一成（うすき　かずなり）
1961年、鹿児島県生まれ。詩集『固い薔薇』『捨てる石』。
詩人会議、日本現代詩人会会員。鹿児島県指宿市在住。

赤い砂の浜辺
隆起したサンゴの化石たちが波に崩れて
何万年かの時をかけて作りだした景観
クジラ島を浮かべて
海の色が明るいのは
浅瀬をなしているから
サンゴを齧るブダイも
ルリイロスズメダイも
船底を横切って行ったマンタも
海面で分光され海底に届く光の滴

波音が遠いのは
遠くで波が砕けるから
聞こえないがジュゴンの歌も混じっている
もういけませんね
漁師たちは歓迎しているんです
多額の保障が約束されていますからね
僕たちのようなよそ者には
この海を守る力はないのです
グラスボートを操縦しながら
標準語の青年は寂しげに言った

大浦湾は
滑走路を作るために
埋め立てられるのだ
海が無くなれば
舟は化石した夢の水面に浮かぶしかない
波音をかき消すように夜通し
亜熱帯の草いきれを蛙が鳴く
悪夢が滑走路を激しく踏み鳴らす
ホテルのベッドは波に揺れるようで
いつまでも寝付けなかった
島もまた舟なのだった

ダンマリの効用

坂本　梧朗（さかもと　ごろう）
1951年、福岡県生まれ。詩集『おれの場所』『蟻と土』。詩誌「いのちの籠」、文芸誌「季節風」。福岡県京都郡在住。

辺野古新基地建設は容認
あるいは推進のハラだが
それはダンマリを決めこむ
口にするのは普天間基地撤去のみ
このハラグロさ

宜野湾市民の多くは
辺野古新基地建設には反対なのだが
この候補者が当選すれば
辺野古に基地が出来る方向が強まる
とまでは考えないのだ

あのジュゴンが生息する
美ら海が埋め立てられ
二百年は使用可能な
攻撃型の巨大基地が出来て
沖縄は基地の島として
ますます固定されてしまう

この候補者に票を入れることは
そんな未来を選ぶことだ
とは気づかないのだろう

ダンマリ
争点化を避ける
それだけでダマせるのだ
赤子の手をひねるようなものだ

にしても
なぜ争点を晦《くら》ます候補者に票を投じるのか
普天間基地撤去と辺野古新基地反対
を明確に主張する候補者がいるのに

強権相手では勝目がない
ここらで妥協が必要だと
考えてしまうのか
長年基地を押し付けられてきて
諦めが身についているのか
裏切られ続けて
政治に虚無的になっているのか

なぞなぞ

草倉　哲夫（くさくら　てつお）
1948年、福岡県生まれ。詩集『夕日がぼくの手をにぎる』、評伝『幻の詩集 西原正春の青春と詩』。詩人会議、日本現代詩人会会員。福岡県朝倉市在住。

海への急な坂道を降りると辺野古の集落がある
その入り口にある公園に
一本の大きなガジュマルの樹が
薄暗く枝葉を繁らせている
樹陰を棲家にした精霊のキジムナーくんは
祭りとなれば　海辺のやぐらで陽気に踊り
ついでにさかなを失敬し
子どもを泣かせて　途方にくれる
夕日の浜辺に出てみると　いつだって
友達のジュゴンに呼びかける
彼の元気な声を聞くことができる
「おおーい　またん竜宮かいそうてぃ行きよー
　玉手箱　けえさんとーならんぐとぅ」
そうやって　一千年がたってきたのだが
この頃はどうしたものか　顔色も優れず
ガジュマルの葉陰からちょっとだけ顔を出して
辺野古の村人に
みょうな「なぞなぞ」をかけるようになった
「ジンいらすぐとう　アカーニ、オーウニ
たーやがやー？」

さあ　だれだろう
通学路の子どもたちは　その問いに
あれこれと答えを出すが
大人たちはどうしたわけかみな知らんぷり
「ぐすーよー　海んかいいくさなー　いらんはじろう」
ガジュマルの樹の上のキジムナーくんは
ジュゴンと竜宮を心配して
ますます声を大にする
軍用地地主の村　辺野古
一千年目にして見る
村人の美しい海への信仰の翳りに
キジムナーくんは友との別れを想い
今日も心を痛めているのである

辺野古の有力な住民の一部にも、施設誘致の声がある。《お金をあげるよと呼ぶ赤いオニ　青いオニ》の標語を辺野古の公園に建てているのは、辺野古区福祉教育委員会である。竜宮と浦島伝説は沖縄に多い。キジムナーは、沖縄の精霊の一つ。

「おおーい　またん竜宮かいそうてぃ行きよー／玉手箱　けえさんとーならんぐとぅ」は「おおーい　また竜宮へ連れて行ってくれなー／玉手箱　返さないといけねえからよー」

「ジンいらすぐとぅ　アカーニ、オーウニ／たーやがやー?」は「お金をあげるよっていう　赤いオニ　青いオニって／だーれだろ?」

「ぐすーよー　海んかいいくさなー　いらんはじろう」は「ねえみんな　海に軍事施設なんて　いらないだろ」のそれぞれ沖縄口である。

時代に翻弄される沖縄

近藤　八重子（こんどう　やえこ）
1946年、愛媛県生まれ。詩集『海馬の栞』『私の心よ鳥になれ』。関西詩人協会、日本国際詩人協会会員。高知県高岡郡在住。
美しい島々が点在する沖縄
今から二十一年前
戦後五十年
沖縄の激戦地で
まだ　私たちには戦争は終っていない
と　恋人やご主人や息子さんの骨を探していた人たち
あの人たちの面影が
戦後七十年経った今も
記憶の底で生き続けている
戦争の犠牲になった若い人たちの
骨が多く埋まっている地に
真っ赤な花が咲く

悲惨な過去を叫ぶ術もなく
美しく
観光客に向かって微笑む

国民を守ることより
国を守ることを優先する権力者たち
辺野古新基地建設反対の怒濤《どとう》の声の先に
民主主義は見えない

アメリカ軍人による惨《むご》い殺人
軍用機からの窓枠落下は
安全第一の小学校校庭で起きた

沖縄の青き大空に
軍用機が飛ばない日が来ることを
私たちは祈っている

拝啓　瑞慶覧《ずけらん》様

和田　攻（わだ　こう）
1943年、東京都生まれ。詩集『ミニファーマー』『春はローカル線にのって』。日本現代詩人会、国鉄詩人連盟会員。長野県長野市在住。

拝啓　瑞慶覧様

新婚旅行では大変お世話になりました。沖縄返還の年そちらでは本土復帰ですから　はるか夢の金婚式も近づいてきました。一九七二年五月沖縄と本土も一つに結ばれめでたく金婚式を迎えようと。しかし悲しく悔しく残念なニュースばかりが届き　憤りを覚える日々は　どこまで続けばいいのでしょうか。「沖縄を返せ」の歌声と共に「安保反対」「地位協定反対」　あのシュプレヒコールの正しさは　残念ながら未だ捨石の沖縄が証明しています。

物見遊山の浮かれハネムーンではない。基地の島　敵味方から蹂躙《じゅうりん》された　生き証人の実態を　眼に心の奥底に焼き付けねば。なおかつ高値の華というプランニングをいかに低価格に。幸い国労本部書記の佐々木氏は　同じく国鉄詩人連盟の会員かつ沖縄出身。早速のお願いに名士友人の瑞慶覧氏を紹介して頂き　伊波普猷《いはふゆう》著沖縄の歴史書が届き　ガイドブックは書店にて購入。宿の手配スケジュール一覧　万全の朗報により　見よエメラルドグリーンの海を眼下に　異郷那覇空港に降り立つ。

ウチナンチュ形容のタクシードライバー　温厚なる金城氏の出迎えにて車は右レーン　四日間のお付き合いがスタート。郷に入っては郷に従え。オリオンビールに泡盛痛飲　名物山羊料理に舌鼓のはずが　いかんせんお手上げのくせ味。異国情緒ではない英語の羅列看板　$￥両標記の値札　植民地脱却からの戸惑いと聊《いささ》かの喜びの街だが　心地よい一一月　南国の風を縦横無尽につんざく轟音。日本に牙を剥く鉄条網　基地嘉手納先端から　はみ出す勢いの軍用機の異様な殺人光景に　度肝を抜かれる。塗炭の苦しみに悶えるああ彼ら同士。

ガマ　ガマ　軍隊は守るべき味方住民に　銃剣をかざし洞窟を占拠　正史の痕跡に身震い。ひめゆりの塔で散った乙女の屍が　魂の乱舞となって頬を横切る。摩文仁《まぶに》の丘　鉄火花の銃弾嵐に　千切れ飛ぶ肉片　叫喚に平伏す頭上に　山と積まれた住民の兵士の骨が　払いのけても雪崩れ落ちる。刻まれた敵味方の名前　愚かさを引き摺る性。サトウキビが揺れ　パインが熟れ　デイゴ　ハイビスカス　ブーゲンビリア　サンダンカに彩られるとい

う島　サンゴ礁には魚戯《たわむ》れ　シーサーの家々から漏れる三線《さんしん》の音色　島唄は心の襞に染み込む。

（前略）〝刺身有ります〟の救いは／始めて知った専門店であった／剝げ落ちたペンキの板壁には／「へーらっしゃい」の掛け声もなく／すーと　白衣を纏った老人の眼が／南国の太陽を鎖す／陰湿な店内に光っていた／／求めていた／新鮮な一切れのイメージは破れ／つーんと鼻に染み込む臭気は／やおら／息を殺す殺気の群れとなり／ヤマトンチュの／おれの皮を手早く削ぎ捨てると／手荒な塊にぶった切り／赤みの／白身の／山と積まれたそいつらの上に／ごろり投げ出されていた（中略）おれは俎板の上で／客の目の前に晒すことの耐えに／耐え忍んできた／老人の亡くした左手首に／蘇っていた／老人は満足げに眺めている／おれは嬉しさのあまり／手首を動かし／近づきの挨拶を送る／その時だ／包丁が舞上がり／／〈あれは正しく皇軍の……〉／おれは記憶の断片をころげ落ち／軍刀を握りしめ／はっと老人を見返す／〈血しぶきをあげ左手首が〉（後略）　作品「刺身」は総評文学賞詩部門佳作に輝いた。

「メンソーレー」守礼門にて手招くは　琉球紅型《びんがた》に身を包む観光美女　見とれる我に新妻の焼餅。首里城は跡形もなく　悍《おぞ》ましい戦禍に愕然。ガジュマルは自らの枝を幹に巻き付ける気根にて地下めがけての突進　陶器の「やちむん」工房にて盃を購入　琉球ガラス村にてはペアーのコップ。ゴーヤーチャンプルー　沖縄そば　黒豚海産物料理にご満悦。風光明媚観光スポットも人並みに。ホテルの趣きとは一味追い　新婚カップル見当たらずの　商人宿風でのおもてなし　出立に先立ち　瑞慶覧様とお会いでき嬉しゅうございました。プレゼントに頂いた　沖縄の抱瓶《だちびん》は　肩から下げると腰のあたりのくびれがぴったり合う　泡盛の徳利とでも申しましょうか。野山に散策の折りには泡盛を伴に。ですが。

辺野古の海がどんどん埋め立てられていますね。あの思い出の地が傷つけられるのは　我が心に石もて埋めたてられると同じで　日ごと記憶を切り裂かれる思いです。本土で闘いの輪を　九条に課せられた使命を忘れません。あの永遠なる南国の豊かさを誇る光景こそ　「命どう宝」「ぬちどぅたから」です。

敬具

沖縄のこと

昔、一度だけ沖縄に行ったことがある
返還前、夫の友人を訪ねる旅だった
手土産に求めた果物がグァム島からの物と分かって、日
本でない日本を認識した
車が基地に近くなって「カメラ出さないで」と友人が
言った
残《ざん》波《ぱ》岬《みさき》の海の美しさを今も忘れない、親戚の少年が背の
青いカニを手に乗せてくれた
結婚式に連れて行ってもらって、花嫁花婿も分からぬま
ま、歌い踊る人々の輪の中にいた

以前、琉球王国にまつわる本を読んだ
独自の文化・歴史を中国に近いと感じた
でも、言葉はまさに万葉のそれに通じ、まぎれもない日
本語なのだ
日本列島に渡る前、琉球諸島に根をおろし、
生活を築いた人々に、私達の社会のルーツを知った
今、沖縄の人々に、同胞と呼びかけていいのだろうか、
私達の文明の先達たる人々への、
敬畏を疎かにしているのではないか
距離よりも寄り添う心が、あまりに遠い

桜井　道子（さくらい　みちこ）

１９４４年、旧朝鮮咸鏡北道生まれ。東京都日野市在住。

私のマニフェスト

2017.10.20

核兵器禁止条約に署名し批准します
原子力発電所を廃止していきます
外国に原発・兵器を輸出しません
軍備拡張に当てる予算を削減します
教育に予算を篤くします、質の良い環境の下で子供が
育っていける政策を軸にします、保育園の拡充は最優先
です
大学では実務・実用に偏らない基礎研究の充実を、あら
ゆる分野で図ります
沖縄の問題に腹を据えて取り組みます、アメリカとの安
保条約を整正し、新しい国際秩序の中での日本の在り方、
国際社会における日本の位置づけを吟味します
一人一人が個人として尊重される政治・政策に徹します
あなたがあなたを、私が私を全うして生き切れる社会を、
誰も壊されることのない社会を望みます

五千日

2017.12.26

「辺野古座りこみ五千日集会」
十二月二十六日、米軍普天間飛行場移設工事に反対する
座りこみが、五千日を迎えた、という新聞記事を見た
二〇〇四年四月十九日に始まったとあった
十三年と八ヶ月余
一日も欠かさず誰かが座りこんで抗議してきたという事
実
座りこみの始まったというその日は、私の還暦の誕生日
当日だった
この年月、私は何をしてきたか
仕事をやめ母の介護をしてきた
友人と旅行する機会は何度かあった
四人の孫が誕生した
母を見送り、夫の母もまた亡くなった
生まれた赤ん坊が中学生になる、それ程の時間を、抗議
の意志を座りこみという一つの行為に体現させてきた
人々のいることに衝撃を受ける
「国権の発動たる戦争と、武力による威嚇又は武力の行
使は、国際紛争を解決する手段としては、永久にこれを
放棄する。」と定めた憲法を持つ国民が、戦力・武力の
拠点としての軍事基地の存在におびやかされている
基地はいらない、反対だ、と座りこんでも座りこんでも
一顧だにされない
武力が解決するものはない、武器が人の生活を守ること
もない、と学んだからこそ、基地を受け入れることがで
きない人々の、果てしない時間
あんまりだ、つぶやいている

それで何人

2018.1.30

「それで何人死んだんだ」
沢山、沢山死にました、ええ沢山
「文明」という名の無知蒙昧な人が、アナタの様な人こ
そ、沢山の人を殺すのです
人の尊厳を認められない
人々の安心、安全に無関心
戦争に結びつく軍の脅威に鈍感
国を守るということは、一人の国民を守ってこそ、なの
に
沖縄の人々を踏みつけて
肉体の滅びだけが死ではないのです

生活、未来、誇りを失えば人は心が死んでしまう
二十年余も前、沖縄の少女が米兵に暴行を受けて、その
ニュースが伝えられたのに、時の首相が打ち興じていた
ゴルフを中止しなかったと知って、慄然とした記憶
政治の中枢《ちゅうすう》にいる人々は変らない
何人死んだか、分かりますか
魂の亡き骸の積み重なった海も空も街も
慟哭しています

石牟礼道子さん

2018.2.12

石牟礼道子さんが亡くなった
作家池澤夏樹さんの哀切きわまりない追悼文を読んだ
「苦海浄土」読んでいない
水俣病、患者について報道で断片的に知りはするが、本
当のところよく分かっていない
どこか後ろめたく、やましさがぬぐえない
七年前の大震災、福島の原発事故ですら、私の心は血を
流し続ける深手を負ったといえるのか
石牟礼さんは、ご自身の骨を削って仏の姿を彫っている、
そんな印象を抱いてきた
もう骨は残っていないのに、未だ未だ、と手に小刀を握
りしめている
水俣病の人々に寄り添って共に涙してこられた
真摯さに心打たれる、というより申し訳ないと思う気持
ちがあった
沖縄のことにも、石牟礼さんに対してと同じように、同
じ人としてすまないと思っている
何もできない
何一つしていない
名護市で移設問題を封印した人が市長に選ばれた
基地に反対するだけでは成り立たない現実
しかし未来永劫、基地が存続するとも思われない
百五十年後、沖縄の島々、人々は、そして
極東といわれる日本と周辺の国々は、今この二〇一八年
をどう振り返っているのだろう
あきらめない、逃げない、現実に一つ一つ
向き合っていく
国家あっての個人だろう、などと為政者に言わせない、
何の力もない一人がそれぞれの幸福を求める先に、武力
も基地も意味を持たなくなる未来を信じたい

沖縄を知りたい

石川　啓（いしかわ　けい）
1957年、北海道生まれ。
北海道詩人協会、北見創作協会会員。北海道北見市在住。

三年前、藤本幸久・影山あさ子監督の『圧殺の海　沖縄・辺野古』の映画を観た。沖縄の住民が海を護る座り込みをしていた。すると妨害の為に多数の突起があるコンクリート板が敷かれた。『こんなものにお金をかけるなら、もっと有意義な使い途があるだろうに』と思った。住民はその上に大きな板を敷いて座り込みを続けた。マイクを使って翁長雄志知事も抗議していた。沖合いに鎖状に繋がれたブイが浮いている。住民がボートでそのブイを越えようとすると、警官が住民を警察のボートに引っ張り上げる。何人もトライするのだが、結果は同じだ。『辺野古の海はアメリカの海か!?』と思った。一人の男性が「今日はカメラが撮っているから警官は優しいがいつもはこうではない…」と呟き、権力を誇示される現実を映し出す。今年、二〇一八年二月四日、沖縄県名護市長選挙があった。結果は、米軍普天間飛行場の名護市辺野古への移設反対を主張してきた、現職の稲嶺進氏を破って、推進派の渡具知武豊氏が当選した。差は三四五八票だった。名護市市民は、辺野古が強制的に埋められていく現実で諦めてしまったのだろうか？　米軍再編交付金の支給停止が大きいともいわれる。そして選挙戦では渡具知氏は辺野古の事には一切触れなかったと知る。市民に直結する重大な事だと思う。昨年、沖縄の方から『沖縄から伝えたい。米軍基地の話。Ｑ＆Ａ　ＢＯＯＫ』を頂いた。沖縄県が無料で出しているという。その中に辺野古・大浦湾には新種の生物が相次いで発見されており、他にも一三〇〇種近く新種の可能性があるようだ。貴重な自然ばかりではない。米軍航空機が墜落した写真や、本土に復帰した一九七二年以降から二〇一六年末までの米軍人・軍属等による刑法犯罪は五、九一九件と膨大だ。その中で、殺人・強盗・強姦は五七六件にも昇る。事件に抗議する集会の地表を覆いつくす県民の数は、長年蹂躙《じゅうりん》されてきた怒りの爆発だ。昨年の六月一二日、元沖縄県知事の大田昌秀氏が逝去された。「米軍基地から解放させたい!!」という強い意志を翁長知事も継承している。九月一一日に知事が『日米地位協定』の具体的な見直し案を提出した。日米両政府はどのような解答をするのだろうか。第二次世界大戦の敗戦の年、日本で唯一の地上戦で一〇万近くの住民が犠牲になった。その上、家を力づくで奪われて基地を作られて七三年経つ。沖縄も日本であり、国民であるのに向き合ってほしい。

のっぺら坊の島

高柴　三聞（たかしば　さんもん）
1974年、沖縄県生まれ。
沖縄県浦添市在住。

溢れんばかりの陽射しに思わず目が眩む
街は観光でやってきた人々でいっぱいである
どの顔も笑顔だ
試しに静かに視線を落としてみるといい
砲弾と血の記憶が眠っているから

足元のアスファルトやコンクリートで
かっての戦争の記憶を閉じ込めて
そうして何もなかったかのように日常が横たわっていて
日々の暮らしは慌ただしく
後ろ髪を引かれるような気持ちで
土地や海がコンクリートに覆われて行くのを横目に
日常に溺れるしかない

那覇から遠い北の方で
トンブロックが海に沈められていく
サンゴの悲鳴と地響きが
私の胃に差し込むような痛みを与える
アスファルトとブロックとコンクリートに
覆われて島は顔を失いつつある

この島は、その内つるりとした灰色の島に
変わり果ててしまうかもしれない

私は、恐る恐る顔に手をやろうとした
自分の顔が目も鼻も口も失った
のっぺらぼうになっていやしないか
酷く恐ろしくて心配になったのだ
自分の顔の肌を触れられずに
ただただ指先が空を彷徨うだけであったのだ

海神の声

先の大戦で
破壊尽された沖縄
強制による
集団自決の沖縄

米国統治下での
強制撤去による
基地の造成
本土復帰後も
少しも減る事もなく
居つづける米軍基地

不公平極まりない
日米協定
その沖縄に、又
新しい基地を造ると云う
エメラルドグリーンの
そして珊瑚の美しい海
辺野古に

舟山　雅通（ふなやま　まさみち）
1940年、東京都生まれ。詩誌「旅人」、あきる野詩の会会員。東京都あきる野市在住。

もうこれ以上沖縄に
いや、日本に
基地を造らせてはいけない
「立ち上がれ
何もしない事は罪だ」*

沖縄人《うちなんちゅう》よ！
本土人《やまとんちゅう》よ！

デイゴ咲く
辺野古の海に基地いらぬ
響き渡れり海神の声

*南アフリカ共和国大統領マンデラの遺言

九章　詩――ヤンバルの森・高江と本土米軍基地

健忘症

新城　兵一（しんじょう　たけかず）
１９４３年、沖縄県生まれ。詩集『いんまぬえる』『二人三脚』。
詩誌「宮古島文学」「ＥＲＡ」。沖縄県那覇市在住。

「あってはならないこと」。
「おこってはいけないこと」。
が　頻繁に起こるのだ。ここでは。
どしどし　どこかから、
飛び込んでくるのだ。突発的に。
いやなこと。
むごたらしいこと。
おそろしいこと。
かなしいこと。
が　ここではじゃんじゃん、
襲来するのだ。ドミノ倒しに。
それに、
童話のようなふしぎなことも。
たとえば、北部の「高江」では、
トレーラーや重機が　空を飛ぶ。
この島では　雪はふらない。
だが　鉄板・部品・金属片なら
ときどき空から　落ちてくる。
あれは　いつだったか。
きのうだったか。
おとといだったか。
だった　だったか。
ゆめだったか。あんまり、
悪いできごと　多すぎて、
頭のなかは混乱　コンガラガル。
かくて　つぎつぎとやつぎばや
悲惨なことが頻発するので、
ぼくらも　次から次へ
否だ！「いなだ」！と、
急ごしらえのスローガンかざし
抗議に告発、告訴と交渉ばっかりだ。
じたばたと地団太踏んで腕組んで、
しきりに歯ぎしり　はらわたねじれ
事件事故人権蹂躙《じゅうりん》　追走追撃いそがしい。
こうして　前へ、またまえへ、
まえのめりの姿勢で前進（後退）しながら、
不本意ながら、つぎつぎに、
忘れていく。いいや、忘れ
ＳＡＳＥＲＡＲＥＴＥ　しまうのだ。
以前のこと。つい昨日のことも。

はて　あの最悪のできごとＴＯＷＡ、
いったい　なんだったのか。
どうだったか。どうなったか。
だった、だったか、夢だったか。
なにひとつ　深く考えないうちに。
なにひとつ　変わっていないのに。
こうして　前へ、またまえへ、
まえのめりの姿勢で後退（前進）しながら、
ひとつまたひとつ　忘れさっていく。
みずからの嘆きなぐさめ　日々の、
いかりやいらだちいたみをいやし、
意図せざるいねむり叩き起こし、
するどくかたむいていく。
嬉々（危機）として　凶器や
狂気ひそめる　あてどなき明日へ。
ひたすら生きのびる図太いずるさで。
とそのうち、「高江」の森には
いくつもの人造セメントサークル。
まるで重症の　円形脱毛症のようだ。
そんな　俯瞰《ふかん》映像をみたのは
ついこのあいだのこと。
こんどは　はたまた、ドタバタ。
オスプレイの墜落現場。海のなかの、
バラバラ機体の無残な残骸だ。

（二〇一七・二・七）

沖縄の貝殻と

坂田　トヨ子（さかだ　とよこ）
1948年、福岡県生まれ。詩集『あいに行く』『源氏物語の女たち』。
福岡詩人会議（筑紫野）、詩人会議会員。福岡県福岡市在住。

三十年の間　教室から教室へ持ち運んだ
数個の巻き貝
——耳に当ててごらん。海の音がするよ
子どもたちは目を輝かせる
——ほんとだ　海の音がする

伊江島で初めて出会ったおばさんに
もんぺと長靴を借りて連れて行ってもらった
大潮の夜の海の美しさ
小さな魚やパイプウニの鮮やかな色
いちいち感嘆の声をあげる私を
面白がって笑っているおばさんたち
大晦日だというのに優しい風
口を開けた大きな巻き貝に驚いて
「これは何ですか」と聞くと
「ホラ貝だよ。良い物見つけたね」
次の日　帰途についた私に
一月近く遅れて届いたホラ貝とパイプウニ
臭いが残らないように処理された
思い掛けない贈り物

サトウキビの上を掠める戦闘機
射撃訓練の腹に響く爆音
米兵に銃を持って追いかけられ
狙い撃ちされながら罪を問えない憤り
そのどちらも忘れられない私の沖縄
繰り返し子どもたちに語ってきた
教室の片隅で貝殻を耳に当て
子どもたちが微笑んでいた

四十年経って伊江島を訪れると
無沙汰を責めるどころか再来を喜んで
迎えてくれる人たち
長い年月を爆音と共に生きてきて
基地を無くせと言えない現実も知らされた
オスプレイの離着陸に強化された滑走路が
島の中央を横切って日常を切り裂く
諦めを強いる期限のない基地使用
それでも人は子どもを育て生きていく

沖縄の海

海はいつも背伸びしていた
空と交わることはできないことかと
奥深いところから突き上げてくるものに耐えきれず
真白の泡となって消えるまで
何度も何度も伸び上がった
けれど　頑なな水平線
追い詰められた獣のような海鳴りが
澄み切った海の底から響いてくる

福岡から空路一時間あまりの沖縄が
なぜこんなに遠いのか
繁華街で精一杯の笑顔で差し出すビラを
受け取る手の少なさ
珊瑚の海も砂浜もフェンスで仕切られ
米軍が守られて
二百年も使用可能な基地を造るというのに——
海も土地も奪われ続けて七十年
もう許せないと座り続ける人々

私たちが米軍を養っている
アメリカの貧しい青年や母親を
戦争に駆り出すために基地は在る
歴史の狭間で立ち上がり
無念を抱いて逝った人たちもいたが
それでも黙って立ち続けるガジュマルだった
けれど伸ばし続ける気根は絡み合い
今では森のようだ
その森が動き始めたのだから
私たちもと

夕陽に輝く玄界灘も
沖縄の海と繋がって
世界の海と繋がって

結び草

青木　春菜（あおき　はるな）
1955年、新潟県生まれ。詩集『風の旋律』。
詩誌「1／2」、詩人会議会員。滋賀県草津市在住。

沖縄　高江の森
道路沿いの草が
等間隔に距離を置いて
数本ずつ束ねて　結ばれていた

動物たちと
彼らより　はるかに長い生命力の
植物たちは
怒りを静かに溜めながら
沸点ぎりぎりまで
耐えている

結ばれた草は　神聖な結界の印
共存できない者　踏み荒らすだけの者は
立ち入るなかれと
目には見えない精霊たちが送ってくる
揺るがぬ意志

ひそやかに送られる森のメッセージに
心の耳を傾けていると
今にも　激しく吹きこぼれてきそうな
森の怒りが　鼓動高く聞こえてくる

少女の作文

日野　笙子（ひの　しょうこ）
1959年、北海道生まれ。
文芸誌「開かれた部屋」「雪国」同人。北海道札幌市在住。

たかこちゃんはアメリカぐんのトレーラーがおっこち
てきてしんでしまいました。もうたかこちゃんといっ
しょにあそべません。

昔沖縄の少女の作文を朗読した
死んでしまった少女の友達の代わりに
本土と言われた町に住む私は作文を諳《そらん》じた
大きな市民ホールに一人立たされ
気が小さかったから
ぶるぶる声が震えたことなど覚えている
少女の声にあたかも共振したように
最後は拍手などされてしまい
思えばあの頃からよそよそしい風向きで
無責任な席に座り続けたわけで
沖縄の少女の深い傷がわかるはずがなかった
ぞっとするほど脆弱な卑怯と無知故に
おまけか付録のようなそれが私の半世紀の歴史
沖縄の少女たちの身に
とんでもないことが起きて

未来の光が断ち切られたってこと
太陽に向かって育つべき少女が
無残に打ち棄てられたってこと
心の底に熾火《おきび》のような怒りを抱えた人々がいる
身をよじるようにして死んでいった人々がいる
それが少女の作文の
いたいけな胸底に宿る
飽和に達した人々の
血と涙のまさに滴りで
やがて必ず人は死んでゆくのだけれども
ようやく卑怯と無知に私は気づいてしまった
どこに生きようと少女の作文は綴られるだろう
はじめて空に海になっていく
黄金色の少女の島へ
つながれ
届けと

ヤンバルの森よ

緑あふれる豊かな亜熱帯照葉樹林の森で
「こころ豊かにのびのびと子育てしたい」
高江の人たちに暴力を振るい強制排除し
広大なヘリパッドが森のあちこちに現れた

安保を楯に「どうにでもなる　問答無用」
「土人・シナ人」と声を張り上げ
安倍政権下の自治警察官・機動隊たち
百台余のダンプカーを守り立ちはだかる

クイナや樹齢四百年のガジュマルの命を
勝手気ままに根こそぎ奪い取り
森を抉りむき出しの赤い土が流れる
森は人間の命！　自然は人権の源！

太古の昔から命を繋ぎ生きてきた
おお　いま痛みに苦しむヤンバルの森よ

宮本　勝夫（みやもと　かつお）
1943年、茨城県生まれ。詩集『損札』『手についての考察』。
詩誌「1／2」、千葉詩人会議会員。千葉県松戸市在住。

移り変われば

墜落ではなく不時着だという
米軍ヘリが名護の海の辺に落ちて
機体はバラバラ　パイロットは脱出？　それとも…？

墜落でなければ不時着失敗？
オスプレイの給油訓練中
給油ホースがプロペラに当たって破損したためとか

民家の上ではなく海に落ちた（いや不時着した）のだか
　らありがたく思えと
どなたさんかが言ったとか　言ったけど謝ったとか…
沖縄では米軍ヘリが民家の真上で給油訓練をするのか！

墜落とは高いところから落ちること
不時着とは燃料の欠乏や故障などのため予定しない地点
　に降りること
そう電子辞書にはあるけれど（一〇年前のメイドイン
　チャイナだから変わったのか…）

時が移り時代が変わり

退却が転進に後戻りしたりもする
いつのまにかのそんな時代に

人生一〇〇年　長寿リスクに備えよと
心のこもったアドバイスもあり（長生きするなとは言え
　ないよなあ！）
いのちとは何か　思いあぐねて寝てしまう

あっ！　墜落するう！　墜落したあ！
不時着だよ　不時着！
かわる　かわった　言の葉はじめに

館林　明子（たてばやし　あきこ）
1943年、神奈川県生まれ。詩集『群のかたち』『近づく空に』。
詩誌「1／2」日本現代詩人会会員。東京都三鷹市在住。

島んちゅ

また起きた
米兵運転手の事故
〝米軍の財産〟として
米軍に持ち去られた
日本と話し合う姿勢が
問われる
その後も幼稚園や小学校に落下物

島んちゅは
〝またか〟という感じ
米軍がいる限りは
同じことが繰り返される
その度に〝移設反対〟の
声ばかりが大きくなる
0・6%の土地に
70%以上の米軍基地が集中する

林田　悠来（はやしだ　ゆうき）
1966年、東京都生まれ。詩集『雨模様、晴れ模様』『晴れ渡る空の下に』。日本現代詩人会、日本詩人クラブ会員。埼玉県比企郡在住。

横浜と沖縄

洲　史（しま　ふみひと）
1951年、新潟県生まれ。詩集『小鳥の羽ばたき』『学校の事務室にはアリスがいる』。詩人会議会員。神奈川県横浜市在住。

ここは「結《ゆい》」　横浜の沖縄料理店
アメリカ軍事基地はない
一対のシーサーがぼくを迎える
空を飛ぶ軍用機の轟音《ごうおん》はない
若者のライブの歌声が響く
アメリカ兵は入って来ない
心優しい常連がカウンターに並ぶ
仕事帰りか数人がテーブルに集う

ここは「結《ゆい》」
横浜　関内　ベイスター通りの二階
元気あふれるママは百合さん
ぼくが飲むのは
百合さんがつくる泡盛のカクテル　それから
ママの名にちなんで「白百合」という泡盛
水割りにすれば
蔵の奥深く入ったようなひなびた香りがする

シマラッキョ　海ぶどう　ゴーヤチャンプルー
沖縄料理で酔っ払って　最後はソーキソバ

さよならを言って
アメリカ軍事基地のない沖縄の階段を降りる

関内駅からセンター北駅へ
駅を降りて　ふらつきながら家に向かう
突然　空から轟音
夜空に三角形のジェット機の影

フラッシュバック
一九七七年九月二七日の昼頃
厚木基地からのアメリカ軍ジェット機が
横浜市荏田《えだ》に墜落　幼子二人と母親が殺された
二〇〇六年一月三日の朝早く　飲み代ほしさに
横須賀基地のアメリカ軍兵士が
通りがかりの女性を殴り殺した

オスプレイもどき

名古　きよえ（なこ　きよえ）
1935年、京都府生まれ。詩集『命の帆』、エッセイ集『とこしえ――「わがふるさと知井」』。日本現代詩人会、日本詩人クラブ会員。京都市北区在住。

ゆめの中にも　空はあって
あのアメリカから日本の岩国へ上陸した
古いローソク立てのようなオスプレイを
遥かに凌ぐデザインの飛行機が
僕の空を飛んだ

突然　右からやってきた大きな黒アゲハは
轟々と唸りながら左へ行く
重なるように　後ろから来たイカリモンガが
空を覆って　前へ行く
あれは昆虫を模した奇形戦闘機

僕の空全体が轟音に覆われ
後ろへイカリモンガが消えたかと思うと
今度は正面からぬっと　翼のない奴が来た
肥った白蛇だ
うねうねと空中ショーをやっている

白蛇に操縦者が一人見えたが
もう一人　小人が乗っていた

まるで銀の人形のようだ
この人は地上のすべてをキャッチする
僕が立っているのに気付いて
一瞬に映像を消してしまった

いくらオスプレイもどきでも
戦争がどこかであると思う緊迫感
「人間の領域」を侵しているのか
それとも紙飛行機で遊んでいるのか

夢が消え
白い画面に轟音が残る

沖縄に基地はノウ

田島　廣子（たじま　ひろこ）
１９４６年、宮崎県生まれ。詩集『くらしと命』『時間と私』。
関西詩人協会、詩人会議会員。大阪府大阪市在住。

最後の決戦地となった沖縄戦がなければ
さとうきび畑が広がり空のように澄んだ海は
珊瑚が背伸びをしてジュゴンも泳いでいた
さんしんに合わせて島唄が流れていた
義父もマラリアにかかり死ぬことはなかった
夫は生後十ヶ月で父親の顔を知らずに生きた
九十六年に世界一危険な普天間基地の返還が
合意されながら十三年が　過ぎ去って行った
厚さ六センチの窓　普天間高校の授業は
飛行機の騒音で　中断される
戦後六十五年　日本に基地は増えて行った
読谷村《よみたんそん》で開かれた
「米軍普天間飛行場の早期閉鎖　返還と
県内移設に反対し国外　国内　県外
に移設を求める県民大会」に
九万人が集結した

雨に打たれながら　人間の鎖だ
顔は合羽から流れる雨雫　汗　涙
眼はしっかり見開き　光っている
しっかり握ったあなたの手と私の手だ
生きている命の鎖が十三キロ続く
肩を寄せあって誰かが叫んだ
　雨なんかに負けておられへん
海割れんばかりに

海底から土の中から御霊が乱れ飛んでいた

隠ぺい

末次　流布（すえつぐ　るふ）
大阪府生まれ。
文芸誌「コールサック（石炭袋）」。

行ったことがない　憧れの地
青緑の海　紺碧の空　珊瑚礁

沖縄と本土を往来するのに
パスポートが必要な時代があった
高校球児が甲子園の土を船から
海に捨てなければならない時代があった

そして核があった
その時　沖縄の人も本土の人も
知らされていなかった

重大な事故が一九五九年六月十九日にあった
那覇市の近くの米軍基地で
核弾頭を搭載したナイキハーキュリーズが
訓練中のミスで発射して海へ落ちた
爆発していたら那覇市が吹き飛んでいたと
沖縄の人は知る権利があると　彼は言った
（長い間沈黙し葛藤してきた当事者の証言）

こんな恐しい事故を
隠ぺい
当時の政府は知らされていなかったのか
知っていて
隠ぺい　したのか
沖縄の人びとに
全国民に

五十八年間も
隠ぺい　されてきたのか
（ドキュメンタリー「沖縄と核」を見て）
沖縄の人びとの痛みが
私の全身を走った

まさか　今…
核は…
隠ぺい　されていないよな

知らないところで

猪野　睦（いの　むつし）
1931年、高知県生まれ。詩集『ノモンハン桜』『沈黙の骨』。詩誌「花粉帯」「炎樹」。高知県香美市在住。

数年前から
オスプレイ導入
評判のわるさに
南海トラフト大地震が活用された
大地震　大津波がくるぞ
備えはいいか救援はいいか
地方自治体まきこみ
自衛隊　米軍参加の
だまし大がかりなショー導入だった
救援物資はどこへおろすか
市町村指定の公開ショー定着化だった
以降オスプレイは
熊本地震にも活用された
岩国発して被災現場へ
見えるオスプレイは活用常習化
いま日本全土の
米軍飛行ルートを見よ
東北から沖縄へ
ピンク　グリーン　ブルー　ブラウン
オレンジ　イエロー　パープル

米軍勝手名づけの分断飛行訓練空域を見よ
突如　轟音ひびかせ居住地飛び
尾根越え　谷間くぐり
ダム堰堤めがけて低空侵入　上昇の
F35ステルス戦闘機　FA18戦闘機
どこの国の攻撃地勢想定訓練か
さらに夜間　機燈点滅のオスプレイ
四国では和歌山から
徳島　高知　愛媛山地越え
岩国へのオレンジルート
全国各地の米軍カラールート下では
どんな被害引き起こしているか
知らないところでの米軍兵器爆買い
ふざけた米軍専用飛行ルート名
この現実
これが日本の空か

鉄条網

子どもの頃　北九州工業地帯に住んでいた
私の家族は　空襲が激しくなると
田舎に疎開したが
その後　別府市に移った

世界有数の温泉地である別府に
爆弾は落とされない
戦いが終わったとき　連合軍は
そこを駐屯地として使いたいから——
という噂はすでに流れていて…

果たして噂通り　そこは無傷のままで
戦後　早くも占領軍の軍靴が高く響いた
（かろうじて　この国では進駐軍と呼ぶことで
自尊心を保ったものの……

高台の温泉地区には
鉄条網が張りめぐらされ
入り口には　ＭＰ（憲兵）が
銃をかまえて　立っていた

絹川　早苗（きぬがわ　さなえ）
1937年、福岡県生まれ。詩集『紙の上の放浪者《ヴァガボンド》』、『みなとからみなもとへ』。
詩誌「ひょうたん」、日本現代詩人会所属。神奈川県鎌倉市在住。

有名な温泉旅館も接収されて
日本人は泊れなくなった
街中の公衆浴場だけは入ることができたが……

いま　沖縄には鉄条網が張りめぐらされ
そこには　日本人は立ち入れない
それを少しでも傷つければ
器物損壊で逮捕される

上空には　オスプレイや戦闘機が
飛び交い　離着陸している
戦争は　ほんとうに終わっていたのだろうか？

ガジュマルの木

熱暑で　寝苦しい夜
ぼくは夢のジャングルの中にいた。
それは沖縄のどこかの離島だろうか。
川沿いのマングローブの林を抜けるとき
異様な巨木の氣根の先がうごめいて
ぼくの足首をつかもうとするのだ。
ガジュマルの根が
むき出しになった血管のように地上に腕を伸ばし
一本の樹に取りついて
縦横無尽に絡みついていた。
羽交いじめに巻きつかれ
ガジュマルの餌食となったその樹は
氣息奄奄《きそくえんえん》として　立ちつくしている。

中部電力と古和浦《こわうら》漁協が交わした（芦浜原発*立地）覚書
一、中電は、海洋調査に伴う同漁協の損失額（補償金）
　を支払う。
一、覚書交換後、補償金の一部として二億円を預託する。
一、預託金は、海洋調査の実施に同漁協が同意し、補償
　金が確定したときは、これを充当する。
　預託期間は一年間。年内に充当しない場合は返還する。
　　　　　94・7・12「中日新聞」より――

黛　元男（まゆずみ　もとお）
1929年、三重県生まれ。詩集『ぼくらの地方』『地鳴り』。
詩誌「三重詩人」。三重県津市在住。

（発電所から出る暖かい海水にはどんな水母が集まって
　くるだろう）

それが夢であれば醒めればよい。
ジャングルの魔物の手から脱け出せばよい。
しかし恐ろしい夢は
ぼくの背後からまだ追いかけてくる。
金縛りになった全身に
息苦しい重圧が押し寄せて
めりめりと
胸郭が潰れる音がする。
十年、二十年の歳月をかけてじわじわと
残酷に締めつけてくる
ガジュマルの木
を島民たちはこう呼んでいる。
シメゴロシの木。

＊一九六三年に中部電力は熊野灘への原発建設計画を発表し、翌年の一九六四年には芦浜地区を候補地とした。その後県民の反対運動が三十七年間続き住民達を苦しめたが、二〇〇〇年二月に県民の53％、南東町民の86％の反対を踏まえて三重県知事は計画を白紙に戻し、事実上中止を表明し、中部電力もそれを受け入れた。

宣戦布告

私の棲《す》む　基地の街岩国に合併された
過疎の村でも
石楠花《しゃくなげ》や　躑躅《つつじ》が過ぎて
田植えの終わった田圃の上を　緑濃い風が渡る
平安な　地球の片隅の　静かな　風景がある

だが　どこかで
戦争を知らない　政治家達が
過激な発言を　繰り返している
虚偽と　欺瞞の　まやかし発言に　酔っている
いかれた　お金持ちのお坊ちゃん達の　群れ
戦争が　何もかも奪ってしまうのを
知らないのか
何より　一番大切な　イノチを　奪ってしまうのを
知らないのか…
一人の　勝手な拡大解釈で　平和憲法を
ねじ曲げても良いのだろうか
碌に　議論など　されていない
何時の世　でも　苦しむのは　底辺の庶民
架空の権力で　命令する側より

長津　功三良（ながつ　こうざぶろう）

１９３４年、広島県生まれ。詩集『日日平安─山村過疎村残日録─』、詩論集『原風景との対話』。詩誌「竜骨」「火皿」。山口県岩国市在住。

発言を封じられた　命令される側
近くの基地も　補助金を貰っては
沖縄の負担を　軽くすると
オスプレイや　空中給油機の　受け入れを表明
なし崩し　に拡大している
日本の国土の中に
立ち入り禁止地区や　治外法権

前の戦では　加害者であり　被害者であったが
ひろしま　ながさき　の経験を　生かさず
ふくしまなども　そのまんま　ほったらかし

アメリカさん達と一緒に　地球の果ての
どこかの惨めな国に　戦争でも仕掛けにいくのか
ならば　私たちは
そのわからず屋の　政治家達に
宣戦を　布告しなければ
なるまい

空を見ている

一人の男が空を見ている
足を広げ腕を組んで
その前を　うしろを人が通る
どうやら道路上らしい

つられたのか　一人が立ち止まる
男の真似をして空を見上げる
何だ　何か見えるんかと
幾名か立ち止まり　同じ動作をする
男は　ぷつりとつぶやく
「青い空に　グラマン[*1]やB29[*2]が飛んで来やしないか」と

一九五一（昭和26）年の秋
私が高校一年の時だ
三年生の演劇部の人の
自作・自演の寸劇だった
まだお隣の朝鮮では
戦争が行われていた頃だ

一人の老人が空を見ている　それは私
六十五年前に見た　寸劇の動作をして
野の道なので誰も通らない
したがって真似する人は居ない
二〇一七年三月
機影は見えなかったが
隣村の相馬ヶ原自衛隊基地に
オスプレイが来機する日

＊1　グラマン（戦闘機）
＊2　B29（爆撃機）

大塚　史朗（おおつか　しろう）
1935年、群馬県生まれ。詩集『千人針の腹巻き』『白い道』。
詩人会議、群馬詩人会議会員。群馬県北群馬郡在住。

十章　詩——沖縄の友、沖縄文化への想い

うちな〜んちゅ大会

与那覇　けい子（よなは　けいこ）
１９５３年、沖縄県生まれ。詩誌「南溟」。沖縄女性詩人アンソロジー「あやはべる」会員。沖縄県那覇市在住。

沖縄そばをすすりながら
おばさんは
ボリビアから　来たという
にぎやかな　会場で
ごった返す人込みのなかで
不安げなおばさんは
70代だろうか

琉球語しか話せない　おばさん
まわりを飛び交う
やまとぐち
わたしの口からも　やまとぐち
まわりを　見回して
おばさんは　さがしている
どこに
うちな〜んちゅは
いるのだろう？

農業していた土地を
あめりか〜に取られて
ボリビアに　行ったけど
60年ぶりの　沖縄で
おばさんは　さがしている
どこに
うちな〜んちゅは
行ったのだろう？

懐かしいふるさとで
異国にいるような
不安げな顔で
必死に　さがしながら
うちな〜んちゅを　さがしながら
おばさんは
沖縄そばを　すすり続けている

沖縄の友へ

山口　賢（やまぐち　けん）
1932年、山口県生まれ。詩集『日々新しく』『山口賢詩集』。詩人会議、佐賀県詩人会議会員。佐賀県唐津市在住。

「オール沖縄」は
苦難の歴史を背負って実現したもの
その意志は揺るがない！

トランプの「核態勢の見直し」に
従属する安倍政権が
いかなる凶暴手段で襲いかかっても

〝琉球処分〟と
太平洋戦争の〝捨て石〟
軍隊の楯、集団自決強制
県民四人に一人の大量殺戮

アメリカの「鉄の暴風」の艦砲射撃は
沖縄山野の地形を変え
銃剣とブルドーザーで
土地収奪の侵略基地が集中した

朝鮮、ベトナム戦争
アフガン、イラク戦争の基地となり

七二年の施政権返還後も
日本国土の0・6％の沖縄に
アメリカ基地の74％が集中した

耐用年数二〇〇年の辺野古基地は
アメリカと安倍政権が
未来への道を閉ざす〝壁〟だ

美《ちゅ》ら海を支えるサンゴ礁
ジュゴンが海藻を食べ
ウミガメが産卵し
マングローブの林と
ハイビスカスの赤に彩られ
沖縄県は大昔からそこに在り
平和と幸せを求め
県民が生きぬいているのだ

六月の砂

六月はらっきょう仕事
ざるに盛られたらっきょうは
ほっそりしていて
地下茎を主張するように
みどりのヒゲの葉を曳いている
箱に
伊江島のらっきょうと書いてある
はるばる海を越えさせたエネルギー
あわごんさんの島からきたのだ

かつて日本軍の空港があり
激戦のあの六月
敗戦と長い星条旗の統治
やっと日本復帰の記念切手が発行されたが
空港にかわりはなく基地と呼ばれる
途切れることのない滑走路の轟音

かおりさんは
学生のころ島に渡り
「ぬちどう宝」の宿に泊ったという

島らっきょうの薄皮をむきおわると
スプーン一杯の砂
六月の伊江島の砂

伊藤　眞理子（いとう　まりこ）
1938年、福岡県生まれ。『伊藤眞理子詩集』共著詩画集『心のひろしまあしたきらきらⅠ・Ⅱ』。詩誌「タルタ」。東京都墨田区在住。

旁《つくり》のなかま

バカだよ
六十年もその上に野菜を作って
気付かないなんて
ロクに耕さなかった証拠だよ
仲間にからかわれて中学校長も形無しだ

艦砲射撃の火の海から六十一年
年の瀬近く
ホウレン草を抜こうとした屋敷の菜園に
ひょっこり姿を現わした砲弾
　それから大変でしたよ
　役所に届けたり　何度も調査があって

タクシードライバーが話す
　沖縄では珍らしいことではありません
　家の建て替えをすれば
　ひょっこり顔を出す不発弾
　終った戦の上に半世紀も暮らしている

中学校長の男は首を傾げる
地盤が隆起したのだろうか
蟬の幼虫のように
六十年かけて
砲弾が這い出してきたのだろうか
虫偏と弓偏のちがいを考えている

美しい島沖縄　海と空とくらしと

ひおき　としこ

１９４７年、群馬県生まれ。詩抄『やさしくうたえない』。
日本現代詩歌文学館会員。東京都三鷹市在住。

ゆるやかな丘の上の　古い寮
石ころの坂道を向うみずにかけあがる　涼しい顔
あなたは　沖縄の留学生
青春の真っ只中で　ひとりの食卓は貧しく寂しくてと
寮にみをよせ　食堂の西陽の射す窓をわたしと占める
テレビは国会前の学生デモを毎日中継し
日ごとに激しくなり　危機感と緊迫感と　怒りも

あの日権力に圧殺された学生の痛みも知らず
いつものように群れからはずれ
新橋のガード下の沖縄食堂に引きこもる
胸の奥底によどんだ　不安と焦燥と絶望と
お互いの思いを推しはかりながら…
『沖縄は返還されても永久に基地、日本の犠牲に
　なるだけ』濁流の激しさで溢れたあなたの声

ながい沈黙
あなたは沖縄の海と空の碧さを歌うように酔うように
そして『詩を食べて生きていける』と笑む
〈イマジン〉がなんども流れ　やがてかすれ

油にしみた疲れた街並みがしらじら明ける頃
始発電車に乗った
寮にふとんを並べ　みのむしのように眠りを貪り
深い絶望からようやく這い上がると
あてもなく人気のない国会前に一番のりした

半世紀前にあなたが言い放ったままの沖縄の今
あなたとわたしが使い果たした青春の日々は
幻想だったか
歴史はこぞの約束のように書き換えられ
過酷な事実は繰り返され　したたかにうねり
もうあと戻りできない

沖縄のたぎる血を　生きる糧に
あなたはまっすぐに強く年を重ね
眩しい　涼しい顔が　前触れもなく現れ
沖縄の海と空につながれたくらしを誇る
わたしは　不条理な歴史をたどりながら
ひとりこころは揺れ
美しい島のくらしの静けさを　ひたすら祈る

私と沖縄

池田　洋一（いけだ　よういち）
1949年、秋田県生まれ。
神奈川県横浜市在住。

オキナワ　オキナワと繰り返すと
青い海が見えてくる
ああ　オーキナワ

みなさん
広島をヒロシマと書くとき
長崎をナガサキと書くとき
そこにはどんな意味があるでしょう
毎年必ず質問した
教師として
ミナサンは思った通りに答えた
生徒として

かつて仲間と沖縄旅行をした
もうちょっと早ければ
海外旅行だったなあ
誰かが言い　みんなが笑った
あの頃の　とても気楽な親睦旅行
途中でフェンスを見た
永遠に続いてるんじゃないか
誰かが言い　みんながうなずいた
ちょうど頭上を軍用機が飛んだ
誰も何も言わず　みんなが見上げた
耳をふさぐ間もなく轟音は通りすぎた
それから私たちは
沖縄の青い海を目に焼きつけて
旅客機でウチに帰った
沖縄の人たちの記憶はない
だから彼らが私を憎んでも無駄なことだ
憎悪は気づかれなければ存在しないから

沖縄をOkinawaと書くとき
その理由を質問したことはなかった
教師なのに
そのまま私は退職した
もう質問することは出来ない

オキナワ　オキナワと繰り返すと
青い海が見えてくる
ああ　オーキナワナ

井上　摩耶（いのうえ　まや）
１９７６年、神奈川県生まれ。詩集『鼓動』、詩画集『Particulier～国境の先へ』（神月ＲＯＩとの共著）。文芸誌「コールサック（石炭袋）」。神奈川県横浜市在住。

「Never End」
～交わされた約束とは？～

あの時　どんな約束が交わされたのだろう？
日本中が小室哲哉の楽曲で染まり
アムラーという現象が起きる程の
安室奈美恵の人気……

私は病を抱え留学先のアメリカから帰国
病を抱えてから　初めて母と訪れた沖縄
シーズンオフの四月
空も海も本土より青いと感じた

サミット前のホテルまで　車を飛ばした
少し回復した時の私は
希望を持ってハンドルを握っていた
あの　カリフォルニアにいた時のように……

大きな柱が並ぶホテルで
母と大きなソファに座り
アイスカフェ・オ・レを飲む
店員はフランスから来た留学生
会話も弾み　ゆったりと時間は流れた

どこかで　此処に「あの人」が来るんだと思いながら
「Never End」の曲の意味を
その時代を生きる自分を
客観視しながら
本当に「Never End」でいいのか？と

沖縄出身の安室奈美恵がサミットで歌った曲
「Never End」に
「Never End　私たちの未来は／Never End　私たちの明
　日は」
「数えきれない優しさが支えてる」
「忘れられない思い出の風が吹く」とある

伝わったのだろうか？
「Never End」は両国の関係ではなく
沖縄で起きた事実の傷跡ではないのか？
ことを荒だてたくない日本人の美徳と
少し臆病な精神を
わかったのだろうか？
「あの人たち」は

明滅する光の彼方に

酒井　力（さかい　つとむ）
１９４６年、長野県生まれ。詩集『白い記憶』『光と水と緑のなかに』。日本現代詩人会、日本詩人クラブ会員。長野県佐久市在住。

海に透ける
絶海に浮かぶ孤島を
いま
現在の
闘いの姿にしたのは
誰だ！

本土の人間を
「ヤマトンチュー」
といわなければいけない
状況を生んだのは
誰だ！

祖先の血を
営営と語り継ぐ
島人のくらしを
権力という暴虐で
踏みにじるものは
誰だ！

新聞の文化欄に掲載された
横顔の写真
一枚

日焼けし
皺のみ目立つ
あなたは
〈いよいよ日本政府との対決ですね〉
と記事を書いた作家に語っている

沖縄

一度は訪ねて
語り部の口から話す言葉に
じかに触れてみたい

わたしの遺伝子は
確実に
いまこそ
そう伝えてくる

自己紹介の唄（作曲：伊波悟）

小山　修一（こやま　しゅういち）
1951年、静岡県生まれ。
文芸誌「岩漿」。静岡県伊東市在住。

三線片手に
希望を胸に
石垣島からやってきた
（オーリト～リ）
明るく陽気な唄にのせ
自己紹介をいたします
（ユンタク～）
私の名前は　イハ・サトル
大室山《おおむろやま》の
ふもとの家で
夫婦仲良く
暮らしています
（バッカイシャ～ン）
沖縄料理が得意です
（マーサ～ン）
残念ですけど　こんな顔
顔は黒いけど
泳げない
（アガヤ～）
泳げないけど
海が好き
（イン・トウモ～ル）
見上げる空には
太陽燦燦《さんさん》
（テイダ　テイダ～）
踏みゆく大地に
花はほころぶ
（ガンジュウ　ガンジュウ～）
あなたと　バ～　私と　ワ～
楽しいひととき過ごしましょ
（ウムッサ～ン）
よろしくお願い致します
ニーファイユー　ありがとう
ニーファイユー　ありがとう

＊大室山は静岡県伊東市の伊豆高原にあり、国指定の天然記念物である。イハ・サトルはこの地で老人施設の慰問などの音楽活動をしている。

神父の沖縄

結城　文（ゆうき　あや）
1934年、東京都生まれ。詩集『花鎮め歌』『夢の鎌』。
詩誌「竜骨」「湍」。東京都港区在住。

沖縄の終戦記念日の行事に参加する
ローレンス神父の車椅子を台北の空港関係者に委ねて
手を振って別れたのが最後

神父は当時九十三歳
台北で開かれる世界詩人会議に出席を希望
神父の車椅子を押しての優先搭乗は私には初めての経験
台北での会議が終り　続いて沖縄へゆくという

ニール・ヘンリー・ローレンス神父
初めてお目にかかったのは
目黒のベネディクト派のセント・アンセルモ教会
神父が日本に来たのは
沖縄戦に参戦したから・・・
戦争が終結　アメリカ合衆国に帰った
ハーヴァート出身の若者は　英文学の研究とともに
修道僧になることを決意——そのための勉強と修行
一九六〇年助祭として来日　それから約半世紀
東大で　上智で　白百合で　慶応で　成蹊で教えた
元東大総長南原繁の歌集『形相』を英訳

自らもTANKAを書きはじめる
目黒から八ヶ岳山麓へ　ついに日本の土になった

英語タンカを書きはじめた私を
最初に指導してくれたのは神父——
神父から聞いた唯一の沖縄の話は
戦後　物がなかったから現地の人たちと一緒に
粘土を焼いて　お皿や茶碗を作ったこと——
むしろ楽しそうに話してくれた

神父の生涯を決めた沖縄戦
そこで何を見たか　経験したかを
彼は決して語らなかった
彼が話してくれたのはただ沖縄での陶器作りの話——
しかし　沖縄戦は彼の原点

世界詩人会議の後
沖縄終戦記念日の行事に参加する
車椅子の神父を台北の空港で見送った——
それが最後だった

二階堂　晃子（にかいどう　てるこ）
1943年、福島県生まれ。詩集『音たてて幸せがくるように』『悲しみの向こうに―故郷・双葉町を奪われて』。詩誌「山毛欅」、日本現代詩人会会員。福島県福島市在住。

ふるさと

那覇の夜半
カサカサカサカサ
音をたどれば
カサカサカサカサ
ヤドカリが　フロアを行ったり来たり
海辺の白砂探してる

どこまでも碧く
突き抜ける陽はさらに海を碧く
レンタカーを急に止め
白砂にバッグ投げ出して
小さな入江の波すくい
コバルトブルーにスカートのすそ濡らす
この海を見たくて沖縄に来た
サンゴ礁吐き出す酸素とミネラルに
濁りを濾過された透き通る
この海に触れたくて
ヤドカリが私のバッグに入った好奇心

住み家、とっかえてみたかったの
福島まで行って見たかったの
線量は消えてないニュース聞いたら
やっぱり、透明な波寄せる住み家しかないと
あの入江の白砂に帰りたくなったに違いない
カサカサカサカサ
明日、連れて行ってあげる
君はあの浜辺が住み家、沖縄の
私もあの見えない妖怪漂う福島が住み家

オスプレイ　海に落ち
濁され、汚され
君の仲間つぶされ　サンゴ崩され
熱帯魚浮き
憂いつのる沖縄

メルトダウンの水素爆発に
汚され、嘗め尽くされ
田畑奪われ、森汚されて

散りじりに逃げ惑い
悲しみつのる福島

福島は7年
沖縄は70年余り
「『いいとこ』『好き』『また来たい』その先に
『住みたい』は見えず　ここが沖縄」*
そして福島
見つけた歌人の句、言い得て
それでも
ヤドカリのふるさとは沖縄
私のふるさとは福島

＊「現代短歌」２月号當銘さゆり作

岩谷建設安全協議会

古城　いつも（こじょう　いつも）
1958年、千葉県生まれ。アンソロジー『少年少女に希望を届ける詩集』。
日本キリスト教詩人会。千葉県船橋市在住。

首里城の赤と空の水色
あっちに浮かび　こっちに映える
ここは王国
からじの女群れて踊るよ
サンシン響く
透明な立方体の空気
立方体の雰囲気
混然と交叉する
ハイビスカス　かりゆし
国際通り　安里屋《あさとや》ユンタ
紅型《びんがた》　紅型　赤と水色
我が旅の友
ひとくくりの立方体
イワタニ建設
社員と安全協議会
福利厚生旅行は沖縄
電気屋がいる
畳屋もいる
鉄筋屋　クロス屋
毎度お馴染み防水屋
積算課にて旅の花
サッシ屋　左官屋
この透明な繋がりを以て
沖縄好きだ
ソーキそば好き
ハイサイおじさん
建具屋　大工
イワタニ一家
この日沖縄社員旅行
社員は一家
旅の花は積算課
毎度お馴染み防水屋
小さな王国　小さなわたし
透明な立方体に
みんなちょこんと納まって
杭屋　塗装屋
天気　快晴
小さな王国　首里城は赤
空色の沖縄
唯一だったわたしの会社よ

還ってこなかったお父さん

大塚　菜生（おおつか　なお）
1967年、福岡県生まれ。小説『弓を引く少年』、伝記『東京駅をつくった男』。福岡県福岡市在住。

あの娘には父と
　　お父さんがいる
　ひとりはこっちの島に
もうひとりはあっちの島に

もうひとりは
戦争が終わってから
あっちの島にとどまった
こっちの島は
母の再婚相手の　父

あの娘が
もうひとりを恋しいというと
母は　黒地のつむぎをにぎりしめて
つぶやいた
「お父さんは　家族より
　島をえらんだのよ」

娘はわかっていた
あっちにも

お父さんのきょうだいがいることを
荒れた田畑があることを
つむぎは　車輪梅《しゃりんばい》の泥染めだった

いつかのクリスマスの日
お父さんの島では
祝いの祭りがあった
それは　にぎやかで
島中のものが　泥をけちらして
踊りくるうくらいだった

あの娘の耳にも
はやしの音はきこえていたが
ついに
お父さんは還ってこなかった

沖縄の旧友へ

堀江　雄三郎（ほりえ　ゆうさぶろう）
1933年、旧満州大連市生まれ。宮城県仙台市在住。

小柄で、おとなしい
　あまり多くを語らない
心の強い君《きみ》だった
　あの頃は、小学校を
　　国民学校といい
　その六年一組で同級生だった
　　僕《ぼ》くだ、覚えているかい
懐かしい、君《きみ》の話を楽しく聞いた
　君《きみ》の故郷《ふるさと》の素晴《すば》らしさを
　　いま思い出している
御家族、ご親族、ご近所との
　繋《つな》がりを大切にし
遠い昔《むかし》より、平和を宝《たから》に
近隣各地と交流を拡げ
　交易で栄えて来た土地だと
楽《たの》しい話は豊かに育つ
　砂糖黍《さとうきび》畑やパイナップル畑
夢のような国だとの話しに沸《わ》いた
　神々《かみがみ》の宿《やど》る処
温厚、穏和な人々の住む
　南の天国、美しい島
　美しい海、長閑《のどか》な暮し

　どかん、どかん、ばちばちばち
突然戦火に狙《ねら》われた
　残酷な時の嵐《あらし》に襲《おそ》われた
君の生地も徹底的に荒《あら》された

暴虐非道な決戦場へと
追《お》い込まれ、追《つい》に虚《むな》しく
一九四五年六月二十二日
　沖縄、日本軍全滅《ぜんめつ》の日

君も報道で知ったはず
　その知らせに、涙《なみだ》も見せられず
狂おしい思いに堪《た》えていた
　　級友たちと

　　あの日より
はや、七十三年目

苦難の道も、迷いの道も
無事、通過した、只《ただ》ひとつ
　平和の祈願《きがん》は確《しっか》りと
　　この身に染《し》みついている
だが、薄《うす》らぐ巷《ちまた》の声も耳に入《い》る
　　細波《さざなみ》の立《た》つ音さえ騒がしい
無策、無謀の日の本の容姿《ようす》
　　　　　　　　　　端麗ならぬ

吾が、少年時代に経験した
戦争《いくさ》の莫迦《ばか》（梵語）を二度と
見てはならぬ、止めねばならぬ

注一　沖縄日本軍全滅の日　六月二十二日
注二　沖縄慰霊の日（記念日）　六月二十三日　暦上
注三　太平洋戦争、終戦の日　八月十五日

分かるのか

植田　文隆（うえだ　ふみたか）
1980年、福岡県生まれ。
詩誌「このゆびとまれ」、鹿児島詩人会議会員。福岡県北九州市在住。

生きるのに
苦労してきた
ずっと差別も
されてきた
でもヒカリを
信じてる
いつかこのヒカリが
この苦労を消してくれる
そう信じて
ずっと耐えてきた
なんでこんなに
耐えられるか
考えてみた
そんたくしている
人々には分からない
ずっとヒカリを
追いかけてきた
挫折しながら
ヒカリだけを
信じてきた

おかしいと一部メディアが
言うだろう
でもおかしいのは
あなたたちだ
国にシッポを振る
あなたたちには
何も分からない
今までの苦しみも
何も分かろうとせず
いつも敵味方を作らされた
そんな人々の気持ちなんて
あんたらは分かるのか

行こうにも行けない

青木　善保（あおき　よしやす）
1931年、長野県生まれ。詩集『青木善保詩選集一四〇篇』『風の沈黙』。
長野県詩人協会、日本現代詩人会会員。長野県長野市在住。

デイゴがくりかえし咲き
七十年のあいだ
何度も　琉球へ行く機会はあった
しかし　行けなかった
心が動かない　体が動かない
強くはばむものがある
外側の壁　とりのぞかれるはずが
内側の厚い壁に変わる

ジュゴンの海原　名護のM教師をおもう
復帰しばらくして
教育研修一か月　信州の中学校に滞在する
時に　夜通し　野沢菜漬けで泡盛をふくみ
日焼けした口元が　やっと語る
今　島の子どもたちは　貧しく恵みも少ない
でも　本土の子どもに
追いつけ追いつけの　がんばり
悲哀の深刻さを　感じてほしいよ
琉球は　海洋貿易国の歴史文化を育み
近代　現代　本土と関わりつつ歩んできた

地獄絵　鉄の暴風の沖縄戦
火焔につつまれて逝く兵士　洞窟《がま》の女子学生
赤瓦シーサーの家々　赤子を抱く母親
四人に一人は　生命が奪われた
占領下　合意なしに広大な基地建設の強行
復帰　期待は裏切られ　変わらぬ従属が続く
イチドウシ（一番の友人）になりたか

地球規模の大怪物は
縄張り緊張の永久化を生む
デイゴ花の緋色を感受できない
利の居心地よさに良心を失っているのか
今　問われている
自己の感性を　とりもどし
琉球の悲哀を　わかちあい　共苦する
必ず　厚い壁を超える道が　拓ける
この道をたどって　琉球へ行ける

僕はジャパニーズです

あたるしましょうご中島省吾
（あたるしましょうご）
1981年、大阪府生まれ。『改訂増補版・本当にあった児童施設恋愛』『もっともっと幼児に恋してください』。詩誌「PO」、関西詩人協会会員。
大阪府泉南市在住。

芋洗坂《いもあらいざか》さんはひめゆりの塔の近くにある小さな海鮮缶
詰工場の班長です
普天間に住んでいます。生涯独身です
今日も会社帰りにひめゆりの丘から一人ぼっちで波が激
しく揺さぶる海を観て
哀しい顔をしています
寂しいのには慣れました
アタマは禿げて、身長は一四八センチです。精神安定剤
飲んでお腹がひょうたんみたいに膨らんでいます
女の子の影もありません。寂しいのと琉球でとれる魚さ
んが好きなので缶詰工場で定年後も働いています
戦後、芋洗坂さんは不良になったり精神病になったり
でも、誰も何も言わないし、誰も助けてくれませんでし
た
戦後俳優になるため沖縄のモデル事務所に面接行きまし
たが
「その顔でてめえの顔とアタマの毛を観てからコ
イ」と
門前払いになったことも胸を痛くさせました

戦争に行った体の元気で、ぴんぴんしてワハハハと笑う
家庭
お父ちゃんの元気な子育て、途中で家庭は消えました
体の弱いお母ちゃんを抱きしめるお父ちゃんは戦死して
とっくにいません
見送ったお母ちゃんは病気がちで体が弱かったので芋洗
坂さんを
戦後当時の牢屋みたいな暗い養護施設に入れて
体の弱いお母ちゃんの右におだいり様、誰もなしで
いつの間にか、インフルエンザこじらして、戦後いつの
間にか死んでいました
琉球のこの地はたくさんのアメリカ軍の軍事訓練場がで
きて
二〇一八年最近戦争が復活して、ミサイルが一番に琉球
にやってくるらしいと
沖縄県民はおそるおそる生活しております
ちーまーみたいなアメリカ軍兵と琉球の不良の遊女に
芋洗坂さんはオヤジ狩り遭いますので、夜は外に出ませ
ん

心臓病もありますので沖縄の繁華街でアメリカ軍の若者
　が琉球少女をナンパするのを観る勇気はありません
沖縄・琉球では東京や福岡に行く若者の過疎化から
嫁なし農家・漁業家も増えて、芋洗坂さんも両親に見捨
　てられたような
戦争の後傷のような想いで
両親がいなくなったことでアタマが混乱して、苦労し
　て10代の頃からの若ハゲで
お嫁さんも来ませんでした
今、普天間の自宅に戻って晩御飯のハンバーガーを作っ
　ています
びーこびーこ
ネオンのぎらぎらしたアメリカ軍基地から軍用機の光が
ぎらぎらしています
近所に住む馴れ合いのおばあちゃんはいつ戦争が起きて
ここが狙われるか心配で夜も寝れないらしいので芋洗坂
　さんは自分の通院している病院を紹介して
近所のおばあちゃんは今睡眠薬を飲んでやっと寝れてる
　ようです

沖縄の女《ひと》

一、八重雲飛んで　早く会いたい
竹富島の　あの女《ひと》に
遠い浅瀬で　たわむれた
ハイビスカスが　にあう夏
あれから一年　恋こがれつつ
南の島よ　ああ沖縄の女《ひと》

二、白波けって　小船が走る
この海の色　空の色
心変わりは　しないでと
契って抱いた　珊瑚礁
エメラルド・ラブ　今まっしぐら
南の島よ　ああ沖縄の女《ひと》

三、息せき切って　見渡す陸地《おか》に
まぶしい女《ひと》の　花飾り
星砂さぐり　からまった
熱い思いが　よみがえる
目と目が愛を　きみ「アッパリシャ*」
南の島よ　ああ沖縄の女《ひと》

＊「美しい」の方言

岸本　嘉名男（きしもと　かなお）
1937年、大阪府生まれ。詩集『早春の詩風』『岸本嘉名男一三〇篇』。詩誌「呼吸」、関西詩人協会会員。大阪府摂津市在住。

（付）白波、さんご礁、星砂
沖縄の感動　歌に
新聞投稿が縁　CD制作
二十一年の時経て対面

二十一年前、琉球新報の「声」欄に投稿された詩が感動を呼んで歌になり、詩を作った投稿者と作曲家、歌い手が長い歳月を経てこのほど、初めて対面した。曲名は「沖縄の女《ひと》」。大阪在住の岸本嘉名男さん（六九）が一九八六年に初めて沖縄を訪れて目にした海や空の青さ、美しさを詩にしたためて投稿。その詩に感動した源啓祐さん（六八）＝那覇市＝が曲をつけ、知人の砂川京子さん（六〇）＝同＝が歌い、CDを制作した。

源さんは長年、音楽教師を務めた。岸本さんが投稿した「沖縄の女《ひと》」の詩を目にして感動し、すぐに作曲したという。名前と大阪在住という情報だけを頼りに岸本さんを探し当て、歌にする許可を得た。七年ほど前、砂川さんが歌うことになり、CDを制作した。（以下略）

（「琉球新報」二〇〇七年二月二十八日より、記事の一部）

沖　縄　の　女

♩=92
やえぐもとんで　はやくあいた
いたけとみしまの　あのひとー
にとおいあさせで　たわむれー
たハイビスカスがにあうな
つあれからいちねん　こいこがれつ
つみなみのしまよ　あーー　おき
なわのひーとし
1.2.
3.

十一章

詩——大事なこと、いくさを知らぬ星たち

大事なこと

——生きていくのに大事なことは
　嫌なら他所へ行くことだ
などと言わないでほしい
ここはぼくらの島だ

道に敷きつめたサンゴの骨はぼくらのものだ
サンシン弾いて浜辺で踊った　あの
父や母の命の骨だ

死がそこに在るのは錨のせいだよ
覇権が立てる星条旗はいらない
大事なことは死のない真実の道を守ることだ

朝あけにハイビスカスが咲いている
人間という獣は
いさかいをやめ互いに
小さな心に灯をともすことが大事なことだ

中　正敏（なか　まさとし）
１９１５～２０１３年、大阪府生まれ。詩集『中正敏詩集』『いのちの籠』。
東京都新宿区などに暮らした。

松原　敏夫（まつばら　としお）
1948年、沖縄県生まれ。詩集『ゆがいなブザのパリヤー』『アンナ幻想』。個人詩誌「アブ」。沖縄県浦添市在住。

島のブザ（おじさん）

ゆがいなブザのパリヤーは（ゆかいなおじさんの畑小屋
　は）
誰も知らない夢の国
おお　ぷぷぷぷ
ぷぷのパナリ島（離れ島）
誰もいけないアリスの国のよう
わいていー（しっかり）
わいていー（しっかり）
自分だけの世界を造り上げ
ウヤ（父親）に叱られても
アザ（兄貴）に叱られても
誰をも受け入れようとしない
がんくブザ　（頑固なおじさん）
やまぐブザ（けちなおじさん）
がいにんブザ（聞き分けのない　おじさん）
すっかたブザ（汚れたおじさん）
ぼーちりブザ（粗野なおじさん）
なんといわれようと
おお　ぷりむぬブザガマは　（調子狂ったおじさんは）
夢の国にむかって

何度も姿をくらますのだ
そこに何があるのか
誰が待っているのか
誰も知らない
誰も知らない国へ
ぷからすブザは旅をする（うれしいおじさんは旅をす
　る）
この世に未練はないかのように
この世で妻も子もなく
みーちゃぎブザは（みっともないおじさんは）
幸せそうにそこへ行く
単独者の生と死をかける幻視ブザ
ブザガマ
楽しき習性よ

白いシーサー

呉屋　比呂志（ごや　ひろし）
1946年、福岡県生まれ。詩集『ゴヤ交叉点』『守礼の邦から』。
詩誌「1／2」、詩人会議会員。京都府京都市在住。

我が家の小さな門柱の上に
白いシーサーふたつ
或る夏の日　琵琶湖の畔で
妻とふたり　陶芸教室でこしらえたもの

粘土を捏《こ》ね形をつくりながら
その出来のひどさに　つくづく思ったものだ
技量は小学生の時とまったくかわらないね

つくりあげたシーサーに守り神の威厳はなく
雌雄二頭まるでアオガエルのように空をにらみ
四肢を踏ん張っている
それでも白い釉の衣がわずかに矜持を保って
眼が飛び出して鼻の穴は大きく
歯並びはがっしりとしている

巨大台風21号がやって来た10月22日は
夜から明け方にかけて暴風雨のなか
大きく育っていたゴールドクレストは傾き倒れてしまっ
た

だが　白いシーサーは動くこともなく
吹き飛ばされることもなかった

ああ、そこに居たのか
台風が去って一週間
私は二頭に声をかけてみたが
雌雄は空を見つめているばかり
台風を雨神と崇める島人のように

守り神の重さをはかろうと持ち上げてみたら
雌のお腹の中にカエルが一匹うずくまっているではない
か
なんだ　おまえも守ってもらったのか
シーサーをそっと　門柱の上に戻した

琉球ごはん

佐相　憲一（さそう　けんいち）
1968年、神奈川県生まれ。詩集『森の波音』『愛、ゴマフアザラ詩』。日本詩人クラブ、日本現代詩人会会員。東京都立川市在住。

ゴーヤーチャンプルー　まぜまぜまぜる
フチャンプルー　ふわふわふわり
豆腐チャンプルー　ぷにょぷにょぷるりん
ソーメンチャンプルー　じゅるじゅるすする
ソーキそば　ずるずるすする
島らっきょう　がりがりかじる
海ぶどう　ぷちぷちゅかむ
ミミガー　こりこりかむ
もずく　するするすする
ラフテー　もりもりちから
タコライス　せかいのちから
グルクンからあげ　しまのちから
島とうがらし　ぴりぴりちから
サーターアンダギー　あまいちから
ちんすこう　ゆめのちから
泡盛天国　おどるちから

そうやって
琉球が
この体いっぱいに栄養をしみこませて

そうやって
沖縄が
この現代アジアに誇りとつながりを思い出させて

引きずられるのを拒む大きな力が
おしこめるものをはねとばす強い力が
霞が関の病原菌を
超大国からのいつもの伝染病を
吹き飛ばす
だろうか

平らに和する中継貿易の味
新しい時代の風味が
琉球のうたに乗って
やってくるだろうか

夏至

「僕は是非とも詩が要るのだ
かなしくなっても詩が要るし
さびしいときなど詩がないと
よけいにさびしくなるばかりだ」
——山之口貘「生きる先々」より

そうだ
確かに詩は要るのだ
詩人の言葉に
いたく感じいった私は
全く然りだ
詩が要るのだと
これは是非にもと
自分の言葉のように
錯覚してしまった
私だって詩は要るのだ
そうだ　詩は要るのだ
つらつら思うにずっとずっと
詩の要るようなことばかり
しでかしてきた

小丸（こまる）

岩手県生まれ。
町田詩話会会員。東京都町田市在住。

いちいち言うときりがないので
詩人のまねをして
詩が要るのだとつぶやいて空を見たら
俳句みたいに季語が浮かんだ
夏至
昼間の時間が最も長くなる日
もしかしたら
悲しいことばかりと言えば
そうでもなくて
もしかしたら
嬉しいことも同じくらい有ったような
それでも詩は要るのだ
暗い夜よりも　明るい昼間の方が長いとしても
詩は要るのだ
いつだって詩は要るのだ

いくさを知らぬ星たちは

橘　まゆ（たちばな　まゆ）
1962年、長崎県生まれ。アンソロジー『年刊詞華集』二〇一三、二〇一四。短歌誌「かりん」。千葉県松戸市在住。

花が散りゆく　その日がきたら
わたしも散っていいでしょう？
はらはら　はらはら
デイゴの花びら　おいかけて
わたしも散ってゆきましょう

ひっそり雨降る　まよなかに
わたしも泣いていいでしょう？
さらさら　さらさら
砂音は　いのちを刻んで落ちてゆく
いもうとおとうと　泣き声が
きこえなくなる　きこえなくなる

さらさら　さらさら
雨音　じっとききながら
わたしはなみだを流しましょう

ひゅうひゅう　ひゅうひゅう
強い風
散ってしまった花びらの
デイゴの真っ赤なじゅうたんを

ふみしめ　ふみしめ　歩いてく

海岸線に口開けた　黒い黒い洞窟に
息をひそめて　くらしましょう

星が降るよな読谷村《よみたんそん》
母さん遺したおちゃわんに
星をあつめて　眠りましょう

いくさを知らぬ星たちは
きらきら　きらきら　光ってる

ひとりぼっちは　いやだから
わたしも星になりましょう

地上のいくさが終わるころ
渡具知《とぐち》の浜に　降りましょう

地上のいくさが終わるころ
地上のいくさが終わるころ

天の葡萄

葡萄ひと粒の中に
黒々とした耀きが　無限にあり
それは　亡き母の　光る瞳のようで
わたしは　ふいに
葡萄に守られていると思うことがある
葡萄の濃いむらさきが　私の中で深く響く
母の思い出のように

透き通った樹液は
夜のうちに　葡萄の枝全体をめぐり
土の養分を　何度も　運んでいく
昼は　太陽の耀きに　糖度を増して
葡萄は　豊かに実っていく
葡萄の枝は長く伸びて曲がり　いくつもの節をつくる
冷たい風に耐え抜いた　その節の硬さ
そこに　亡き父の　たくましい腕があるようで
葡萄の枝が　ふいに　私を　やわらかく包む

葡萄の樹は　私にとって
父であり　母であり　世界全体である
葡萄の樹は大らかに枝を広げ　葡萄棚が作られる
葡萄の蔓は　らせんの渦のように　やわらかく伸びて
いのちは確かに　つながっていく
いのちが　葡萄の粒になって
まあるく　まあるく　光っている
葡萄のように　わたしたち
ひと粒　ひと粒　精一杯　今を生きる
あふれる　いのちを　ひと粒につめこんで
まんまるに　葡萄は光る

一本の葡萄の枝につながれて
同じ枝のなかで　私たちは　生きる
ひと粒　ひと粒は　まどろむように夢を見ている
いつか　この世界から　戦場が消えて
世界が　ひとつに結ばれていくことを
むらさき色の　ひとしずくとして
地球が　宇宙の中で
穏やかに浮かんでいることを
星乃　真呂夢（ほしの　まろん）
1961年、山梨県生まれ。詩集『劇詩　エーテルの風』。
吟道星流主宰、東京英詩朗読会会員。山梨県甲府市在住。

葡萄よ
私たちの祈りを　むらさき色のかたちにして
つややかに　実れ
父と母の叶わなかった夢の分まで
誇り高く実れ
葡萄よ
私たちの星のかたちよ

那覇で

「ヘイ　ユウ　ガッデメ！」
「ジーゼスクライスト！サンナバビッチ！」がうしろから
耳に突然飛び込んできた！ジーアイ英語のかけらだ！
高校時代　米軍キャンプでアルバイトした時　何度も
聞かされて　得意になって真似した音だ

振り向くと4、5人の米兵たちが街角でふざけながら
言い争っていた　「ちぇ　畜生め　地獄に堕ちろ！」
「イエス・キリスト奴！売女の息子！」ということだが
「マリヤは売女！」とはもともと何のことか
彼らは知らなかったのかもしれない

彼らは子供の頃には教会に出席していたかもしれない
幼児洗礼を受けていたかもしれない
彼らの家族は郷里で日曜日には教会に出席して
沖縄に駐留している息子たちが無事に帰るようにと
祈りをささげているかもしれない

直ぐ後ろまで近づいて来た彼らに「ハロウ」と声かけたら
びっくりしながら「ハロウ」と返してくれた
「アメリカ人なの？」「勿論　勿論」と笑った　私も笑った
「今日　演習はないの？」「勿論ないよ　日曜日だもの」
「ああそうだ。教会の日だったね」と言うと　ふっと押し黙った

彼らの総司令官は大統領のトランプだ　実は彼も幼児には
洗礼を授けられていて　就任式には聖書の前で誓いを立てた
しかし貧乏な国々を侮辱する卑猥な言葉は
泥沼の泡のように湧きあがるようだ　それに米国でも
核戦争さえ不意に始めるかもしれないと言う評判だ

「実はね　高校の時　米軍キャンプでアルバイトをしたよ」

「そうなの？」一瞬彼らの顔が和んだ　「君たちのような

矢口　以文（やぐち　よりふみ）
1932年、宮城県生まれ。詩集『詩ではないかもしれないが、どうしても言っておきたいこと』。詩誌「Aurora」。北海道札幌市在住。

若い兵たちと友だちになってさ　冗談を言い合って楽しかったよ
60年以上も前のことさ。僕の東北の郷里もね　沖縄のように
米軍に占領されていたのさ　その頃朝鮮戦争が起こってね

僕らの町に駐留していたジーアイたちはみんな戦争に行ったよ
臨時列車が出されてね　女性たちが見送りに来て　大声で
泣きわめいたよ　そしてね　その戦争が終わった時　米兵たちは
帰らなかったよ　だけど君たちは　無事に帰国してね」と言った
彼らはうなずいた　それから「じゃあね」と互いに手をあげて別れた

笑う魚

日高　のぼる（ひだか　のぼる）
1950年、北海道生まれ。詩集『どめひこ』『光のなかへ』。
二人詩誌「風《ふう》」、詩誌「いのちの籠」。埼玉県上尾市在住。

南の島には笑う魚がいるという

オモロを謡う舟びとととともに
海の上から島びとの暮らしをみつめている

ニライカナイからの使いという
とても大きな魚というが
見たひとはいない

笑う魚はひとの笑顔を見るのが好きだった
子どもたちの声を
波間から聞くのが大好きだった

イクサユーのある日
島に弾が打ち込まれ血で染まった島を見て
笑う魚は笑わなくなっていった

金網で囲まれた島
守られているのは奪いとられた基地の中だけ
ひとは金網の外の狭い土地に
肩寄せ合って暮らしている

子どもたちの声も
アメリカーの爆音にかき消され
聞こえなくなっていった

アメリカーは基地のうちそとで無法の限りをつくし
母子三人ひき殺しては基地へ逃げ
バイクの少女はね殺しては基地でかくまわれ

笑う魚の顔はこわばっていった

笑う魚は島をみながら大きな涙をこぼした
その涙のなかに
はじけるような子どもたちの笑顔があった

島びとは平和な島とりもどそうと
「命《ぬち》どぅ宝」と声をあげた
街なかをサトウキビ畑をかけぬけ
島じゅうにひろがった声

その声をこだまのように聞きながら
笑う魚は海をとびだした

いま笑う魚はニヌファブシになって
アメリカーのマジムンにたちむかう島びとに
やさしい輝きをおくっている

筆者注
＊オモロ　神謡
＊ニライカナイ　海の彼方にある楽土
＊イクサユー　戦争
＊ニヌファブシ　北極星
＊マジムン　魔物

うりずんの風

弓なりにつらなる列島の
ひとのやさしさを宝にして
生きぬいてきた島の

イクサユーをくりかえしてはならないと
平和ねがう島に
マジムンの黒いつばさも迷彩服も似あわない

むかえるのは春の風
御嶽《うたき》におりたったアマミキヨに
ふたりはみえたのか

アカバナーやデイグにつつまれ
うりずんの風にのせて
ふたり

筆者注
＊御嶽　神をむかえる神聖な場
＊アマミキヨ　沖縄の神様・女性
＊うりずん　春のすがすがしい季節

沖縄の空

根本　昌幸（ねもと　まさゆき）
１９４６年、福島県生まれ。詩集『昆虫の家』『荒野に立ちて』。
日本ペンクラブ、日本詩人クラブ会員。福島県浪江町より相馬市に避難。

沖縄の青い空の下では
さわわ　さわわと
風に吹かれて
さとうきびの葉擦れの音がする。
どこかでは三線の音もする。
島唄があって
独特のメロディーがある。
この青くて美しい空を
アメリカの軍用機が
爆音をたてて
飛んでいる。
この音がいつになったら消えるのか。
なかなか消えることはないであろう。
沖縄、オキナワ、ここではたくさんの人が死んだ。
広島、ヒロシマ、ここでもたくさんの人が死んだ。
長崎、ナガサキ、ここも同じだ。
そして
福島、フクシマ、ここでもたくさんの人が死んだ。
戦争とは別に。
いつの間にか
この四つの県は
カタカナ文字が似合うようになってしまった。

はるかに遠い
みちのくフクシマから
沖縄の青い青い海と
空を思っている。
それから平和を。

大崎　二郎（おおさき　じろう）
1928年、高知県生まれ。詩集『幻日記』『大崎二郎全詩集』。
詩誌「二人」。高知県高知市在住。

夏至

月桃《サンニン》の葉に
赤花　黄花の馳走もり
ゆうなの葉の小皿
たくさん並べて
粟粒のような浜の砂よそう
砂よ
これがしんじつ粟ならよいに、と
幼なければ　貧しければ
叶わぬおもいだいたこともあり
昔は　ゆっくりうつろう日の影や
潤色の光したたる
におい立つ潮の満ち干や。

あれから
ままごとの友ら　幼年のまま火煙の彼方へ
遁走し
生き残ったものら
水平線の雲を手招き
島の渚の　砂をすくいおる
さらさら　と　こぼれる
一過の
夢幻よ
……

かつて　人は歩きながら燃えていた
紅蓮のかげろう立つ　島であった。

島、やけおちてより
今なお火煙の呪縛ほどけぬまま
四十五年たつ
沖をみよ
目の高さに　堡礁*の波白くくだけて
ごうごうと南風《はえ》鳴りやまず
今日　慰霊の
夏に至る。

〈沖縄の終戦は6・23〉

＊堡礁　沖合にある堤防状の珊瑚礁

解説

解説
サンシンの調べに乗せて心のうたを軍用機の彼方へ

佐相　憲一

「日本地図画像」と検索してインターネットに出てくる画像地図の中には、鹿児島桜島の少し下あたりまでしか写っていないものがある。地図の右下スペースに囲みで別途、奄美・沖縄諸島の地図を掲載しているものもある。なるほど日本国の国土は細長であるから、限られた平面図に東西南北のすべてを組み込むのは至難の業なのかもしれない。だが、間違っても北海道を欄外別途にしたりはしないし、関東を犠牲にして西の方掲載を最優先したりはしないのだ。

中学校の社会科地理の勉強では、通常、日本を七区分または八区分する。北海道、東北、関東、中部、近畿、中国・四国、九州であり、七と八の違いは中国地方と四国地方をいっしょにするか否かのものである。この公式の区分のもとでは、沖縄は九州の一部としてそのなかに属していることになる。なるほどとりわけ大きな島としての本州、北海道、九州、四国は地方名として刻まれるか、本州のようにそれをさらに細かく区分けするかなのだろう。だが、独自の文化と歴史をもつ島々からなる沖縄県を、海の向こうの九州地方に含めていいのだろうか。中学生たちは、博多や熊本と那覇をひとくくりにとらえる思考を身につけて、果たして本当の日本地理の勉強になるのだろうか。〈その他〉的な感覚で沖縄をとらえてしまわないだろうか。

二つの典型的な例を挙げたが、いかに沖縄という土地が日本全体のなかで後回しにされがちであるかが分かるだろう。差別する意図はないんだといくら言ってみても、仮に無意識の力によるとしても、こうした何気なく重要なところで軽視または無視されるのだ。

そんなことないんだ、自分は沖縄大好きなんだ、と声をあげる本州など市民には、その気持ちに親しみを覚えつつ、現実の日本国家が有形無形に有しているさまざまな差別構造を共に直視していただきたいと願う。自分が好きだからそれでいいというのではなく、自分が好きだからこそ、その沖縄の素晴らしさが文化や政治経済の構造としても素晴らしいものとしてその値打ちを尊重されるために、国民・市民として、大きな問題にも目をそらさないでいたいものだ。

かく言うわたしも、関東出身在住で、関西にも暮らした人間であるが、沖縄に住んだことはない。琉球文化と自然風土が好きで何度か旅したまでである。所詮お前は本土人だから信用できないと沖縄の人びとに言われるとしたら悲しいが、沖縄の人たちはそういう狭量なタイプではないことが多い。

＊＊＊＊＊

もともと沖縄には、縄文人とのＤＮＡの深いつながりもあると言われる列島先住民族の末裔が多いであろう。日本のどこの地方に暮らす人も古来さまざまな方面からの混血で成り立っているわけだが、東アジア諸王朝時代の渡来人が開拓してその子孫がひろげていったいわゆる大和政権的な文化とは異なる文化も、琉球をはじめ各地に源流としてのこっていった。そういうあたりまえのことから認識を始めたいものだ。沖縄というものがもつ独自の光を大切なものとして位置づけて当然だろう。

琉球王国はもともと日本国ではなかった。中国大陸や朝鮮半島、東南アジア、そして日本といった海洋周辺諸国と友好関係を築き、中継貿易で繁栄した、類まれな平和志向が歴史に刻まれている。そういう意味では、昨今の物騒なアジア情勢や世界情勢のもとで大いに参考になる先駆的な舵取りをしてきたのが琉球だったのである。

海を愛し、風を愛し、大地を愛し、大いなる自然界に祈りながら、踊り歌って生きていた琉球の人びと。明治時代の「琉球処分」で強引に大日本帝国へ組み込まれるまで、琉球は誇り高く心ゆったりした別世界だったのだ。欧米列強のまねをしてアジア蔑視へと方向転換した近代日本が植民地主義といくつもの戦争へのめりこんでいくなかで、沖縄への差別意識も醸成されていった。

その集約点として、第二次世界大戦での日本で唯一の地上戦がある。沖縄の人びとは空襲だけでなく、直接地上で敵兵との戦闘を体験させられたのである。

さらに次の集約点として、戦後、アメリカ軍の占領が最も長く続き、民主国家に生まれ変わったはずの日本国への返還後も、日米安保条約の体制のもとで米軍基地に重要な土地を奪われ続けている。激動する世界情勢によって、沖縄の米軍は最も過酷で血なまぐさい海外殺戮のための殴り込み部隊となっている。基地はなくならず、かたちを変えて移転強化され、住民はさまざまな基地被害に苦しみ怒りつつ、いわゆる本土との経済生活格差への不安から、あの手この手の懐柔策にもさらされている。反対する国民世論を無視して国会ですすめられた「集団的自衛権」行使への道は、この沖縄の軍事的な意味をいっそう危険なものにしている。日本国の防衛とは直接関係のない遠い海外にまで展開する日米合同の軍事同盟という悪夢のシナリオも現実味を帯びている。

こうしてインターネット画像の地図や中学校社会科の地方区分けにも表れている差別的なものが、ここでは人間の尊厳さえ踏みにじられる武力的な強制として露骨に押しつけられているのだ。

そんな沖縄の犠牲を放っておくなという連帯は、この間、日本全国の市民の間でひろがっているが、マスメディアの報道のあり方を含めて、沖縄の実態がきちんと伝えられているとは言い難い。

＊　＊　＊　＊

そのようないま、『沖縄詩歌集～琉球・奄美の風～』が刊行された。

古来、大和も出雲もアイヌの地も琉球も、いまの日本国を構成するすべての地方で、詩歌は人びとの心の大切な結び目だった。世界文明のはじめの頃のシュメール神話が詩歌であったように、また古代インドも中国も世界のいずれの土地でも人類の芸術が詩歌から始まったように、日本列島のあけぼのにも詩歌があった。『万葉集』もその一つである。いまの北海道から沖縄まで、さまざまな民族や部族や個々人の間で、さまざまなリズムをもつ詩がうたわれ、時には奏でられ、祈られ、伝えられた。日本だって、本当は詩的なものを豊かにもつ文化を底流にもっているのだ。

琉歌・島唄もまた古来、人びとの胸深くをつなげてきた伝統的詩歌である。

こうした詩歌の伝統を現代詩や現代短歌・俳句にもつなげた場所で、わたしたちはいまこの時に、琉球・沖縄と奄美に焦点を当てる。この詩歌集は、百パーセント、沖縄詩歌集～琉球・奄美の風～である。数あるアンソロジー詩集でも、沖縄詩人のみならず全国各地の詩人・歌人・俳人の作品による沖縄詩歌集は、類を見なかったのではなかろうか。

序章から第十一章まで、収録された二〇〇名を越える書き手の詩歌作品すべてに注目だ。どの位置も重要な多面体詩歌集として、琉球・奄美を愛する人びと、沖縄問題を真剣に考えている人びと、沖縄にちょっと興味がある人びと、旅したことのある人もない人にも、ひろくさまざまに読まれ、感じてもらえたら幸いだ。各篇のテーマは多岐にわたっている。

＊＊＊＊＊

わたしが沖縄文化に興味をもつきっかけとなったのは、意外な経路だった。はたちの頃、ベルリンの壁が崩壊し、働いたお金をためて、崩壊直前と直後のベルリンをひとり旅した。ちょうどヴィム・ヴェンダース監督の詩的な現代ドイツ映画『ベルリン・天使の詩』を見て影響されたのだ。その二回目の放浪の時、張り詰めた空気の壁周辺をうろうろし、ドイツ現代アートを見つめて刺激を受けたわたしは、確か動物園駅近くだったと思う、レコード店を見つけて入った。アメリカのヒット・チャートよりはイギリスのロック・シーンの影響が顕著なロック関係や、いわゆるユーロビート系のヒット・ソング、ドイツ独自のものが感じられるニューウェイヴ、そしてカラヤンが指揮していた輝かしいベルリンフィルをはじめとして世界で最も盛んなクラシック音楽など、日本のはたちの青年には新鮮なレコード店だった。

その売場の一番目立つところにあったCDが、当時出た坂本龍一の名作アルバム『ビューティ』だったのだ。これが世界のサカモトだという感じで、驚きながらも存在が懐かしかった。イエローマジックオーケストラ（YMO）時代から海外でも評価されていたが、なるほど彼のソロ時代の繊細で大胆なワールドミュージック先駆的多彩さは、ホンモノ志向のドイツ市民の耳に高く評価されていたのだろう。一九八九年一一月に日本で発売された同アルバムを、翌年二月にわたしはまだ聴いていなかった。何しろ世界が激動していて東西冷戦が終わるかもしれないという期待感と、大都会で苦闘する自分自身の孤独感で、日本ではレコード店にもご無沙汰になっていた。前からファンだったのに、この『ビューティ』を耳にしたのは皮肉にもベルリンだったというわけだ。

坂本龍一『ビューティ』には、沖縄関係の曲が二曲収録されている。もともと彼の音楽やYMOを共にした細野晴臣の音楽には早くから琉球音楽の要素が取り入れられていたが、とりわけこの名盤にいたって、琉球音楽の根本的理解の上に立った現代解釈に支えられて、美しい曲となった。ひとつは、沖縄民謡「安里屋結歌」をルーツに持つ流行歌「安里屋ユンタ」のカヴァーで、坂本自身がキーボードのみならず気持ちよさそうにボーカルまで担当しているポップな曲だ。オキナワチャンズの女性コーラスに三線（サンシン）も入り、素朴なラブソングが心地よい。もうひとつは沖縄民謡「ちんさぐの花」で、琉球言葉で歌われる女性ボーカルのバックに、坂本らしいストリングス的美学のシンセサイザーとゆったりとした三線が絡み合う名演だ。ほかにも、西洋の曲に琉球言葉の女性ボーカルを絡ませた斬新な曲も収録されている。このアルバムには韓国やアフリカの音楽、クラシック、ロックなど多彩な要素が盛り込まれているが、てんこ盛りではなく、ひとつの現代音楽サカモトワールドの中に昇華され融合されているのであった。

わたしはその坂本の音楽を通じて沖縄の音楽や風土や文化に興味をもち、その後、旅をして沖縄音楽そのものにじかに触れて共感していった。正直、日本の三味線はあまり興味がなかったが、その姉妹であろう沖縄の三線の響きは、不思議とわたしの心の深いところにじんわりと響くのだった。那覇のどこだったか忘れたが、自然風景の見える家屋の縁側でゆっくりと奏でられる三線の音色は本当に魅力的だった。また、居酒屋で琉球グラスのクリスタルな輝きに波うつ泡盛をロックで飲みながら、琉球民謡や当時の沖縄ポップ音楽を聴くのは格別だった。

聞くところによると、坂本龍一は現在の沖縄米軍基地問題にも積極的に発言し、辺野古新基地に反対する市民の側に立っている。日本政府当局に批判的なスタンスである。それを知って、物書きであるわたしも勇気づけられる。かつてのベルリン市民や現在の世界市民から見て、本当に日本文化を代表しているのは政治家ではなく、坂本龍一のような芸術家であろう。沖縄音楽への敬意を現代世界音楽の中にいち早く反映させたその詩的存在が、いま沖縄問題に胸を痛めるわたしたちと共にいる。

＊　＊　＊　＊

わたしの住む東京都の西はずれ、西武拝島線の終点付近では、横田基地に出入りする米軍機が低空を飛行している。オスプレイというきわめて危険な最新型軍用機も来た。線路を走る電車のすぐ真上を飛んでいるのだから、その日常の不安は沖縄の基地周辺の住民と共通のものだろう。まさに植民地的な状況だ。

この解説文を書いている時点で、韓国と北朝鮮の劇的な南北首脳会談や非核化への話し合いが始まり、米朝の首脳会談ももしかしたら実現か、と報道されている。予断を許さないが、横田基地の近くに住む者の一人として、いかなるアジア情勢になろうとも、いかなる世界情勢になろうとも、軍事関係や基地よりも、これからの日本には美しい音楽を望みたい。そして遥か琉球の人びとの自然を愛する詩的な生き方に学んで、たとえばこの出来立てほやほやの『沖縄詩歌集～琉球・奄美の風～』の朗読をしたい。

解説
多様で寛容な世界を願う一粒の涙
――二章「俳句―世果報《ゆがふう》来い」に寄せて

鈴木　光影

これから私が行う「二章　俳句―世果報来い」の解説では、いくつかの俳句の沖縄・奄美特有の言葉や季語について補足説明し、その句への鑑賞を加えたい。また以下は、本土に生まれ育った筆者の立場からの論であり、本土の俳句の季節感覚や季語とは異なる沖縄・奄美のそれを楽しみつつ書きたい。その土地特有の季節感覚や季語に出会うことは、その理解への第一歩となるはずだ。もちろん琉球王国時代や沖縄戦の歴史、今も続く基地問題を扱った俳句からは、本土の住民の一人として、現地の人びとの真実を知り、己を省みる経験となる。

なお、季語については『沖縄歳時記』（沖縄県現代俳句協会編　平成二九年　文學の森）を参照させていただき、お世話になった。

金子兜太の句〈相思樹空に地にしみてひめゆりの声は〉の相思樹は、四・五月が花期で花は黄色でぼんぼり状に咲く常緑高木。原産地は台湾・フィリピン。本書164頁にも掲載している太田博「相思樹の歌」をひめゆり学徒隊の少女たちは死ぬ間際に歌ったと言われている。その「ひめゆりの声」は相思樹が空へ空へと枝葉を広げるのに呼応するように、地へ地へと染み渡り、時を越えて終戦後の今でも作者の耳には聞こえてくる。

沢木欣一の句〈夕凪《とれ》やジープを洗ふ少年兵〉や〈日盛りのコザ街ガムを踏んづけぬ〉は、米軍基地やアメリカ文化と共生する戦後沖縄の日常感覚を捉えている。また〈白雨《ゆふだち》は亀甲墓《かめこうばか》を洗ひ去る〉の亀甲墓は沖縄に多い独特な形の墓で、屋根の部分が亀の甲羅に似ている。墓の中心部は子宮を模しており、母胎回帰の思想を表しているとも言われる。

篠原鳳作の〈芭蕉林ゆけば機音ありにけり〉や〈岩窟にともりゐる灯はパナマあみ〉からは沖縄の伝統工芸品、芭蕉布とパナマ編み（帽子等）の制作現場へ作者が出遭った感動が「機音」「灯」から伝わる。芭蕉布は琉球糸芭蕉の繊維からつくる沖縄の代表的な織物の一つ。パナマ編みは阿檀《アダン》（タコノキ）の葉を原料とし、編みやすい様に湿度の高い洞窟内で作業されていたようだ。

杉田久女の句〈海ほうづき鳴らせば遠し乙女の日〉の「海ほうづき」は漢字で書けば海酸漿《うみほおずき》。巻き貝の卵嚢《らんのう》（卵が入っている袋）。植物の「鬼灯《ほおずき》」の様に口で鳴らして遊ぶ。少女期の作者は、沖縄の果てしなく美しい海に向かって「海ほうづき」を吹き鳴らしたことだろう。

細見綾子の句〈花風《はなふう》を踊る爪先き月の波〉の花風は沖縄舞踏で、船出する愛人を見送る遊女の切ない別れの姿が表現されている。紺地絣の衣装、手拭を肩に掛け、傘を持ち、スローテンポに舞う。作者の眼目にある踊り子の白い足袋の爪先は、月の光を映した穏やかな夜の海のさざ波のようである。

野ざらし延男の句〈深部の縄は遂に白蛇となり泳ぐ〉や〈全天が孔雀の羽根の太陽雨《ティダアミ》〉からは、作者の生き物的感覚が動物たちへ接近し、それが沖縄の広大な自然の景と重なっていく。「深部の縄」とは、沖縄の「縄」であると共に、この地が連綿と編み繋いできた歴史ではないか。それが神の使いとも言われる白蛇となり海の彼方、ニライカナイへと泳いでいく。孔雀の羽根のごとき「太陽雨」に遭遇した時、人は空を見上げつつ、圧倒され立ちすくんでしまうのではないか。

平敷武蕉の句〈ファシズムのごと瓶詰めのスクガラス〉のスクガラスは、アイゴの稚魚の「スク」を塩漬けにした保存食である。土産品の中には全ての魚が同じ方向を向いて均一に瓶詰めされているものがある。スクは一律に無表情（まさに死んだ魚の目）である。その姿に抱く率直な気味の悪さに、人類が過去に陥り、また現代も忍び寄っているかもしれないファシズムへの危機を重ね合わせる。

おおしろ建の句〈分裂・分断の地を抱きしめる満月光〉からは、今、基地問題等で「分裂」しているように見える沖縄の人々も、それぞれの心の底では、満月光が人々や土地を均しく照らすようにひとつになりたがっていることが伝わる。またこの満月には、外圧からどんなに「分断」されようとも上を向いて立ち上がる沖縄人の生き様を見るようである。

宮坂静生の句〈草の絮舞ひ立つこれぞ草柱〉には、秋の頃、鷹が南方に渡るため多数の鷹が柱状に集まり上昇気流に乗る「鷹柱」に倣い、草の絮による現象ならば草柱だろう、という発見がある。草の絮は、鷹と同じ上昇気流を捉えていたのだろうか。いずれにせよ見るものに敬虔な思いを起こさせる「柱」であったことだろう。

夏石番矢の句〈一心《いっしん》安楽《あんらく》琉球《りゅうきゅう》鳳凰木《ほうおうぼく》散華《さんげ》〉の鳳凰木は、夏季に緋紅色の鮮やかな五弁の花をつける熱帯性高木。沖縄では街路樹や公園樹として親しまれている。この句、全て漢字であり、リズムは八・八・五、接続語は無しという異形である。しかしそれが故に漢字が形として視覚効果を発揮し、また聴覚的にも読み下して統一感がある詩的言語と化している。今まさに散る鳳凰木の花に一心安楽の願いが託されている。

長谷川櫂の句〈鉄の雨降る戦場へ昼寝覚〉は夏の昼間、ふと寝ってしまい、眼が醒めたらそこは沖縄戦の真っただ中であったということか。作者の寝ぼけてぼんやりとした意識に沖縄戦の光景を見させたのは、語り継がれる沖縄戦の数々の証言か、それとも沖縄の地で命を落とした無数の戦死者たちか。

前田貴美子の句〈落鷹《おちだか》や吹きかはりても海の風〉の落

鷹は、冬が近づき、本州からフィリピン方面の南方を目指す鷹の一部が、負傷などのため沖縄に居ついてしまうことを言う。孤独感や哀れな印象もあるこの落鷹を癒すように沖縄の海の風は吹く。この「吹きかはりても」からは、当初の目的地に着かなかったとしても、与えられた場所で生きてく落鷹へのエールのように感じられる。

宮島虎男の句〈写真には臭いがない平和資料館〉の平和資料館は、糸満市にある沖縄県平和祈念資料館であろう。「写真には臭いがない」は一見すると当然であるが、沖縄戦経験者たちには強烈な異臭がその脳裏にこびりついているのではないか。決して写真を見て分かった気になってはいけない。

石田慶子の句〈ヘリパッドの建設に山眠られず〉の季語は、山眠る。冬の山は枯れ木や生き物の冬眠などで、ひっそりと静まりかえる。それは沖縄の冬も同じ、山のあるべき姿だろう。しかし、東村高江周辺の米軍ヘリパッド建設の進行がその静寂を破っている。山はその眠りを邪魔され、高江に暮らす住民の平穏な日常が荒らされ続けている。

垣花和の句〈甘藷の花ここは黙認耕作地〉の黙認耕作地は、駐留米軍が接収した軍用地のうち、米軍が地主などの住民に対して一時的に使用を認めている土地である。甘藷《いも》の花はアサガオに似た可憐な花。「黙認耕作地」という理不尽な情況に対する、本来の土地所有農民と自然からの沈黙の抗議の花である。

飯田史朗の句〈チビチリガマ気根太らす嬰《やや》の魂〉のチビチリガマは中頭郡読谷村にある鍾乳洞。沖縄戦における凄惨な集団自決が行われた場所である。生まれたばかりで何も分からずに殺された嬰児の魂は、今もガマの中の気根（地上に露出している根）として成長を続けている。嬰児の存在の悲しみに、時を越えて作者は寄り添う。

鎌倉佐弓の句〈屋根瓦月が漂着しておりぬ〉の屋根瓦はきっと、沖縄の伝統的な民家や首里城正殿などに使われている赤瓦であろう。ちなみにこの伝来は朝鮮の高麗からといわれる。月がちょうど屋根瓦に接着するような高さまで昇ったとき、赤土の大地の如き揺るがぬ存在感をもつ赤瓦に、宇宙を彷徨う月が漂着したように見えたのだろう。

牧野信子の句〈オオゴマダラ髪飾りにして婆がくる〉のオオゴマダラは、南西諸島に生息する白黒まだらの大きな夏蝶。蝶の鮮やかさと生命感を頭に乗せた婆のかわいらしさも見えてくる。また〈一坪の土地も取られるな農夫叫ぶ〉〈胸はだけ銃剣の前女ども〉には、基地反対運動の最前線に立つ人びとの姿が活写されていて息を呑む思いだ。

大森慶子の句〈ハイビスカス一夜で乾く旅衣〉のハイビスカスは、アカバナーや仏桑花などとも呼ばれ、沖縄ではいたるところでほぼ一年中咲いている。沖縄の日常の花と言ってもいいだろう。旅人として訪れた沖縄の地で、夜の内に洗濯を済ませ翌朝になったらすっきりと乾いている小さな驚きと喜び。傍らのハイビスカスは朝日を浴び、作者へ微笑んでいる。

島袋時子の句〈従兄・従姉《いとこ》住む怒れる島へ賀状書き〉の怒れる島とは、基地問題等怒りの絶えない島・沖縄を指すだろう。著者は自身のルーツを沖縄に持ちつつ、本土に生まれ育った。〈故郷はもう「海開き」春寒し〉は、心は遠くの故郷にありながらも、体は本土の春の寒さを感じている。本土から密かに故郷を憂い、望郷する、これも一つの「沖縄」の姿であろう。

上間紘三の句〈風そよぐグスクの杜の寒鴉《かんがらす》〉のグスクとは、沖縄・奄美地方に見られるグスク時代の遺跡のことで、一般的には城《しろ》と訳される。現代にその姿を留める史跡、グスクの番人の如き寒鴉に睨まれれば、身のすくむ思いがすることだろう。グスクを囲む杜とその木々を揺らす風からは遥かなる時の流れも感じられるのではないか。

前原啓子の句〈うりずんの一歩ためらふ水たまり〉のうりずんは、冬が終わり農作物の植付けに程よい雨が降る春の季語である。一歩で跨ぐことをためらうほどのたっぷりとした水たまりからは、通り抜けるのに少し困りつつも、潤いを湛えた島の豊かさ、うりずん潤いの中に包まれる人々の生活が感じられる。

平敷としの句〈片降り《カタブイ》のここから先は魔界です〉の方降り《カタブイ》は、夏、局地的に降るにわか雨を言う。魔界の入り口を片降りの中に見る、不思議な異世界を感じ取る感性がある。それも沖縄の土着的な言葉「片降り」だからこそであろう。また〈キジムナーが傍受しているススキの秘密〉のキジムナーは、古木に宿る沖縄の精霊。作者の、目に見えないものへの親しみが感じられる。

神矢みさの句〈平御香《ヒラウコウ》を線路にして母出立す〉の平御香は、平たい沖縄独自の線香。その煙を線路として、亡くなった母をあの世へと送り出す作者。平御香は、沖縄の生と死の世界を繋ぐ線路なのかもしれない。また〈泥の蝉不発弾層かき分けて〉は、沖縄戦で使われた不発弾処理は今も沖縄の日常であるようだ。土中の蝉の身に起こっているだろう出来事を感受し、それでも現世へ生れ出ようとする生命力が描かれている。

柴田康子の句〈満月を合わせ鏡にジュゴン舞う〉の、見事な満月とそれが白く映る広大な海、その中を舞い泳ぐジュゴンの三者の共演は、それを見る者に神聖な思いを抱かせる。〈石敢當《いしがんどう》割れて空地に猫の恋〉の石敢當は、直進しかできない魔物の侵入を防ぐためT字路や三叉路などの突き当たりに置かれる魔除けの石。その場所に春の猫の求愛行動が取って代わるという、聖と俗が組み合わさる沖縄の日常が描かれている。

玉城秀子の句〈引き抜かれ又組むスクラム返し風《ケーシカジ》〉は、基地移設反対運動の景だろう。返し風《ケーシカジ》は、台風が過ぎ去った後、熱帯性低気圧への反動のように吹く北風。返し風のように何度でも立ち向かう姿に沖縄人の反骨魂がある。〈花ゆうな銃後の闇を隠してる〉の花ゆうなはオオハマボウのことで、海岸によく生え、防潮林・防砂林としても使われる。中心部の黒に近い紅色に作者は銃後の闇を感じるが、戦後日本は沖縄問題を放置し続けている。

武良竜彦の句〈遥かなる卯波《うなみ》金網肝苦《ちむぐ》りさー〉の肝苦《ちむぐ》りさーは、相手の痛みを感じ自分も心が痛いという沖縄の言葉。金網は在沖米軍基地の金網であろう。卯波は旧暦四月ごろに立つ波。「遥かなる」は卯波へかかると共に金網にもかかっている。本土にいて空間的に隔たっているからこそ、沖縄の金網の存在と、そこで日々行われているだろう出来事へ思いを馳せ、心を痛める。

南島泰生の句〈春風やムチャ加那の碑に唄響く〉は、加計呂麻島《かけろまじま》と喜界島に渡って展開されるムチャ加那という美貌の娘の悲劇的伝説。奄美の民謡としても唄い継がれている。石碑は喜界島にあるムチャ加那公園だろう。島唄は春風に乗って、石碑の前でそれを聴く者の心にムチャ加那を蘇らせる。

太田幸子の句〈弥勒面《みるくめん》被れば神ぞ豊の秋〉の弥勒面《みるくめん》は、八重山一帯の島々の祭でミルク神と呼ばれる豊穣の神が被る面。ミルク神は、年に一度、海の彼方の理想郷ニライカナイからやってくるとされる。面に対する土着信仰と、豊の秋へ向けた人々の願いが伝わる。

大河原政夫の句〈喪の家のパパイヤの下とほりけり〉のパパイヤは本土では黄色いフルーツとしての印象が強いが、沖縄では青い果実を野菜として炒め物や煮物、味噌漬けなどにして食べることも多いようだ。喪の家にたわわに実るパパイヤは、この世に新たに生まれ出ずる生であり、輪廻転生的世界への気付きがある。

福田淑女の句〈沖縄を人質にして五月晴れ〉の五月晴れは梅雨の晴れ間、または五月の快晴をいう。おそらく本土のそれであろう。本土が無自覚に享受している日常は、沖縄がアメリカへ人質に出されている上に成り立っているという後ろめたさを、作者は本土に暮らす一人として抱いている。

たいら淳子の句〈カフェの窓敗残兵が顔を出す〉は、「窓敗残兵が顔を出す」のは墓でも礎でもなく、人々が何気なく生活をおくる街中の「カフェの窓」であるところに妙なリアリティがある。また〈若夏の波を数える不登校〉の若夏は、「うりずん」が過ぎ、稲の穂の出る爽やかな初夏。思春期の悩みに寄り添うような若夏の波音が聞こえてくる。

上江洲園枝の句〈乱世のハヂチかかげるカジマヤー〉のハヂチは漢字では「針突」で、琉球王国時代から昭和初期まで行われていた、女性の手の甲に施された刺青。手の飾りであると同時に既婚のしるしであった。カジマヤーは漢字では「風車祝」で、旧暦九月七日に行われる数え年九十七歳の長寿のお祝い。戦中と戦後を生き抜いてきた長寿者の矜持があり、ハヂチがその記憶を証明している。

大久保志遼の句〈盆アンガマ家ぬち開かずの玉手筥《たまてばこ》〉のアンガマは、旧盆に石垣島など八重山地方で行われる儀礼集団芸能。祖先を表わすと言われる翁《おきな》・媼《おうな》の仮面を付けた二人を先頭に、儀礼集団が家々を訪ねて歌や踊りを披露する。そこで作者が見たものは、おそらくトートーメー（位牌）であろう。家の中で何よりも大切に保管されていたトートーメーは、作者の旅人の眼には、「開かずの玉手筥」と、驚きをもって把握された。

山城発子の句〈竹節虫《ななふし》の何億の夜の交尾だろう〉〈月桃や猫の乳房も痛みます〉には、小動物の世界への想像力と深い愛情がある。竹節虫《ななふし》は沖縄では精霊の使いと言われている。月桃は梅雨の時期に花を付け、白色紅紋の蕾が美しい。〈巨大クレーンくんくん月と星を嗅ぐ〉は、基地建設のためのクレーンだろうか。クレーンを可愛らしい生き物のように描くことで、人間の愚かさが晒されているようだ。

栗坪和子の句〈人頭税の石のかたはら蟹走る〉の人頭税の石は、薩摩藩による琉球王国への徴税にあたり、人頭税石と同じ背の高さになると適齢に達したとみなされて課税されたと伝えられる、宮古島に現存する石柱。その傍らを走り抜けていく蟹の様子は、琉球王国時代も今も変わらないだろう。その姿は、薩摩の役人へ心からの服従はしない、島人の精神の自由さへ繋がっている。

おおしろ房の句〈芭蕉布の衣で隠す混血児〉の混血児からは、アメリカ軍人と沖縄の女性との間に生まれた子供をはじめとして、島国ならではの様々な民族の「混血児」がいることがわかる。その子供達を護るように包み隠すのは、沖縄伝統の織物、芭蕉布である。とかく標的になりやすいマイノリティを守り、多様性を大切にする土地でありたいという願いが芭蕉布に込められる。

山崎祐子の句〈モノクロの招魂の息鷹の頃〉は写真家比嘉康雄の沖縄市にあるアトリエで観たモノクロ写真であろう。比嘉康雄は、久高島出身の三十歳以上の既婚女性が神女となるための就任儀礼イザイホーなどの写真を遺している。モノクロ写真だからこそ伝わってくる招魂の息遣いがある。写真家のファインダーを通して過去の久高島へ時間の旅をする作者はまた、南方へと渡っていく鷹のようでもある。

本成美和子の句〈起重機ら慄くニライカナイの手〉は、人間が作り出した起重機など一掴みしてしまうであろう〈ニライカナイの手〉というイメージが鮮烈だ。海を汚し人々が暮らす土地を犯す基地建設はニライカナイ信仰と相容れないだろう。また〈エイサーや虚像と踊る島の影〉のエイサーは、三線や太鼓にあわせて踊りながら通りを練り歩く旧盆の集団舞踏。作者は無数の島の死者、戦死者が影となって一緒にエイサーを踊っていると感受する。

翁長園子の句〈沖縄は平和のおへそを持っている〉には、沖縄の平和の問題は日本の平和の問題であるという意味で本土に暮らす私も深く納得させられる。また〈わナンバー追い越してゆく復帰記念日〉には、旅行者のレンタカーを軽く茶化しつつも、その根元にある、沖縄の人々の本土の人々に対する複雑な心情が描かれている。

　市川綿帽子の句〈黙燃ゆる西桟橋の大夕焼〉の西桟橋は竹富島にあり、今は桟橋としては使われず夕陽の名所となっている。海を赤く染める大夕焼の絶景を前に、言葉は邪魔であろう。そしてその沈黙すら燃され、作者は全身で夕焼を、沖縄の自然を、地球を感じている。

　大城さやかの句〈カプセルホテル自閉の魚が棲むという〉は、那覇の中心部など現代の都会化した沖縄の一真実を描いている。大きくてきれいなホテルに宿泊する観光客に対し、心に影を抱えた「魚」たちはカプセルホテルにこっそりと棲んでいる。〈ジンベイザメ悠々泳ぐ基地の空〉のジンベイザメは沖縄本島北西部の美ら《ちゅ》海水族館の人気者。広い空を自由に泳ぐジンベイザメのイメージは地上の基地の境界など無効化してしまうようである。

　鈴木ミレイの俳句エッセイは南大東島の旅案内にもなっている。句〈春満月恥じて葉蔭に夜光茸〉や〈木菟《ズク》たちの交わす恋歌闇の奥〉は南大東島の夜の闇の深さや沈黙の深さへ思いを馳せさせてくれる。〈夢を乗せシュガートレイン目を覚ませ〉からは、かつてサトウキビ運搬用として活躍した鉄道が、新たな用途で生まれ変わって島の歴史を動かしていくという、過去現在未来が繋がる期待感、高揚感が伝わってくる。

　最後に、恐縮ながら鈴木光影の拙句〈ナイチャーへ破顔ふシーサー沖縄忌〉のナイチャーは、沖縄の人々による本土の人々への呼称。ヤマトンチュ、ヤマトゥなどともいう。またシーサーは沖縄の伝説の獣で、魔除けのために屋根などにとり付けられる。最近では観光者向けの意味もあってか、戯画化された笑顔のシーサーも見かける。「ナイチャー」である私にはその笑顔は、本土への怒りややりきれない思いを押し隠した笑いのように思える。沖縄戦終結の日、本土に暮らす自らと沖縄との関係性を考え直すが、簡単に答えは出ない。

沖縄・奄美という土地を詠むとき、五・七・五の十七音を基調とする短く小さな定型詩、俳句は、小さく無力な一粒の涙なのかもしれない。本書においてその一粒の涙は、ときに美しく輝き、ときに優しく温かく、ときに激しい怒りや悲しみをもって流し落とされた。俳句章には沖縄・奄美出身者そして在住者、沖縄にルーツを持つ者、沖縄へ思いを寄せる本土在住者、物故者も含めて四十四名が参加した。それぞれ生まれた場所やバックグラウンドは違えども、沖縄の「世果報《ゆがふう》」（豊穣平和）を願う気持ちは変わらないだろう。現代においてそれは、多様性を寛容し合い、差別や暴力の連鎖を断ち切る世界への希求ではないだろうか。多様な一句一句、一粒一粒の涙が集まった本書が、沖縄・奄美の地へ、うりずんのような豊かな潤いとならんことを祈っている。

解説

琉球弧の島々を愛する平和《やわらぎ》思想と抵抗精神

――『沖縄詩歌集～琉球・奄美の風～』に寄せて

鈴木　比佐雄

1

『沖縄詩歌集～琉球・奄美の風～』には二〇〇人を超える沖縄を愛する歌人、俳人、詩人たちの作品が収録されている。沖縄と呟く時に「おもろさうし」を生んだ琉球国の民衆や、琉球弧の島々の苦難に満ちた暮らしや誇り高い文化が想起されて、今も神話が息づく沖縄の魂《まぶい》を感受し多彩な手法で表現されている。明治政府の「琉球処分」によって沖縄は日本（大和）に帰属させられてしまったが、本来は日本に隣接している別の異国であり、日本と中国や東南アジアと交易をして独立をしていた海洋国家である琉球国あった。また地上戦で多くの犠牲を出した沖縄戦を経て、日本と米国による安保条約の地位協定によって、日本における米軍施設の七〇％は今も沖縄に集中している。沖縄戦後の七十数年を経ても沖縄本島の十八％は米軍施設であり、その場所はかつて沖縄の人びとの食糧を産み出す田畑であり、何百年も続いた古民家であったろうし、貴重な生物多様性に富んだヤンバルの森などの山河であった。極東最大の嘉手納空軍基地は、約二十平方キロ、三七〇〇ｍの二本の滑走路を保有し、軍用機二〇〇機が昼夜を問わず、離着陸を繰り替えしている。またそこから十二ｋｍほどには、住宅密集地の中で世界一危険と言われ騒音被害などが激しい二七〇〇ｍの滑走路がある海兵隊の普天間基地がある。空軍と海兵隊がこれほど近くにある事は米国でも珍しいと言われている。その普天間基地の移転先として辺野古の海上基地が沖縄県民の意志を無視して着工が始まり、それに反対するキャンプ・シュワブゲートでの座り込みは、五千日を超えて今も続いている。沖縄を犠牲とする日米安保体制の問題点は現在、本土の日本人にとっても他人ごとではなく、自らの暮らしを脅かしかねない切実な問題であるべきだと考えられる。沖縄（琉球）の文化・風土は、そんな困難さをいつも抱えながらも、どれほど多様性に満ちた豊饒なものを産み出してきたかを短歌、琉歌、俳句、詩を通して感受してもらいたい。そして沖縄（琉球）の文化・風土に深い敬意を払うことが、しいては日本文化の悪しきナショナリズムに陥ることなく相対化させて、他者の視点から日本文化とは何かを冷静に見つめることができ、日本と沖縄の新しい関係を創造していく共通の基盤になることにつながっていくのだと思われる。

　本書に収録した短歌、琉歌、俳句、詩は、次のように序章とその後の十一章にわたるジャンルやテーマによって分けられた。

序章「沖縄の歴史的詩篇――大いなる、わなゝきぞ」、一章「短歌・琉歌――碧《アヲ》のまぼろし」、二章「俳句――世果報《ゆがふう》来い」、三章「魂呼《タマヨ》ばい」、四章「宮古諸島、八重山諸島――宮古島、石垣島、竹富島…」、五章「奄美諸島――奄美大島、沖永良部島」、六章「ひめゆり学徒隊・ガマへの鎮魂」、七章「琉球・怒りの記憶」、八章「辺野古・人間の鎖」、九章「ヤンバルの森・高江と本土米軍基地」、十章「沖縄の友、沖縄文化への想い」、十一章「大事なこと、いくさを知らぬ星たち」。

日本語の和歌の短歌・長歌の五七調・七五調の音数律は、どこか日本語のＤＮＡような伝統的な調べを感じさせる。短歌の五七五七七の三十一音は日本語の短詩系文学において最も重要な役割を千数百年間も果たしてきた。日本語と沖縄語（約六つの琉球諸語）は共通するところはあるが、独自の発展を遂げた。その沖縄語において琉歌（琉球短歌）の八八八六の三〇文字の音数律の発展は、本土の短歌以上に沖縄の文化に決定的な影響を与えていた。特に組踊という沖縄の歌劇において琉歌は、テーマや発想の源であり沖縄音楽にも決定的な影響を与えている。沖縄人にとっての琉歌は、琉球という独立国の根本的な存在価値であるに違いない。その琉歌の伝統が沖縄の短歌と俳句と詩にも通奏低音のように流れていることを感じさせてくれる。

2

序章「沖縄の歴史的詩篇――大いなる、わなゝきぞ」には、沖縄の歴史的な詩人の末吉安持《すえよしあんじ》、世礼国男《せれいくにお》、山之口貘、泉芳朗《いずみほうろう》、牧港篤三《まきみなととくぞう》、新川明《あらかわあきら》の六名と本土の詩人であるが沖縄について数多くの詩篇を書いた佐藤惣之助らの詩篇が収録されている。

末吉安持は、与謝野晶子と与謝野鉄幹の「明星」に参加しその才能は二人を驚かせていたが二十一歳で夭折してしまった。詩「わなゝき」を読めば、北村透谷の「内部生命論」にも匹敵する詩的精神の持ち主であり、その「永遠の生命」や「平和《やわらぎ》を守《も》る」詩は、沖縄の詩の出発を語るに相応しい存在だろう。「わなゝき」という個人の内面の恐れと戦きに近い、沖縄という風土を抱え込んで生きることの静かな感動が伝わってくる。

世礼国男の詩「夫婦して田に水をやる」では、「くんでも〱尽きない慈愛の水を／苗代にやる若い夫婦の百姓よ」と沖縄の自然と農民夫婦を希望のように賛美する。

山之口貘の詩「会話」は、沖縄の詩の代表作として様々なところで引用されてきた。最後の詩行「赤道直下のあの近所」という絶妙な表現は、本土の日本人に「あなたは本当に隣人になれるのか」という課題を問い続けている。

佐藤惣之助の詩「宵夏」は、『琉球諸嶋風物詩集』一八〇篇の中から選んだもので、日本でも中国でもない琉球独自の異国情緒に浸っているかのようで琉球諸島の多くを訪れている。

泉芳朗の詩「慕情」では、薩摩藩から奄美諸島の人びとはサトウキビ畑を強要されて黒糖地獄に陥り、食べるものがなく蘇鉄を毒抜きしでんぷんを作り飢えをしのいだ、過酷な歴史を想起させてくれ、また人びとの逞しさも感じさせてくれる。

牧港篤三の詩「馬乗り」では、沖縄の地上戦で壕の中に逃げ込んだ民間人たちを「壕の屋根の真上を　電気ドリルで／穴をあけ　油をそそぎ込み／火を放つ／ただそれだけの地獄の芸当」の非情さを書き記している。

新川明の詩「みなし児の歌」では、沖縄戦で生き残った「みなし児」の「若い男」が、「一コの骨でしかない両親」を想起し、その骨が自分の骨と触れ合うことを感じて独白していく。そしてついには「否《ノン》　一切の圧迫に対する答え／否《ノン》　一切の権力に対する拒否」をして戦後の荒々しい現実に足を踏み出していった。

以上の七篇の詩には、沖縄の抱えていた現実を直視してそれを悠久の時間と沖縄の自然の力で癒していけるかのような救いがあるように感じられる。

3

一章「短歌・琉歌――碧《アヲ》のまぼろし」には、三名の琉歌、十七名の短歌が収録されている。

琉歌の名手としてまた政治にも関わった十八世紀に活躍した平敷屋《へしきや》朝敏《ちょうびん》の五首「夢に無蔵《イミニンソ》」は、夢でしか果たしえなかった相聞や改革が切なく記されている。

同じ十八世紀の恩納《おんな》なべの琉歌「恩納岳のぼて《ウンナダキヌブティ》」五首は、「山原の習ひ」に誇りを持ち「首里の主の前」でも「あだん葉のむしろ」を敷いてもてなすのだ。琉歌には出会いの劇的な様子が描かれていて、これが組踊の台本として生かされ展開されていったのだろう。

折口信夫の「碧《アヲ》のまぼろし」十首の中の「沖縄の洋のまぼろし　たゝかひのなかりし時の　碧《アヲ》のまぼろし」では、「碧《アヲ》のまぼろし」に折口信夫は沖縄の美が平和の精神と一体化したものであることを夢想していた。

謝花秀子の琉歌「ひるがをの花」十首の中の「あたら清ら海ゆ　埋め立てて呉るな　儒艮《ざんぬいゆ》泣ち声《ぐいー》　聞かなうちゅみ」では、ジュゴンの悲しみが琉歌のリズムで伝わってくる。

馬場あき子の「やんばるは雨」十首の中の「石垣島万花艶《にほ》ひて内くらきやまとごころはかすかに狂ふ」では、大和心が石垣島の数多の花々の香によって揺らいでいき、琉球の精神が立ち上がって来る様を記している。

平山良明の「生きざらめやも」では敗戦時に「昭和九年国民学校一年生」の視点で平成天皇・皇后の平和と「沖

縄への思い」を記す。玉城洋子の「をなりらの祈り」では、「ふるさとの基地に殺された娘たち」の名前を挙げ「青春返せ　沖縄返せ」と娘たちの叫びに聴き入っている。道浦母都子の「那覇は雨」では、雨上がりの町に『沖縄独立論』虹のごと湧く」ように感じている。吉川宏志の「冬の嘉手納《かでな》」では、「はじめから沖縄は沖縄のものなるを」という本来的な姿を問い続ける。影山美智子の「自決のがま」では、「自決せし十幾家族の名の碑立つ」がまの前で「いのちの流れ」や「弧悲《こひ》の琉舞」を透視する。新城貞夫の「憤怒の波」では、「必然として基地は基地を狙えり」という「憎しみは平和にそむく」ことの民衆の願いを込めている。田島涼子の「地鳴きの島」では、「砲弾の炸裂音に戦きてヤンバルアワブキ」が落ちるように、座り込むゲート前で「地鳴きの島」を耐えている。伊勢谷伍朗の「赤い海域」では、「慶良間躑躅は峻烈なあか」を見ながら集団死の悲劇を想起し悼んでいる。有村ミカ子の「流離のひかり」では、「神棲む島に父祖の血が鳴る」と内部の鼓動を聴き、沖縄の「かなしみの燦」を噛みしめている。島袋敏子の「無限の砂時計」では、「わが胸をよぎる無限の砂時計」と父母や沖縄の歴史時間を抱きしめている。松村由利子の「わたしの水辺」では、「南島の隠す深き傷跡」に触れていながらも、石垣島の「わたしの水辺」を見いだしている。奥山恵の「共に見る」では、生徒たちと「ガマの背後の闇」に見入ったり、「やんばるの慰安所跡」を辿ることの尊さを記している。光森裕樹の「ひかりのゆくへ」では、「牛とぼくの瞳のあひだを往還するひかりのゆくへ」に投身するように生きている。座馬寛彦の「浜辺の闇」では、「はつ夏にさやぐ緑」や「珊瑚の群れの影」や「いしじの碑銘」を「浜辺の闇」の中で想起し、それがいつしか「澄んでいく」思いが記されている。

二章「俳句――世果報《ゆがふ》来い」は、金子兜太の「ひめゆりの声」から始まる四十四名の俳人の句が収録されている。金子兜太の「相思樹空に地にしみてひめゆりの声は」では、「相思樹」には相手を思いやるという意味があり、ひめゆり学徒隊が最後まで歌っていたという「相思樹の歌」が沖縄の天地に沁みていると記している。その他の俳人も含めて俳句担当編集者の鈴木光影が二章を論じているので参照して頂ければと思う。

4

三章「魂呼《タマヨ》ばい」は、十七人の沖縄の魂の在りかを辿る詩篇から成り立っている。

冒頭の佐々木薫の詩「魂呼《タマヨ》ばい」では、「山原《ヤンバル》の原生林を歩く」と、「祝女《ノロ》ノ幻惑」があり、「生者ノ魂ガ呼バレテイル」状態になり、「はるかな時空を掬い上げる」という。真久田正の詩「北《にし》の渡中《となか》」と「胆礬色《たんばいろ》の夢」では、琉球諸島の島々を「吾《わ》が速船《はやふね》」に乗り、海を渡る風の音や紺よりの深い青である魂の色と言える「胆礬色」の海上を渡って行く。伊良波盛男の「何もない島の話」では、「この島には、何もないよ」という老婆の言葉に旅人たちは反駁し、何もない大自然に「恍惚状態」になってしまう。宮城松隆の「魂拾《たまひろ》い」では、「魂拾いに森へ」行き、「エゴノキの花」に「砲弾に散った俺の父」の魂を重ねてしまう。あさとえいこの詩「神々のエクスタシー」・「禁忌の森が消えるとき」では、「禁忌の森」を「神女たちが　素足で歩いて」いき「何日も　夜籠りをする」と「神歌《かみうた》がもれだす」という。その「禁忌の森」が破壊されて、「神話はうまれない」と「女たちの魂」の危機を伝えている。大城貞俊の詩「現実17」では、「ヌジファ」という「霊魂を死地から抜き取り、実家の墓地まで導き寄せて成仏させる儀式」で、「死者たちの魂」を救済しようとする沖縄人の精神性を伝えている。久貝清次の詩「ひとつながりのいのち」では、デイゴの花も太陽も月も青虫などのあらゆる森羅万象が「ひとつながりのいのち」であることを感受する。玉木一兵の詩「百花繚乱のトポス・沖縄」では、沖縄の「知恵の一つに、他者に対する徹底的な相対主義を標榜して、固有のビリーフシステムを育成し信奉してきた、祖先崇拝を擁《よう》する民族の帰属意識がある」と考察する。沖縄の「ビリーフシステム」(信用システム)は、日本(大和)の異質な他者を排除していくシステムに比較して世界に開かれている。柴田三吉の詩「カチャーシー」では、沖縄のおばぁに「酒盛りの踊りとおんなじさぁ／大きな手がそらをかきまわすんだよ／よろこびも悲しみも勢いよく」と踊りと台風から沖縄の心を語り出す。砂川哲雄の詩「とぅもーる幻想」では、「懐かしい物語はみんな幻となり／神話の水底に沈んでいる」と神話を無い虚しさのような思いを語るが、「夕映えのとぅもーる」(夕映えの海)に「明日の風景」を問い続ける。ローゼル川田の詩「モクマオウの檻」では、屋敷の防風林として囲われた「二〇〇本のモクマオウが風に呼応し」、その「四種類の音」はどこか「笑っているように鳴った」そうだ。うえじょう晶の「幻影」では、「一部始終を見届けた少年は／寡黙な島守人となった」のだ。植木信子の「聖なるもの」では、「祭壇は削られた自然の岩のままにあり／アマミキヨが最初に渡って来たというくだかじまが／沈むように細長く見え」と「せーふぁうたき」という「聖なるもの」を強く感じている。かわかみまさとの「がんづぅおばあ」では、九十九歳のおばあは「躰《からだ》の奥深くから／いのちの燃える水が静かに湧出する」という。淺山泰美の「ニライカナイは、ここ」では、「ニライカナイは／うつくしい魂《マブイ》とともにある」と「夕どれ」のあわいの時刻に感じるのだ。若宮明彦の「かなしゃの彼方」では、「愛おしいひとが還ってゆく／彼方のかなしゃへ」というように、愛おしい人と彼方の境目はないのだろう。鈴木小すみれの詩「楽園」では、「海の底に身は投げず、海の彼方へ目を上げて……」という「苦しい民の　哀しい知恵」を反芻している。

5

四章「宮古諸島、八重山諸島——宮古島、石垣島、竹富島…」は、十五名の詩篇から成り立っていて、沖縄本島とはどこか異なる神話的世界観を背景にして、明和地震、人頭税、人枡田《とぅんぐだ》、戦争マラリアなどによる過酷な歴史を垣間見せている。

速水晃の「旧盆《ソーロン》の月」は、明和の津波や戦争マラリアなど「この地で果てた人」が「月の間昼間《チィキマピローマ》」に降りてくる。飽浦敏の「埋み火のように」は、紺青の海が広がる石垣島での少年少女の頃のタコ捕り、枇杷の実探しなどが甦る。下地ヒロユキの「朝のさんぽ」は、朝の散歩に両足を失くし、「モクマオウの林の最も大きな樹の根元に」眠っている「私の愛しい無数の足たち」を探してそれを装着して立ち上げる。小松弘愛の「りゅうきゅう」は、「りゅうきゅう」という「つゆいも」を食べると、竹富島のおばさんの話した「琉球語」を使用禁止させた「方言札」の酷さを感じさせる。和田文雄の「立て札」は、薩摩藩の重税により琉球王朝が課した人頭税を振り返り、「平和のための戦争を望む」なら「沖縄嶼国から出ていってくれ」と立て札が立てられる。金田久璋の「人枡田《とぅんぐだ》」は「口減らしのため　米の代わりに／人がひとを計るゆえに　人枡田と呼ぶ」と非情な「いのちの値」を示す。垣花恵子の「人枡田《トゥングダー》」は「トゥング田からはみだして／子供を殺す親がいて／親を殺す子供がいるよ」と昔の与那国島の話だけではなく、今も「イスとりゲームは終わっていない」と弱者を切り捨てる風潮に警鐘を鳴らす。伊藤眞司の詩「海なお深く」は、「六万余の若い命」を宮古ブルーに感ずる。山口修の詩「西桟橋へ」は、竹富島に来て西表島《いりおもてじま》に小舟で通い稲作りをした「命の記憶」を「一日を一生のように」受け止める。溝呂木信子の詩「沖縄　美《ちゅ》ら島（一）」は「故里ではないのに／記憶の奥のもっと奥の／何かが疼く」と深層に触れている。ワシオ・トシヒコの詩「おかやどかり」は、沖縄諸島の出身ともいえる「おかやどかりよ」は、「ひたすら掃除してきた！／不浄の海辺を」と親近感を抱く。高橋憲三の詩「石垣島の石垣くん」は、「沖縄のことを教えてくれよ　と頼んだら／多すぎて無理」と断られた石垣くんからの課題を今もこなしている。小田切敬子の詩「わたしの琉球」・「ぬかるむ島」は、「琉球に行って　なみだのかわりにおどること」を知り、「竹富島は水牛の島」で、その牛車に乗って雨の中を運ばれたのだ。見上司の詩「海の歌——オキナワの少年に——」は、外では「ヘリコプターの旋回音が混じる」図書館で「あつい科学の本を手にしたきみは／かつてのわたしのようだ」と少年の現在・未来を賛美する。鈴木比佐雄は詩「サバニと月桃《げっとう》」「福木とサンゴの石垣」「生物多様性の亀と詩人」は、石垣島の歴史・自然とそれらを背負って生きる人びとを紹介している。

6

五章「奄美諸島――奄美大島、沖永良部島…」では、奄美諸島に関わる十篇は、薩摩藩からの支配により鹿児島県に組み込まれて、サトウキビからの黒糖作りなどの過酷な圧政の歴史があり、沖縄戦でも対馬丸や戦艦大和がこの島々の周辺で撃沈されて生き残った人びとが漂流したりした。それらの痛ましい歴史を語り継ぐ詩篇も収録されている。

ムイ・フユキの詩「捩《よじ》れた慈父《ジュー》の島へ」は、「奄美に誰も待つ者ない四三才の慈父《ジュー》よ」と発狂した父を慈しむ息子の奄美諸島への讃歌だろう。田上悦子の女性力《ウナグヂキャラ》は「琉球人《びと》に〝日本人の原像〟あり という／その血を享けて現代に生きる私たち女性／呼び起こさねばならないものが あるのではないか」と「女性力《ウナグヂキャラ》」の精神性を女性たちに問うている。

その他の詩篇は次のような奄美諸島にこだわる視点で愛着ある詩を生み出している。郡山直の詩「喜界島の土着の言語の威力」では喜界島の島言葉。秋野かよ子の詩「楕円の島と馬鈴薯」では沖永良部島の馬鈴薯。福島純子の詩「アカボシゴマダラ」では奄美大島の準絶滅危惧種だが本土では要注意外来生物の蝶。酒木裕次郎の「台風銀座」では徳之島の防風林ガジュマルの悲鳴。神原芳之の「離島」では薩南諸島も含めた離島の「やがてわれらも絶滅危惧種」だという覚悟。そのような島々に根差した詩篇も魅力的だ。北畑光男の詩「海底」は、戦艦大和と一緒に沈んだ叔父について思いやる。米村晋の詩「やまと追感」は、「沖縄諸島の海中には／米海軍に撃沈された／日本の軍艦や輸送船の／夥しい鋼鉄の戦艦が折り重なり／海中に摩天楼を形づくっている」らしく、海蛍の「光の中から兄さんが／うっすらと姿を現す」のを幻視している。萩尾滋の詩〈「天球の舟――西海幻想」より〉、永山絹枝の詩「六日間の死の漂流――対馬丸遭難語り部・平良啓子さん」、宮武よし子の詩「和浦丸《かずうらまる》での疎開」の三篇は、学童疎開船の対馬丸の悲劇を語り継ぐ当事者の思いを後世に伝える詩篇だ。対馬丸記念館の子どもたちの写真は永遠に年齢を重ねることはない。

7

六章「ひめゆり学徒隊・ガマへの鎮魂」は、一八名のひめゆり学徒隊、その他の学徒隊や様々なガマでの沖縄の民衆と軍人たちの悲劇を書き記したものだ。

太田博の「相思樹の歌（別れの曲《うた》）」は「ひめゆり隊」の乙女たちが最後まで東風平《こちんだ》恵位が作曲したこの詩を歌っていたと言われ、「ひめゆり平和祈念資料館」でもこの曲は流されている。太田博は郡山商業学校出身の陸軍少尉だったが、陣地構築のために音楽教師の東風平やその教え子の女学生と知り合い、この詩を卒業式のために書いたと言われる。福島県の戦後詩のリーダーだった三谷晃一の詩「戦場」は、同人誌の仲間で郡山商業学校の先輩であった太田博や小樽商大の学友が沖縄戦で数多く死んだことを悼んで書かれたものだと聞いている。

　星野博の詩「展示室」、金野清人の詩「風を汲む少女」、秋山泰則の詩「ひめゆりの塔」、堀場清子の詩「花々を哭く」、小島昭男の詩「月桃の島へ」の五篇はひめゆり学徒隊やその他の学徒隊や数多の民間人の魂を語り継ぐことが、平和を考える上で何よりも大事なことだという観点で書かれている。石川逸子の詩「荒崎海岸にて」、森三紗の詩「沖縄に眠る父へ――三浦日出子さんの祈り」、若松丈太郎の詩「ガマ」、阿形蓉子の詩「沖縄の戦跡をたどる」、佐々木淑子の詩「沖縄」、秋田高敏の詩「竜宮城」、岡田忠昭の詩「語る　十六歳の沖縄戦」、東梅洋子の「心を彫る」、佐藤勝太の詩「珊瑚海の幻」、森田和美の「沖縄の花――慰霊の日に」、山田由紀乃の「岬の碑」などは、沖縄の様々な戦跡の殺戮や数多くのガマやサンゴの海岸などで、なぜ集団死が起きたか、その場に出向きその時のことを想像しながら、その時の思いに肉薄しようと多様な表現が試みられている。

8

七章「琉球・怒りの記憶」は、薩摩の侵入、琉球処分、沖縄戦、米軍の基地問題などの怒りの記憶を記した十三名の抵抗精神に満ちた詩群だ。

　八重洋一郎の詩「日毒」は高祖父の書簡や曽祖父の書簡から発見した〈今の日本の闇黒をまるごと表象する一語「日毒」〉を本土の日本人に突き付けていて、その言葉には抵抗精神が結晶している。八重洋一郎のもう一篇の詩「上映会」では米軍が最も恐れた男と言われた瀬長亀次郎について触れている。中里友豪の詩「記憶」は「砲弾で荒れはてた激戦地」の日本兵の死体の痛ましい記憶であり、父からの遺言のような極限の言葉が沖縄戦の真実を物語っている。

　知念ウシの「カフェにて3」、原詩夏至の「孤島」、佐藤文夫の「わが来歴」、城侑の「トマトと甘藷《いも》」、くにさだきみの「トクテイヒミツに備える」「捨て石」、山本聖子の「一九九二年夏・沖縄」、川奈静の「沖縄の怒り」、吉村悟一の「ド・ジ・ン」、川満信一の「慰安婦」、鈴木文子の「ダイトウビロウの木は――南大東島では南南東の風」「宮古島にて」、村尾イミ子の「木麻黄の木」などでは、基地を支配し続けるアメリカ人とそれを追認し見て見ぬふりをする本土の日本人たちが、沖縄の「無念と怒り」をどこか他人事のように感じて無関心のままでいることへのさらに激しい「怒りの記憶」なのだろう。

また朝鮮人慰安婦への日本人が犯した加害者として記憶やハンセン病患者の人権を無視して隔離したことを記した詩篇などもある。

9

八章「辺野古・人間の鎖」は、大浦湾のジュゴンやサンゴが生息する海辺に海上基地を建設することへの抗議を様々な十七篇の観点から描かれている。

冒頭の神谷毅の詩「地底からの鬼哭」は「平和の海を守ろう」として「ゲートに座り込む民衆」である親や祖父を「警備に立つ若者」が排除していき、聖地のような海辺だけでなく、辺野古を支えてきた地域共同体を崩壊させていく様を「鬼哭」しているのだろう。

その他の詩篇である宮城隆尋の「時価ドットコム」、赤木三郎の「わたしの幻燈機」、こまつかんの「人間の鎖」、青山晴江の「辺野古の海で」、三浦千賀子の「ドラゴンフルーツ」、杉本一男の「ごぼう抜き」、原圭治の「犠牲の島　いつまで」、宇宿一成の「石の舟」、坂本梧朗の「ダンマリの効用」、草倉哲夫の「なぞなぞ」、近藤八重子の「時代に翻弄される沖縄」、和田攻の「拝啓　瑞慶覧《ずけらん》様」、桜井道子の「沖縄のこと」、石川啓の「沖縄を知りたい」、高柴三聞の「のっぺら坊の島」、舟山雅通の「海神の声」などの詩篇では、辺野古の海上基地が、自然環境問題でも、長期的な経済的側面でも、憲法に照らして地方自治の在り方でも、新たな基地を認めないで座り込む人権においても、日米政府の強権的で既成事実を作り出していく行為が、決して許されるものでないことを浮き彫りにしている。そんな基地負担がますます増えて、平和な島を将来にわたり反撃されてしまう最前線の基地の島として、危機に陥れる可能性があることなど、様々な観点から辺野古海上基地建設を自らの切実な問題として考え詩作している。

10

九章「ヤンバルの森・高江と本土米軍基地」は、新城兵一の「健忘症」、坂田トヨ子の「沖縄の貝殻と」「沖縄の海」、青木春菜の「結び草」、日野笙子の「少女の作文」、宮本勝夫の「ヤンバルの森よ」、館林明子の「移り変われば」、林田悠来の「島んちゅ」、洲史の「横浜と沖縄」、名古きよえの「オスプレイもどき」、田島廣子の「沖縄に基地はノウ」、末次流布の「隠ぺい」、猪野睦の「知らないところで」、絹川早苗の「鉄条網」、黛元男の「ガジュマルの木」、長津功三良の「宣戦布告」、大塚史朗の「空を見ている」などの十六名から成り立っている。沖縄の神話を産み出してきたヤンバルの森・高江はオスプレイ離発着基地となり日常的な臨戦態勢になってしまった。米本土でも出来ない軍事訓練を聖なる島で恒久的に実施しようとする日米政府の姿勢は、日本本土でも恒久的に日米の一体化により基地の機能を高めようとしている。守るべきものは一体何なのかというという根本的な問いがこれらの詩篇に木霊しているように感じられた。

十章の「沖縄の友、沖縄文化への想い」では、与那覇けい子の「うちな〜んちゅ大会」、山口賢の「沖縄の友へ」、伊藤眞理子の「六月の砂」「旁《つくり》のなかま」、ひおきとしこの「美しい島沖縄　海と空とくらしと」、池田洋一の「私と沖縄」、井上摩耶の「Never End」、酒井力の「明滅する光の彼方に」、小山修一の「自己紹介の唄」、結城文の「神父の沖縄」、二階堂晃子の「ふるさと」、古城いつもの「岩谷建設安全協議会」、大塚菜生の「還ってこなかったお父さん」、堀江雄三郎の「沖縄の旧友へ」、植田文隆の「分かるのか」、青木善保の「行こうにも行けない」、あたるしましょうご中島省吾「僕はジャパニーズです」、岸本嘉名男の「沖縄の女《ひと》」などの沖縄の友への深い敬意と沖縄の文化や自然への愛情が、心温まる確かな手ごたえとなって心に響いてくる。

最後の十一章「大事なこと、いくさを知らぬ星たち」では、中正敏の「大事なこと」、松原敏夫の「島のブザ（おじさん）」、呉屋比呂志の「白いシーサー」、佐相憲一の「琉球ごはん」、小丸の「夏至」、橘まゆの「いくさを知らぬ星たちは」、星乃真呂夢の「天の葡萄」、矢口以文の「那覇で」、日高のぼるの「笑う魚」「うりずんの風」、根本昌幸の「沖縄の空」、大崎二郎の「夏至」などの詩篇によって、沖縄の苦難に満ちた歴史が産み出した平和《やわらぎ》思想を多くの詩行から感じさせてくれる。きっとそれは簡単なことではなく困難な道ではあるが、どんな時でも人間を生かそうとし、これからの人類の未来をしなやかに照らし出して形作ろうとしているように考えられる。

この『沖縄詩歌集〜琉球・奄美の風〜』は、琉球諸島の島々の多彩な魅力を愛する歌人、俳人、詩人たちが、言葉の力を信じて沖縄諸島の平和を詠いあげた希望のような結晶体であるに違いない。多くの沖縄を愛する人びとに読んで欲しいと願っている。

編註

1、『沖縄詩歌集～琉球・奄美の風～』を公募した趣意書は左記のようだった。

　琉球の風が吹くと、亜熱帯の地にサンシン（三線）のゆったりした調べが聴こえてきます。ウタキ（御嶽）からは古来人びとが祈ってきた大切なもの。アジア海洋の中継貿易がもたらしたはるかな友好精神が独自の島文化と溶け合って息づいています。伝統的な陶器やちむんや琉球ガラスもあれば、多様な若者の最新音楽も盛んです。サンゴ礁の海からやんばるの森まで、沖縄は自然界の美も奥が深い。ゴーヤーチャンプルー、グルクン、ジューシー、ソーキそば、ジーマーミ豆腐、もずく、ラフテー、海ぶどう、ミミガー、島らっきょう、島トウガラシ、サーターアンダーギー、さんぴん茶、泡盛、など独特の食文化も光ります。わたし自身こうした琉球文化を愛する者です。

　度々、沖縄旅行ブームが起こり、親しみを覚える人が少なくありませんが、政治的に戦争や軍事基地の悲劇を強いる体制に組み込まれて、沖縄の願いが踏みにじられてきたことは御承知の通りです。危機的な世界情勢のもとで沖縄に世界出撃の米軍新基地をごり押しする日米政府の考えは、沖縄県民のみならず、日本国民多数の思いとも一致しないでしょう。

　わたしたちは平和と文化を愛する物書きとして、こうした動きに抵抗する意味もこめて、沖縄・琉球に関する詩・短歌・俳句・琉歌をまとめて広範な人びとの心に届けます。テーマはさまざま、書き方もさまざま、自由な精神で、とにかく一冊まるごと沖縄です。名づけて『沖縄詩歌集～琉球・奄美の風～』。関心ある皆さんの積極的なご参加をお待ちします。

（佐相憲一）

　沖縄島北部から日本最西端の与那国島まで約六百㎞あり、東京から岡山県ぐらいまでの距離だろう。それほど沖縄諸島から先島諸島までを含む琉球諸島は、広大な海に点在している独自の文化・歴史を持つ。私たちが沖縄と言う時に「琉球諸島」の文化・歴史とそこで暮らし続ける人びとの思いを受け止めることは至難の業だ。沖縄（琉球列島）は、アジアの原郷でもあり日本列島の外にある独自の文化・歴史を持った異国だと率直に認めることが必要だ。二〇一六年二月に辺野古の浜に行き、私は次のような詩を書いた。

「淡い金色の浜辺から白い波の向こうは水藍から浅葱色となり／さらに縹《はなだ》色、藍、藍錆のプルシャンブルーとなり／水平線上の空色へと続いていく／空には水藍色のジュゴンの群れのような雲が泳いでいて／雲間から朝の陽射しが漏れて海面で踊っている／もし私がダイバーならばこの海に潜って／ジュゴンの餌場の海草藻場を散策するだろう／そこは私の暮らす関東平野の筑波山の岩場の／「母の胎内めぐり」のような聖なる場所に違いない／沖縄人が命を新た

にし生まれ変わる聖地は後世に引き渡すべきだ」（詩「ジュゴンの友に加えて欲しい—薄鏡貝の辺野古にて」より）
このようなジュゴンの餌場がある沖縄の聖地の海辺を埋め立てて、海上基地を建設しようとする正当な権利が、沖縄県民の総意を無視して、民主主義や人権を標榜する日本政府・米国それを黙認する日本国民に果たして存在するのだろうか。宝物のような琉球諸島の多様な文化の魅力や過酷な歴史を語り継ぎ、琉球人の「まぶい」（霊魂）に触れて詩・短歌・俳句・琉歌などで詠いあげて頂ければと願っている。

（鈴木比佐雄）

2、公募・編集の結果二〇四名の作品を収録した。

3、編者は、鈴木比佐雄、佐相憲一、座馬寛彦、鈴木光影である。

4、詩集は文芸誌「コールサック」92、93号での公募や趣意書プリント配布に応えて出された作品と、編者から推薦された作品で構成されている。

5、詩集・歌集・句集・雑誌・オリジナル原稿の作品を底本として、現役の作者には本人校正を行なった。さらにコールサック社の鈴木光影・座馬寛彦の最終校正・校閲を経て収録させて頂いた。

6、パソコン入力時に多く見られる略字は、基本的に正字に修正・統一した。

7、旧字体、歴史的仮名遣いなどは、作品によって適宜新字体、現代仮名遣いへ変更した。

8、また収録作品に関しては沖縄在住の佐々木薫氏、おおしろ建氏、ローゼル川田氏をはじめとして全国の詩人・歌人・俳人や関係者から貴重な情報提供やご協力を頂いた。

9、装幀は、宮古島出身の久貝清次氏の絵「岩の上のモクマオウ」を使わせていただき、コールサック社の奥川はるみが担当した。

10、本詩歌集の作品に共感してくださった方々によって、集会等で朗読されることは大変有り難いことだと考えている。但し、朗読会や演劇のシナリオ等で活用されたい方は、入場料の有料・無料を問わず、二ケ月前にはその作品の著者名とタイトルをご連絡頂きたい。著者や著作権継承者の許諾をコールサック社が出来るだけ速やかに確認させて頂く。また、ひと月前には、著者の氏名や作品名入りの当日のパンフレット案やポスター案と著者分の入場チケットかそれに代わる書類をお送り頂きたい。それらをコールサック社から著者や継承者たちに送らせて頂く。書籍への再録及び朗読会や演劇の規模が大きい場合で、著者への印税が発生するケースやコールサック社の編集権に関わる場合も、遅くとも二ケ月前にコールサック社にご相談頂きたい。

11、本書が沖縄・奄美地方を愛する広範な人々への励ましとなり、広く一般に読まれて、日本や世界を考えるきっかけになることを願う。

鈴木比佐雄・佐相憲一・座馬寛彦・鈴木光影

石炭袋

沖縄詩歌集〜琉球・奄美の風〜

2018年6月23日初版発行
編　者　鈴木比佐雄・佐相憲一・座馬寛彦・鈴木光影
発行者　鈴木比佐雄
発行所　株式会社 コールサック社
〒173-0004　東京都板橋区板橋 2-63-4-209
電話 03-5944-3258　FAX 03-5944-3238
suzuki@coal-sack.com　http://www.coal-sack.com
郵便振替　00180-4-741802
印刷管理　（株）コールサック社　製作部

＊カバー挿画・大扉挿画　久貝清次　　＊装幀　奥川はるみ

ISBN978-4-86435-346-5　C1092　￥1800E